作者简介

张兴龙 （1972–）男，江苏连云港市人，文学博士，东南大学艺术学出站博士后，现为淮海工学院文学院副教授，上海交通大学城市科学研究院兼职研究员，江苏省第五期“333工程高层次人才培养对象”。主要从事文艺美学、都市文化学研究。已出版《江南都市文化论》《乱世犹闻读书声：中国教育1912—1937》等学术著作多部，发表学术论文近百篇，其中多篇被中国人民大学《复印报刊资料》《高等学校文科学术文摘》《中华读书报》《书摘》《看历史》《国学》《教师博览》《教育文摘周报》等全文转载、摘编。主持教育部、江苏省社会科学基金、江苏省教育“十二五”规划等项目十余项。学术著作曾获连云港市第十三届哲学社科优秀成果一等奖、第十二届哲学社科优秀成果二等奖，江苏省第十二届高等教育科学研究成果三等奖。

中国书籍·学术之星文库

《西游记》诗性哲学精神

张兴龙◎著

中国书籍出版社
China Book Press

图书在版编目（CIP）数据

《西游记》诗性哲学精神/张兴龙著.—北京：
中国书籍出版社，2017.3
ISBN 978-7-5068-6051-2

Ⅰ.①西… Ⅱ.①张… Ⅲ.①《西游记》研究
Ⅳ.①I207.414

中国版本图书馆 CIP 数据核字（2017）第 026434 号

《西游记》诗性哲学精神

张兴龙 著

责任编辑 吴 琼
责任印制 孙马飞 马 芝
封面设计 中联华文
出版发行 中国书籍出版社
地 址 北京市丰台区三路居路 97 号（邮编：100073）
电 话 （010）52257143（总编室） （010）52257153（发行部）
电子邮箱 chinabp@ vip. sina. com
经 销 全国新华书店
印 刷 北京彩虹伟业印刷有限公司
开 本 710 毫米×1000 毫米 1/16
字 数 181 千字
印 张 13
版 次 2019 年 1 月第 1 版第 2 次印刷
书 号 ISBN 978-7-5068-6051-2
定 价 68.00 元

初版序

目前，学界对《西游记》的研究，尽管已取得相当丰硕的成果，但与小说本身“四大经典据其一”的地位相比，我们也许不能沾沾自喜于已取得的成绩，特别是与“红学”研究相比较，“西学”的差距是显而易见的。当然，这不是说《西游记》研究一定要像“红学”一样大红大紫，毕竟文学经典的价值不能以研究者的数量和“人气”作简单评判。正如海德格尔曾说的，在现代的世界灾难中必需的是：少写些文章，多保护文字。在消费文化横扫一切的背景下，与其恶性地损耗有限的文学经典资源，把经典的微言大义践踏为人手一册的通俗商品，还不如少人问津，让它如深藏于大山，待喧嚣尘上的一切浊气消退之后，再细细挖掘与鉴赏。因而，当我们为《西游记》研究的滞后而焦虑之时，也不要忘了这很可能是这部经典小说的幸运和造化。

然而，在以解构与颠覆为中心的后现代学术中，《西游记》也难免被越来越刺耳的西方话语搅扰得丧失安宁。西方理论框架的强行比附，影视娱乐作品的肆意改写，非本土话语的非法阐释等，使一部张扬着中华民族鲜活生命精神的经典文本正在走向越来越严重的妖魔化、色情化和庸俗化，其严重后果至少表现在两方面：一是就《西游记》再生产的整体而言，越来越远离了中华民族自身的审美情感和文化经验，越来越“西化”、“欲望化”以及“当代说书人化”，与中国固有的智慧、精神与气质越来越不相干；二是以《西游记》的神话学研究而言，则是西方话语直接切断了小说与中华民族早期经验和集体创伤经验的内在联系，使我们世世代代关于唐僧、孙悟空、猪八戒的审美享受与文化记忆日益受到严重的威胁与污染。

张兴龙君的《〈西游记〉诗性哲学精神》一书，正是在这个背景下表现出独特的学术价值与现实意义。首先，作者从中国诗性文化这一本源出发，以迥异于西方现代文化叙事的诗性智慧为阐释语境，围绕生死智慧与母性崇拜等题旨，将《西游记》置于本土性的经验场域与文化叙事中，为人们重新理解、阐释与研究这部古典名著提供了一把新钥匙；其次，作者以文化人类学为架构，贯通明代叙事文学与原始艺术，将传统意义上的儒家个体成长历程联系于人类最初生命孕育的虚空状态，使历练成长的人生之路升华为一曲黄金童年永逝的悲歌，从中表达出一种震撼人心的悲情与力量。再次，作者将个体性的文学文本置放于广阔的人类文化广场上，推动了关于《西游记》文化研究的深入发展。本书以马克思的西方神话学理论始，终于世界性的母性崇拜，与一般的同类研究不同，小说只是引线与建筑材料，作者真正想做的是在具体文本叙事与中华民族文化之间建构出具有普遍意义的生存经验，是一种文学的文化研究，其主旨是“人本”而不是“文字”。所有这些努力与取得的成就，是值得充分肯定与鼓励的。

至于本书的不足，在我看来，主要是对中国文化本体的把握尚嫌笼统，在具体的解读与研究上，也有一些不够深入之处，偶尔也会出现偏颇之论。但瑕不掩瑜，学人成长也需要时日。兴龙君为人勤勉，一心向学，正值蓬勃发展的向上阶段，相信通过不断的学术历练、多方面听取批评意见，以及更为深入刻苦的学术研究，一定会取得更大的进步与更优秀的成果。是为序。

刘士林

2012 年 1 月 11 日于上海春江景庐

修订版自序

从文学接受的角度上看，读者对作品的接受具有明显的个人差异性，特别是经典文学作品，文本结构、审美意象、话语蕴藉的复杂性，导致读者接受过程中出现的见仁见智、误解现象更为普遍。这种“剪不断理还乱”的争议、误解，常常纠结、缠绕着经典作品。

较之同为四大名著之一的《红楼梦》，《西游记》在读者接受过程中的误解虽没那么多，但并不罕见。其中，一个普遍现象是大众一直习惯于漠视《西游记》的哲学精神，而将其视为一本儿童通俗读物。

如果单从小说蕴涵的深刻哲学角度看，《西游记》本不该纳入儿童必读书目，相反，多少有点“少儿不宜”。这里仅从小说人物和故事方面列举两例，彰显小说蕴含的深刻哲理。

从人物上看，一个令童年时代的我非常困惑的问题是，小说最初描写的孙悟空神通广大，上天入海，打得天兵天将都没了脾气，直到搬出如来佛，才将其降服。但是，自从这个泼猴入伙唐僧西天取经后，面对一路上遇到的妖魔鬼怪，完全是屡战屡败。小妖们仅仅仗着从天上主子那里偷来的一两件宝贝，就足以打得孙悟空没了脾气，而当初这帮妖魔鬼怪的主子都是拿孙悟空毫无办法的。读研期间，我有幸阅读了方克强的《文学人类学批评》一书，才弄明白了其中的奥秘。方克强从人类学的层面，揭示了孙悟空的西天取经之路隐喻着成人礼仪式。其实，这一仪式的背后正是儒家哲学的感性显现。早期的孙悟空象征着不谙世事的孩童，入伙取经队伍后，从一个不懂事的“熊孩子”变成了一个做事必须讲规矩的成人，这种转变意味着生命个体心智上的从“无知者无畏”到“有知者有畏”。孙悟空始终追求个体的绝对自由，但是，他的行为始终被规矩死死禁锢。如此一来，孙悟空的取经之路，看似战胜妖魔的喜剧，其实，骨子里是不断遇挫、抗争的悲剧，这常常让我想起儒家哲学经典要义：知其不可为而为之。

再从故事上看，《西游记》可以简单概括为唐僧师徒取经路上遭遇重重困难的故事。各路妖魔鬼怪都和唐僧作对，原因各不相同，有的为了劫财，有的为了劫色，有的为了报仇，更多的似乎为了吃唐僧肉。吃了唐僧肉就可以长生不老，这让唐僧走到哪里都成了最具有危险性的绑架目标。可每次当妖怪们准备“撕票”成就长生不老伟业之时，孙悟空搬来的救兵就会令人感动地及时出现。这些故事对孩童时代的我直接产生了两个结果：一是我越来越对浩瀚的天空感兴趣，在当年不知雾霾为何物的岁月里，乡村的天空总是蓝得诱人，我常常仰望蓝天，想象着就在我们的脑袋上空，是否真的存在一个生命不死的天庭，幻想着居住在我们脑袋上空的神仙们如何吸风饮露。二是对摘下来的瓜果形状特别感兴趣。在那个年代，乡村自家种的瓜果很多，每逢采摘季节，总会见到许多长得变形的瓜果，这特别引起我的兴趣，幻想着这就是《西游记》里吃了可以长生不老的仙果。多年以后，当年那个对着蓝天幻想的农村男孩儿，在大学图书馆里看了庄子的书，才恍然想起童年时代《西游记》中长生不老的故事，竟然蕴藏着深刻的道家生死智慧。这才明白，儿童时代认为的《西游记》讲述了一个个幼稚而单调的故事，不过是一个表象，其背后则是深刻的哲学精神。从此，对《西游记》是“儿童标配”的观念才彻底改变。

当然，《西游记》蕴含着深刻的哲学精神，这并不意味着儿童就不能读哲理书，即使专为儿童创作的许多通俗易懂作品，也常常蕴含着深刻的哲理，更何况，哲学的深刻与文字的通俗、故事的生动并无冲突，文学创作中类似这样的“高开低走”也绝非《西游记》独有。但是，不可否认的是，一般的儿童读物较之成人读物更为浅显易懂，一般故事较之哲理故事也更适合儿童阅读。正如一个孩童抱着童话书阅读，人们习以为常，但是，当这个孩子抱着黑格尔的哲学看，人们难免惊诧悚然。因为这个原因，我一直想写一本揭示《西游记》深刻哲学精神的书，这并非是为了证明什么，而是想把个人的看法说出来，即使限于个人水平，所说的并不成熟，也可以起到抛砖引玉的作用。

2012年，光明日报出版社出版了《〈西游记〉诗性文化叙事》一书，虽然对《西游记》的解读，都是围绕着儒释道哲学展开的，但是，从书名到目录，都没有凸显哲学视角。直到今天，终于迎来在中国书籍出版社再版的机会，遂将书名、目录重新“洗牌”。将书稿修改完毕之时，已是除夕日的午后，窗外阳光如碎金，偶有鞭炮声传来，记忆中童年此时的快乐如在眼前，再想起当年看《西游记》连环画的情景，遂感慨时光匆匆。遗憾的是，限于本人学术造诣不精，凡疏漏与错误之处，尤盼读者批评指正。是为再版自序。

张兴龙

2016年2月7日于连云港

目 录

CONTENTS

绪　论

恩格斯在《自然辩证法》中说，事实总归是事实，而对事实的观念有可能是错误的。其实，如果把这一理念付诸文学文本的阐释范围，同一文本的现代阐释也往往因为阐释者的不同“观念”而出现“有可能”的“错误”。但是，由于文学创作自身具有的特殊的审美意识形态本质，往往导致对同一文本不同阐释之间出现的“错误”与科学上的错误并不能简单地画等号，正如西方哲学大师康德所说的“审美趣味无争辩”，对于任何一部经典文学作品的阐释如果总是在只有一个“标准答案”的数理学公式下才具有意义，那么，我们将无法想象文学话语蕴藉属性的魅力将会如何，虽然这并不意味着庸俗主义的“怎么说都行”。

对于现实中无法简单比附对照的神话小说来说，更是如此。尤其是《西游记》本属于一部虚妄的神话小说，但取材于历史上发生的真实事件。这种历史真实与神话虚构之间的“二律背反”给《西游记》的现代阐释带来了巨大的纷争。

一方面，如果以历史真实为逻辑起点，则意味着《西游记》不过是以神话虚构这一典型的浪漫主义手法构建起来的一部再现型文学，并可以由此证明《西游记》考证学、索引学研究模式存在的“合法性”，诸如，小说中主人公唐三藏的真实身份问题、取经路上的地域国名考证问题等等。同时，也成为小说目的在于讽刺现实、折射政治管理弊端等现实主义主题说成立的重要逻辑基础。

另一方面，如果以神话虚构为逻辑起点，则意味着《西游记》不过是以唐朝玄奘法师西行取经事件为表象，传达着中华民族古老智慧与精神的一种文化“个案”。其引导的学理性阐释在于不把文本故事与历史故事进行简单比较阅读或太多的内在关联，文本只是纯粹的“满纸荒唐言”，虽然饱含作者的“一把辛酸泪”，但是在揭示故事“真味”的背后，还可以进行更深一层的人类精神结构层面上的挖掘工作。因为，这里的神话已经不再仅仅作为一种浪漫主义典型的手法，诸如以此可以获得神奇的艺术创造效果、对现实社会的影射等等这一纯文学意义上的阐释，而更重要的是远远超越了明朝中后期的特定“历史区间”，把《西游记》的神话与中华民族特有的精神思维方式，以及深层的文明精神结构形态紧密联系起来。换言之，《西游记》的神话不仅作为一种文学艺术手法存在着，而且，在精神源头上具有中华民族智慧的根本特征。

当然，这并不是二者之间只有一个唯一正确答案的问题，而是为文本的现代阐释确定何种“语境”的问题。这正是导致学界长期存在的《西游记》主题说分歧不断的重要原因之一。这正如胡适在《〈西游记〉考证》中对《西游记》的一段著名评论，在他看来，《西游记》被这三四百年来的无数道士、和尚、秀才弄坏了。道士说，这部书是一部金丹妙诀；和尚说，这部书是禅门心法；秀才说，这部书是一部真心诚意的理学书。这些解说都是《西游记》的大仇敌。这几百年来读《西游记》的人都太聪明了，都不肯领略那极明白的滑稽意味和玩世精神，都妄想透过纸背去寻找“微言大义”，遂把一部《西游记》罩上了释、道、儒三教的袍子。

《西游记》中究竟是否存在“微言大义”，固然需要另当别论，胡适先生既没有生活在颠覆、消解之风日炽的“后现代”社会，也不可能认同西方接受美学的思想，当然不会认同小说《西游记》也会存在“一千个读者就有一千个哈姆雷特”的现象。更关键的是，他对于《西游记》的认识一直持有“玩世主义”的立场：“《西游记》至多不过是一部很有趣味的滑稽小说、神话小说。他并没有什么微妙的意思，他至多不过有一点儿爱骂人的玩世主义。这点儿玩世主义也是很明白的，他并不隐藏，我们也不用深求。”① 而鲁迅先生也说，“此书则实出于游戏，亦非语道，故全书仅偶见五行生克之常谈”②。但是，“诗无达诂”，胡适、鲁迅先生研究《西游记》的态度和评价，对于我们来说，最重要的并不是急于争辩其观点是否正确，而是告诉我们这样一个研究治学的方法和态度问题，即我们应该用什么样的标准和方法来研究《西游记》，从而既避免“太聪明了”的理论框架对于小说的束缚和扭曲，同时，又能够不拘一格地最大限度地挖掘文学话语的无限意义生成的魅力。

这个标准和方法固然不是唯一的，在我看来，更倾向于确立《西游记》的神话故事在中国民族深层精神结构上的血肉联系，保持文本与现实意识形态之间适当的距离，把作为现实批判政治工具的文本创作还原为中华民族早期智慧的生命活动，在创作文本的生命个体身上追溯一个民族远古精神的传承和流变，从而使文本批评转换为探索中华民族群体生存的灵幻空间。在这个在现代智慧看来不可思议的神话世界中，我们可以发现长期以来紧紧锁闭着中华民族心灵自由的难言伤痛，其中至少有两个方面尤其值得现代民族加以特别的关注：一是关涉人类精神生产本体意义上的生死智慧问题；二是关涉人类自身生产本体意义上的女性、母神崇拜问题。这不仅仅是《西游记》这部神话小说文化价值的重要内核，也是整个明朝文学随处可见的生生死死与情色渲染的重要题旨，更是中华民族自神话故事以来，在不同的“历史区间”中反复再现、普遍存在的民族文化记忆。如果从文学艺术思想潮流的角度上说，这是明朝时期浪漫主义的体现。在明朝时期，有两大重要思想潮流，一是李泽厚先生所说的“日常世俗的现实主义”，另一个则是“反

① 胡适：《章回小说考证》，上海书店 1979 年，第 367 页。
② 鲁迅：《鲁迅全集》第 9 卷，人民文学出版社 1981 年，第 166 页。

抗古典主义的浪漫主义”，这种浪漫主义是否属于李泽厚先生所言的“反抗古典主义”当然还需要商榷，但是，浪漫主义思想在文学艺术上的体现却是不争的事实，而这种浪漫主义的表现在小说《西游记》的创造上是一种中华民族的智慧，对此，李泽厚先生有过一段非常精辟的论述：

这个思潮还应该包括像吴承恩的《西游记》、汤显祖的《牡丹亭》这样一些经典名作。《西游记》的基础也是长久流传的民间故事，在吴承恩的笔下加工后，成了不朽的浪漫作品。七十二变的神通，永远战斗的勇敢，机智灵活、翻江搅海、踢天打仙、幽默开朗的孙猴子已经成为充满民族特性的独创形象，它是中国儿童文学的永恒典范，将来很可能要在世界儿童文学里散发出重要的影响。此外，如愚笨而善良、自私而可爱的猪八戒，也始终是人们所嘲笑而又喜欢的浪漫主义的艺术形象。《西游记》的幽默滑稽中仍然充满了智慧的美。正如今天中国人民喜爱的相声艺术，是以智慧（理解）而不是单纯以动作形体的夸张（如外国丑角）来取悦一样，中国的浪漫主义仍然不脱古典的理性色彩和传统。①

需要特别指出的是，本书中所谈的所谓的东方民族和中华民族的智慧，并不仅仅限于李泽厚先生上述所说的艺术创造上的智慧。作为一部文学经典，我们当然应该从文学创作的立场去审视和理解，这就构成了李泽厚所说的艺术创造中的智慧。既然任何文学艺术创造都不可能脱离作家主体创造的因素，那么，从文化人类学的角度来说，原始民族的集体无意识或多或少地对后来的文学创作产生相当的影响，尤其是人类原始思维对于后来艺术思维的血脉联系，在充满作家主体个人创造因素的文学作品中，去挖掘悠远古老的“种族记忆”，就绝非一种违背文学创作规律的荒诞之举了。在太多的中华民族记忆深处，则彰显着中华民族的智慧，虽然这并不等于说，这种智慧就只能属于中华民族专利，由于

① 李泽厚：《美学三书》，安徽文艺出版社 1999 年，第 195 页。

人性的相通性，中西地域和古今之间往往存在许多惊人相似的智慧，这早已经是不争的事实。

本书所极力阐释的就是这种中华民族自身经验中积累的智慧，其间既有属于中华民族特有的智慧，也有东西民族、先民与现代人之间人类共通的智慧。这对于今天早已习惯于西方理性思维和科技崇拜的人说，对于当前学界大行其道的动辄就“颠覆”“消解”的后现代之风，尤其值得深思。自 17 世纪的西方启蒙主义以降，神话的魅力和价值一度遭到巨大的蔑视，在启蒙主义视野中，神话就等于虚构，而虚构和非科学、非真实又总是纠结缠绕不清。如果依据神话思维在中华民族深层精神结构上的深刻影响以及延伸，把神话作为一种彰显中华民族自身智慧的本体性内涵，那么，对《西游记》的神话故事进行人类学和美学等多视角透视，无疑更加切近中华民族自身的经验与情感，还原被现代文明思维长期遮蔽的生命智慧。

第一部　先验语境：从古希腊神话说起

一、古希腊神话的马克思主义语境

虽然学界对于《西游记》的题旨归类、美学价值、哲理反思、形象塑造、叙事方式等问题存在着巨大的差异和分歧，但是，把《西游记》看作一部神话小说这一点上，几乎不存在任何的争议。从理论上说，对于“神话小说”的定位应该是不存在任何学理性问题的，然而，正如康德所言，理论上行得通的，在实践中往往行不通。对《西游记》是“神话小说”这样真理性质的概述就遇到这样的尴尬，这不仅仅因为神话究竟是什么，至今尚存在争议，而且，中国的神话与西方的神话概念之间尚存在着本质的区别，而现代中国神话学研究又直接移植于西方民族神话学的思想体系，当代神话学的勃兴与西方人类学思想的全面移植，又具有密切的关系，即使作为中国神话学研究先驱人物的现代学者茅盾，也是在西方人类学的启示下展开中国神话学研究的。

直到今天，学界仍然存在中国只有神话而没有神话概念的说法，关于中国的神话概念来自西方的问题，有的学者认为，中国古代并非只有神话而没有神话概念，只不过中国古代人把神话称为远古历史而已。他们直接把神话当作历史，用“历史”的概念包括了“神话”的概念。而且，既然古人把神话当作历史的一部分，那么就没有必要单独创造一个“神话”概念来指代这种叙事内容①。

在这样的现实背景下，今天的学界对《西游记》神话故事阐释必然存在两种语境上的分歧，其后果则直接导致了看起来都是在针对同一个文本故事，但是在逻辑思维的起点上走了两条截然不同的道路，结论当然不可能统一。退一步说，由于中国远古神话与后来的神话在自身内涵上已经发生了巨大的变异和转型，即使对《西游记》中的神话故事阐释同在中国语境下进行，也存在着原创意义上的“彼神话”与封建时代被“历史化”后的“此神话”以及现代理性思维下的“当下神话”的内在区分。

这些问题显然被忽视了。那么，如果想彻底恢复对《西游记》神话故事的本土化阐释，首先面临的逻辑命题就是在中国语境下重新阐释神话的内涵。这也许是任何一个试图接近中国神话学领域的现代学人无法回避的一个问题。如果从表层的意义上说，它是一种视角的选取，因为《西游记》作为一部神话小说，对其相关的研究是一个庞大的体系，尤其在神话学方法论多元化的时代，为了更深入而集中地研究问题，避免阐释过程中的变调或跑题，有必要选择一个视角。正如德国学者雅斯贝斯所说的，世间的一切认识，包括人的认识，都是一种特定的视角，借助这种视角，人发现他的状况的范围。因此，认识是受人支配的，人能够超越它。但是人自身是不完善的，而且不可能达于完善，他被托付给他自身之外的某种东西。他通过思想所能做到的事，只是照亮自己的道路而已②。在视角选择以前，当然需要了解这个视角的本质和内涵，即使这个视角自身并不完美。显然，为了更好地阐释中国语境下的神话内涵，需要对已经作为中国神话概念衡量最重要的标尺的马克思主义神话理论，以及对中国神话学研究先驱者影响最深的西方人类学神话理论，进行一次粗疏的梳理工作。《西游记》作为中国神话小说中最具经

---

① 陈连山：《走出西方神话的阴影——论中国神话学界使用西方现代神话概念的成就与局限》，《长江大学学报》2006 年第 6 期。

② ［德］卡尔·雅斯贝斯：《时代的精神状况》，王德峰译，上海译文出版社 2003 年，第 174 页。

典意义的作品之一，在我们解读文本深层内蕴之前，也需要廓清先验存在的两个神话学研究语境。

马克思对神话的理论阐释并没有像他的政治经济学理论那样形成一个庞大而严密的思想体系，而是一种在只言片语中进行“结论式的判断”，这对于今天的神话研究者来说，既可以逼近马克思神话论的思想精髓，同时，也容易流于断章取义式的浮泛空疏。在我看来，马克思的神话思想作为一种可以具体指导世界神话学研究的理论思想，必然具有其科学的普遍性，这正是我们在研究中国神话的时候，从来自非本土经验的马克思的古希腊神话理论中汲取营养的根本原因；另一方面，我们也必须看到，马克思的神话论在微观叙事上侧重的是古希腊、罗马、埃及的神话，而并非中国神话，再加上西方神话土壤与中华民族之间的巨大差异性和断裂性，对其神话思想的重新阐释和解读就不应该死板教条。考虑到这两个前提条件，我认为，依据马克思主义神话理论对包括《西游记》在内的中国神话进行解读，至少应该在如下几个方面加以重新阐释：

其一，马克思神话理论的哲学基础在于人类本质力量中“征服自然力，支配自然力”的主体能动性，而《西游记》神话哲学因为充斥着儒道释多种思想，并不可以简单地用一种哲学观念来统领其思想内蕴的全部。

马克思对神话的阐释始终奠基于人类主体对于客体征服中显示出来的能动性、创造性，高扬“人的本质力量对象化”。在马克思看来，任何神话都是用想象和借助想象以征服自然力，支配自然力，把自然力加以形象化。依据这个神话观念，很容易让人把思维想象论看作马克思神话论的哲学基础，其实不然，因为马克思非常明确地标明了神话是“用想象”和“借助想象”来征服大自然的。也就是说，无论“想象”在神话中具有多么重要的地位，最终只能是神话的一种工具而并非目的和终极，而神话存在的真实意义则在于“征服自然力，支配自然力”的现实的生产实践活动，是人类主体能动性的一种必然结果，作为人的能动性的重要标志就是借助想象的工具对自然界进行对象化生产。这和西方人类学更认同于生物学意义上解读神话是有明显区别的。按照马克思的观点，在野蛮期的低级阶段，人类的高级属性开始发展起来。想象，这一作用于人类发展如此之大的功能，已经在于此时产生神话、传奇和传说等未记载的文学，开始给予人类以强有力的影响。

作为人类高级阶段属性之一的想象，早在人类低级阶段就发生并存在，在马克思看来，原始人的生产力水平相当低下，而人的主体能动性又驱使着人不断地改造自然界，这种改造自然的斗争过程正是马克思说的“人的本质力量对象化”的过程。但是限于生产力水平低下的制约，人类的生产实践活动不得不更多地屈服于自然的压力之下，当人类主体能力在现实社会中无法实现诸多愿望之后，作为一种具有补偿作用或美好愿望的心理活动，人类的想象力就必然产生了。它可以有效地弥补人类在现实世界中遭遇强大客体压迫后的沮丧心理，不断鼓动人类在困难面前敢于显现人的征服力量，生产力水平的低下限制了人类主体的物质实践活动，而人类的精神活动往往在这种压制下显得非常活跃。事实上，原始人不仅不能在实践上征服自然，支配自然，而且在意识上也不能够完全理解自然。面对自然的伟岸险恶，人类的理想显得愈发脆弱和渺小，于是，精神幻想的功能获得充分的膨胀，这就加重了人类主体按照主观意识解释自然规律和现象的功能。当然，这种解释并不是现代意义上纯粹的妄想胡说，在一定意义上说，它们具有真理的意义，是人类解放自身、发展自身、生产自身的必然结果。

同时，在这种不断向大自然征服的劳动生产中产生了神话，往往意味着一旦当人的生产力水平非常高，或者能够比较清晰理性地解释、揭示身边的物质世界的时候，神话的土壤也就消失了，至少不可能再出现远古神话了。那么，这是否可以说，只要人类一天没有支配自然、征服自然，就具备了神话产生的土壤呢？并非如此。神话产生的前提是人类对自然的生产能力相对低下，但是，这并不意味着只要生产力水平低下就可以产生神话。工业文明之后，科学技术日趋发达，但是，一直到今天，人类仍然不能够做到完全支配自然，征服自然，于是，近些年来很多学者宣称神话产生的土壤并没有失去，文学艺术领域将产生新的神话。

直至今天，我们人类仍然不能在伟岸的大自然面前骄傲地宣布已经完全征服控制了自然，从某种意义上说，科技越发达，引发的人与自然危机越严重，受到自然新的压迫也越明显，但是，从人类社会存在无数个不同的“历史区间”上看，后来“历史区间”上的生产力水平远远超过神话产生的那个历史阶段是不争的事实。在这种状况下，人类虽然一直保持着征服自然、支配自然的积极的生产实践活动，并且在生产劳动中显示着“人的本质力量”，但是，过多地借助、依赖科技而不是原始想象，也就无法再次创造出远古神话。

从这个意义上说，神话的发生离不开人的主体能动性。当然，这并不等于说只要人的主体能动性一天不消失，就一定会生产出神话。按照马克思的看法，人的活动之所以不同于动物的活动，是因为在他的内心深处存在着一个“内在生产观念”。这个“内在生产观念”是早期神话为什么产生于人类支配自然、征服自然的活动，同时为什么也是一种“艺术加工”的合理原因。它一方面构成了马克思神话论与后来的西方人类学派的理论之间的区别，另一方面则保证了神话理论与人的自然属性之间的无法断裂关联，这也是其理论具有真理意义的重要原因。

马克思的劳动产生神话哲学观对于《西游记》的解读是一柄双刃剑，一方面，中国神话的产生和创造也遵循着“征服自然力，支配自然力”的规律，就《西游记》来说，唐僧师徒不畏艰难险阻西天取经的故事模式就是人类主体“征服自然力，支配自然力”的最好证明，如果没有了人类主体征服自然力的哲学基础，我们又怎会从这样一支小小的西行队伍在不断地战胜一个又一个的困难之后，生发出如此崇高的赞美情感呢？在这个意义上，我们完全可以把取经之路看作是人类主体战胜自然进而支配自然的象征。另一方面，在《西游记》这个神话故事中，并不可以如同西方古希腊神话故事那样，简单地以人类“征服自然力，支配自然力”的社会主体劳动生产论完全概括。中国神话在漫长的历史发展中，既受到作为中国思想主导形态的儒家观念的强烈渗透，也充斥着道家思想观念。马克思强调的主体征服自然的神话哲学与儒家思想更为切近吻合，也正是在这个意义上，人们往往把不断征服自然的孙悟空看作世俗伦理精神的代表，而对于道家思想来说，更倾向于返归自然而不是征服自然，虽然这两种思想通过互补的方式在小说中都得到了很好的叙述，但是，如果简单机械地用马克思的劳动生产神话哲学去强行比附《西游记》，则必然导致语境不统一的后果。因此，马克思神话哲学观对于《西游记》既不能被庸俗化为“过时”，也不应该被盲目地照搬抄写。

其二，马克思神话论中的“自然”客体与主体人类无法调和的矛盾关系，属于典型的西方民族经验，而《西游记》中的“自然”客体并不完全具有“对象化”意义上的、与主体完全对立的客体内涵，在本质上与“非对象化”的中华民族诗性智慧，保持着无法斩断的血缘纽带关系。

对于马克思神话发生论我们应该辩证地看，在强调人的主体能动性作用的同时，如果把自然界与人的主体力量完全对立起来，这是最典型的西方哲学主体认识论的传统，即社会主体与自然客体在人类意识的萌发状态就成为对立的双方，人与自然的关系在本质上是你死我活的解放者、征服者与被解放、被征服的二元对立关系，尤其是人类早期文明时代，任何民族都不得不面临着大自然对人类的压迫力量，从人类主体能动性角度出发，用生产劳动去改造自然、征服自然，这在西方神话中的战争神话谱系和中国神话中的洪水主题中都有显示。这是马克思神话哲学基础的现实科学依据和证明。但是，由于中华民族在人与自然关系问题上和西方民族尤其是古希腊民族之间的巨大差异和断裂，在同样发挥人的主体能动性改造、征服自然的情况下，在劳动生产的方式上也存在着巨大的区别。

作为人类高级属性之一的想象，也因为劳动生产方式的差异而不同，最典型的就是中华民族在以生产劳动征服自然的过程中，人与自然对立关系不如西方民族那样激烈和绝对化，当然，这并不代表不对立，而是说在对立程度上并不十分彻底，往往保留着藕断丝连的暧昧关系。例如大禹治水的神话，人与自然的彻底对抗应该是其父鲧用填土筑墙的方式，但是，当人类通过这种典型的西方式的主客对立形态征服自然失败之后，作为中华民族智慧的结晶，采取了避开大自然无穷威力的疏导方法，这实质上是人与自然对立关系的一种妥协。人们往往把这一类神话解释为当时生产力水平的低下，对自然的敬畏与俱怕，从而以人类的聪明才智战胜自然，但是，西方神话中为什么没有像中华民族那样反复、普遍地展示这类妥协呢？为什么更多的是盗天火遭受永久惩罚的普罗米修斯的悲壮与惨烈呢？从这个意义上说，中国神话中的人与自然的彻底对立并不占主导形态，即使对立也没有西方民族那种完全“对象化”意义上的撕裂痛苦与悲壮，更多的却是友好暧昧的温情关系。这正是马克思神话理论对于古希腊战争神话解释的客观精准之处，对于中国神话来说，我们应该在充分尊重社会主体与自然客体对立矛盾存在永恒的法则下，更加重视中国神话中主体与客体“非对象化”的“圆融”形态。

这就是中国神话对征服自然进行叙事的一大特色。以《西游记》中的自然客体为例，阻挡在唐僧师徒面前的每一处险山恶水、幽涧深谷都与人类主体构成对立的矛盾关系，唐僧师徒也通过征服的手段达到了战胜自然的目的，但是，就全书的人与自然客体对立征服之间的叙事来说，真正能够达到西方式的彻底对立的自然客体叙事则极其罕见。一个显而易见的叙事规则是，征服的最终实现往往并不是依靠征服者单枪匹马的个人奋斗来完成的，每当以孙悟空为代表的征服者和强大的自然客体即将临近西方式的悲壮与失败的关键时刻，都因为神仙的介入和调停化解了双方的对立恩怨，悲壮固然不可能，紧张恐惧也立刻转换为滑稽和欢笑，人的主体能动性没有得到进一步升华的可能，自然的绝对冷漠和压抑也被人情化了。诸如小说对于火焰山的叙事，就把征服火焰山的悲壮崇高转换为一种充满人情味儿的和解妥协，甚至在原本激烈残酷的叙事中加入了大量的铁扇公主和牛魔王之间争风吃醋的“作风问题”故事，如此一来，人和自然之间的对立关系根本紧张不起来，至多是有惊无险的虚张声势。这当然并不属于《西游记》的独创，而是中华民族传统思维深层结构的智慧结晶。

其三，马克思神话论中的“形象化”与今天文学创造中的艺术手法有着本质的区别。

文学艺术是一种形象化的艺术，正如黑格尔所说的，一件艺术作品，我们首先见到的是它直接呈现给我们的东西，然后再追究它的意蕴和内容。对于以塑造鲜明人物形象为基本特征的小说作品来说，缺少了鲜活的形象化的艺术手法是不可想象的。尤其是神话小说这一类艺术作品，因为在现实生活中无法获得直接的对应物，人物形象往往荒诞怪异，如果想吸引读者的目光，必然在艺术形象化方面加下番功夫，否则只能成为不食人间烟火的另类而无法获得读者的共鸣。然而，这里需要特别指出和强调的是，马克思对神话定义中说的“形象化”问题绝不仅仅停留在神话艺术形象化这一层面上，而是人类学意义上的“形象化”。

一个非常引人注意的现象是，在人类生产力发展相对落后的早期阶段，语言表达等高级能力较之身体动作行为活动来说，要相对薄弱得多，从人类学的角度上说，这是人类发展历程中不可逾越的一个阶段，同时，也是人类属于受动存在物的自然属性决定的。人类对自然的征服和支配，可以通过多种方式和手段进行，诸如有形的物质生产活动和无形的精神生产活动，想象是人类的精神生产活动，在外在特征上具有隐蔽性和内在性，但是，由于上面所说的想象在原始先民那里，不存在今天意义上的抽象活动的概念，因此，对外界的一切活动都是一种感性的形象的方式，这就是意大利著名的哲学家维柯所言的“诗性”。在今天可以作为一种哲理性象征的想象活动，在原始民族那里都是通过具体形象的活动，尤其是身体语言来传达的，这是原始文化虽然粗陋却形象感人的奥妙所在。从某种意义上说，这种“形象化”特征仅仅是后来的抽象或理性思维的一种初级阶段，但是，正如恩格斯曾经指出的，原始状态的标志不是野蛮，而是部族古老血缘关系保留的程度。因此，当我们以形象性作为野蛮人对自然征服的想象活动特征之时，其实，并不意味着这种形象化与今天的理性化之间存在着高低贵贱之分别，从一定意义上说，它近似于人类的一种本能行为，这种本能行为与后来的作家创作过程中的形象化保持着一定的血脉联系。

但是，它与艺术想象活动的绞尽脑汁的艺术形象化构思之间的区别还是相当明显的。在今天的艺术创造中，形象化首先是一种有意识的艺术构思活动，是作家主体有意识地“为艺术而艺术”而从事的一种精神活动，而这里的神话只是“不自觉的艺术方式加工”的产物。马克思称这种活动仍然为一种“艺术方式”，此“艺术方式”与今天的“艺术方式”不同。苏联美学家卡冈根据人类社会物质生产上的不同阶段，把人类的艺术文化分为三种类型，即原始集体文化、社会分工后的文化和社会主义革命后的新文化。神话则属于原始集体文化，而按照马克思的文艺观念，只有在社会分工后产生的艺术文化才是真正意义上的艺术生产活动，第一社会阶段中的艺术文化，属于艺术生产还没有作为艺术生产活动出现之前的产物，因此，它属于一种“不自觉的艺术方式加工”的产物。由于这种艺术生产活动并没有按照今天的严格意义上的学科分类进行，因而，原始艺术中的神话活动与其说是一种艺术思维创造活动，不如说是早期人类的生活活动形式。也就是说，所谓的创造主体完全是在一种无意识的状态下进行的不自觉的生产，正如卡冈所说的，这种艺术“不被看作某种与实践活动对立的东西，不是被看作特殊的‘艺术世界’，美的世界，休息、娱乐、梦幻的世界；它是现实的生活过程的一个方面，是为它的所有别的方面——劳动、祭祀、战争和道德教育活动等等所必需的。”① 这种朴素的生命活动形式呈现出来的正是“形象化”的表象。马克思神话论中的形象化问题，应该首先具

① 卡冈：《卡冈美学教程》，北京大学出版社 1990 年，第 514 页。

有人类的本能行为，而并非完全是今天意义上的艺术手段，不能脱离当时人类生存的具体状态而抽象拔高。

在今天理性思维的视角下，神话的“形象化”往往是低级阶段的标志，或者与想象无关的高级艺术手法，从一定意义上说，这两种对立性的极端化思维方式，都是对原始神话本质特征的一种扭曲。这正如恩格斯指出的，每一时代的理论思维，连同我们时代的理论思维，都是一种历史的产物，在不同的时代具有非常不同的形式，并因而具有非常不同的内容。因此，关于思维的科学，和其他任何科学一样，是一种历史的科学，关于人的思维的历史发展的科学。那么，当我们以现代理性思维去审视“具有非常不同的内容”的原始思维的时候，不可避免地发生分歧和扭曲，因此，神话中的艺术形象化问题与今天的艺术形象化属于两种不同的思维产物。这是我们在研究《西游记》神话时应该特别注意的，像《西游记》这一类作品自身经历了多个思维阶段，其中的神话思维的变异更是可想而知。

从人类学的角度看，世界各个民族早期文化大都以神话为代表，这正是人类本能行为活动的证明，如果把神话仅仅归结为一种纯粹的后天的艺术想象活动，那么，空间地域差异巨大的各个民族，在早期文明代表的神话上似乎不应该取得如此惊人的一致性。换句话说，不同民族都出于想象的本能行为进行生产活动，这个起点是一致和相通的，只是在想象的内涵、方式、手段上因为地理、种族、时代等等客观因素影响和制约，最终没有也不可能走向大同。而中西方出现这种想象活动根本断裂的时代，就是德国哲学家雅斯贝斯所说的“轴心时代”。中华民族在青铜时代表现出来的文明连续性、继承性，非常有利于继承丰富的想象本能活动，对于后来文学的生产活动起着重要的影响。从这里，我们不难看出，马克思对神话的理解是建立在“人的本质力量对象化”这一哲学基础之上的，它最大的特征就是充分肯定了神话的发生与作为人的主体能动性之间不可分割的一面，但是，在人类学本能意义上的阐释似乎没有得到充分的关注。对于中西文明如何在轴心期断裂的问题，本文将在下面的诗性智慧中专门论述，在此不再赘述。这是能够真正把握神话根本内涵的关键，是恢复和还原神话固有本质而不是技艺性层面的根本思路。

可见，马克思关于神话内涵的科学界定，对于准确理解与阐释神话具有普遍的意义。一方面，正如上文所说的，马克思的神话思想生长在西方的土壤上，对于神话的研究更多地指向古希腊神话，而古希腊神话与中国神话之间的本质性断裂已经成为学界的共识，即使马克思本人也强调过不同民族神话土壤不同，产生的神话内涵具有本质的区别，以农业文明为主的埃及神话，就绝不能成为希腊艺术的土壤和母胎。从这个意义上说，马克思的神话理论对于中国神话研究而言，属于一种“宏大叙事”，尤其在古希腊神话过于耀眼的光环下，具有古老的文明历史却缺少西方式的完整庞大、精密复杂神话体系的中国神话，仍然不能仅仅停留在这种宏大的神话概念层面上，还需要对中国本土神话进行微观叙事。

另一方面，中国本土对于神话学的研究，如果以现代社会为始端，至今已历百年，而这一百年又是西方各种神话学思想对中华民族思想影响极其深刻的“历史区间”，从而形成中国百年之间阶段性的神话思想，而且，越是进入新时期，西方思想观念与中国本土理念矛盾愈发突出，形形色色的神话阐释粉墨登场。这就需要在中国本土神话的微观叙事展开之前，明确文本研究的具体的方法论。按照马克思主义的人体解剖对于猴体解剖是一把钥匙的理论，即低等动物身上表露的高等动物的征兆，反而只有在高等动物本身已被认识之后才能被理解。代表中国神话最高水平的小说《西游记》，对于我们今天梳理中国神话文学作品，以及民族文化深层结构模式，无疑具有最典型的方法论意义。

二、《西游记》的人类学语境

古代中国一直不乏优秀的神话作品，但是，由于种种原因，并没有像西方国家那样早早地出现严格意义上的神话概念，因此，在中国的神话艺术王国里，多少有点儿像孙悟空带领一群猴狲在打闹折腾，热闹固然热闹，却苦于没有世界性的名分而颇有苦中作乐的意味。这在相当程度上影响了中国神话在世界神话中的地位。因此，中国虽然和古希腊等国家一样产生过优秀的早期神话，终究在神话学的地位上无法与古希腊相比，更可怕的是，这样一笔丰富宝贵的文化遗产，长期被我们本土学者漠视，到了20世纪，才有少数学者涉足其中，而且，旧中国的最早研究者们恰恰是从西方引用神话学的概念来解读中国神话的。

按照目前学界比较普遍的看法，中国最早提出神话概念的是1902年的梁启超先生，他第一次使用了由日本学者发明的来自myth的“神话”一词。在20世纪初年《新民丛报》（1903）上发表的署名为蒋观云的《神话历史养成之人物》一文中使用“神话”概念，其后，王国维先生在《屈子文学之精神》中，也以西方古希腊灿烂的神话为比照，论述了中国《庄子》《列子》的南方文化在想象力上远远大于北方。由他们开启的中国神话研究先河之作，对后来我国神话研究起到的作用是不容忽视的，不过，由于他们的学术研究明显受到留学或游历日本期间的日本神话学研究影响，在很大程度上造成对中国神话的阐释仍然依赖非本土的外来神话理论框架，从而无法真正做到在文化深层结构上切入中国神话本质。同时，两位国学大师也没有非常专注于神话本身，其后的蔡元培、顾颉刚、郑振铎等著名学者对神话的研究，大多与此类似。真正意义上切入中国神话本质问题的，当属现代文学著名学者鲁迅和茅盾。

鲁迅对神话的关注出现在1908年，在他发表的《破恶声论》一文中，指出神话与文明的问题，按照其一贯倡导的民智启蒙、救亡图存的理念，认为不了解神话就不了解西方文明。1923年，鲁迅在《中国小说史略》一书中对于神话的理解和阐释有了巨大的突破。在该书的第二篇题为“神话与小说”中，鲁迅认为，昔者初民，见天地万物，变异不常，其诸现象，又出于人力所能以上，则自造众说以解释之：凡所解释，今谓之神话。在鲁迅看来，神话就是先民对于人自身无法理解现象的一种解释。

茅盾对神话阐释的详细以及取得的价值，堪称中国神话学研究的里程碑，但是，他生活在一个和鲁迅一样的黑暗的旧中国背景中，在一浪高过一浪的救国图存的革命浪潮中，从一开始就决定了不仅仅是茅盾，而是此时所有的爱国作家与学者都从一个逻辑起点出发，即要救国必须学习西方知识，而对西方知识的学习必须从西方文化源头开始，这个源头就是人所共知的古希腊神话，而由此造成的研究方法上的家族遗传相似性就不足为怪了。在谈到为何研究神话的目的时，茅盾坦言在当时大家有这样的想法：既要借鉴西洋，就必须穷本溯源，不能尝一脔而辄止。从前治中国文学，就曾穷本溯源一番过来，现在既把线装书束之高阁了，转而借鉴于欧洲，自当从希腊、罗马开始，横贯 19 世纪，直到世纪末。因而也就给他一个机会对 19 世纪以前的欧洲文学作一番系统的研究。这就是他当时从事于古希腊神话之研究的原因。他在 1921 年《近代文学体系研究》一文中，除了和鲁迅一样指出神话与文学之间的关系，即神话是短篇小说的开端之外，对于神话的起源，强调了原始先民的冥想结果，带有明显的英国人类学家泰勒思想的影子。

1925 年 1 月 10 日出版的《小说月报》第 16 卷第 1 号上，发表了署名沈雁冰的《中国神话研究》一文，茅盾对神话的本质做了详细的阐释：

神话是什么？这不是一句话就可以说明白的。如果我们一定要一个简单的定义，则我们可以说：神话是一种流行于上古时代的民间故事，所叙述的是超乎人类能力以上的神们的行事，虽然荒唐无稽，可是古代人民互相传述，却确信以为是真的。……所谓“神话”者，原来是初民的知识的积累，其中有初民的宇宙观、宗教思想、道德标准、民族历史最初的传说、并对于自然界的认识等等。……各民族的神话是各民族在上古时代（或原始时代）的生活和思想的产物。神话所述者，是“神们的行事”，但是这些“神们”不是凭空跳出来的，而是原始先民的生活状况和心理状况之必然的产物。①

西方人类学的研究成果，对茅盾的神话研究产生了重要的影响，他在1929年出版了《中国神话研究ABC》一书，后改名为《中国神话研究初探》，在1978年该书的再版的《前言》中，他明确地指出了其人类学方法论原则：

我对神话发生兴趣，在1918年。最初，阅读了有关希腊、罗马、印度、古埃及乃至19世纪尚处于半开化状态的民族的神话和传说的外文书籍。其次，又阅读了若干研究神话的书籍，这些书籍大都是19世纪后期欧洲的“神话学”者的著作。这些著作以“人类学”的观点来探讨各民族神话产生的时代（人类历史发展的某一阶段），及其产生的原因，并比较研究各民族神话之何以异中有同，同中有异，其原因何在？这一派神话学者被称为人类学派的神话学者，在当时颇为流行，而且被公认为神话学的权威。当1925年我开始研究中国神话时，使用的观点就是这种观点。直到1928年我编写这本《中国神话研究初探》时仍用这个观点。当时，我确实不知道马克思的《〈政治经济学批判〉导言》中有关神话何以发生及消失的一小段话……当后来知有此一段话时，我取以核查“人类学派神话学”的观点，觉得“人类学派神话学”对神话的发生与消失的解释，尚不算十分悖谬。②

无论是鲁迅还是茅盾，注重原始民族精神结构上的人性相通性与地理种族上的差异性，对于阐释神话为何在科技已经相当发达的今天，仍然以变形的形式存在或者神话式的思维考虑问题，都具有根本性的解释作用。我们当然同样应该看到人类学方法论对人的主体能动性方面的忽视，在这个意义上，我认为，对于中国神话的解读，应该用人类学方面的精神结构原理去补充马克思创造的生产劳动以及人的本质力量对象化

① 茅盾：《中国神话研究》，《茅盾全集》（第28卷），人民文学出版社1991年，第179－180页。

② 茅盾：《茅盾评论文集》（上册）前言，人民文学出版社1978年，第3－4页。

理念，把这两个方面综合起来，可以更好地还原中国神话的本质。因此，有的学者在论述“神话复原”时说，任何方法都是利弊相生的，我们在充分估价文化人类学理论的启示意义的同时，也应该清醒地看到，相对于传统考据学的实证追求，它更擅长提供假说，从假说到结论乃至定论之间，还存在着长短不一的路程，这就依然需要“严密的审查”。尤其考虑到这一方法确立既久，并为当今许多学者所采用，我们更应该对其“可用”与“不可用”的种种情形，做一些学理上的清算和探究了①。这个说法还是非常符合中国神话研究的现实情况的。

20 世纪 80 年代以降，中国神话学研究突然以集体爆发的态势出现在中国文学艺术界，各种来自西方的解构主义、功能主义神话分析理论充斥文学创作和理论批评。新理论的繁荣，对于我国神话研究无疑具有重要的启发意义，不过，他们仍然沿袭了自现代以来开始的移植西方神话理论的旧路子，因而在切近中国神话深层结构的神秘图式方面，依然有很长的道路需要走。甚至有的因为盲目照搬西方文学理论，对包括《西游记》在内的中国神话作品进行生吞活剥式的强行比附，大大影响了其成就。因而，其时的中国神话学虽然一片热闹景象，但是，更多的研究者并不是致力于理论体系的完备，而是借鉴西方现有的神话学理论来阐释中国神话作品，而对于中国的神话理论研究，依然显得苍白无力。对此，学界有人指出，近年来，我国的神话研究领域里成绩不小，但是，不足之处仍然是很明显的。这主要表现在如下三个方面：一是神话理论史的研究最薄弱，连比较片断的论述也不多见；二是对我国古神话中许多具体理论问题研究还不够深入，有的甚至还未涉及；三是综合研究（结合历史、语言、民族、人类等学科一起研究）和比较研究（国内各民族神话间以及同国外各民族神话的比较）尚未充分展开②。

从以上中国神话学研究的两个具体语境来看，无论是具有指导意义

---

① 陈泳超：《关于神话复原的学理分析——以伏羲女娲和洪水兄妹配偶再殖人类神话为例》，《民俗研究》2002 年第 3 期。

② 李少雍：《近年神话研究述评》，《文史知识》1983 年第 5 期。

的马克思主义神话思想，还是影响深远的人类学视野，都具有科学借鉴的学理性意义和价值，这也是上述两大研究视角在中国神话研究中始终掌握着话语霸权的深层原因所在。那么，对于《西游记》这样的一部堪称中华民族最优秀的神话作品，我们究竟应该选取何种视角或者语境呢？在我看来，马克思主义神话学理论虽然在相当程度上排斥人类学视野，但是，二者在许多地方存在着相通性，这就为我们对于同一文本进行多视野分析提供了逻辑基础，当然，这种多视野的审视，既不应该被泛化为“怎么说都行”，也不应该是取其中之一为永恒真理的“独断论”或者“中心论”，对于前者造成的文学批评上的分歧尚属于纯粹的语境采用的问题，并不影响文本的正确解读和审美价值阐释，而后者则往往是搅乱文本自身价值的一个重要隐患。事实上，对于传承着中华民族古老文学传统内在精神的神话文本的分析，并不应该仅仅局限于上述某一个语境，而是在以中华民族自身经验的基础上，以本土的、地方的经验去切近文本的同时，也顾及中西文化断裂性和异质性的层面下尚存在着相通性的元素，这正是展开《西游记》神话的文化叙事的基本语境或主要视野。

第二部　西学东渐：诗性智慧与神话原型

一、神话贫乏论的魔咒

马克思的希腊神话理论与西方人类学视角，在为中国神话学研究提供了行之有效的方法论借鉴的同时，也为具体的神话作品解读设置了具体的语境。无论我们选取其中任何一种视角对《西游记》进行解读的时候，都要直接面对中国神话的生存状态问题。这是作为中国神话学代表之作的《西游记》生存的现实土壤。

对早期中国神话生存状态影响极大的是“中国神话贫乏论”。该论调的始作俑者是国外神话学家，他们傲慢地宣称中国原本就是神话的不毛之国，认为汉族是与神话无缘的民族。这些观点的出现，要么出于对中国神话研究的无知和贫乏，要么用古希腊神话标准来衡量中华民族的神话。对此，学界有人指出，“这种观点，源于一个虚假的前提，就是把西方的战争、洪水、创世等神话类型当成了‘标准类型’，而忽视了神话归根结底是‘用想象和借助想象以征服本社群需要征服的自然力’的文化样式。”①

中国神话存在的状态与西方神话有着巨大的区别，这就是西方学者

① 王毅：《中西神话土壤与中国神话典型形态——兼论“中国神话贫乏论”的缘由》，《中华文化论坛》2005 年第 2 期。

所说的“零星碎片”，对此，鲁迅、袁珂均有相关论述。西方学者对于中国神话生存状态的看法是，汉代以前的文献中，不仅没有可以被称之为神话的专门体裁，就连一则记叙连贯、完整的神话故事的文学作品也没有。我们现在所能看到的只是一些不经意间记录下来的片言碎语，亦即散落在各个时代、各种观念的文献中的断简残篇。唯其如此，学术界对于怎样才能将这些碎片连缀成为一个整体，很少能取得一致意见。例如，俄罗斯汉学家李福清就认为中国神话没有像西方神话那样形成一个完整体系的根本原因，在于中国汉民族没有形成叙事诗，与之相反，“古代希腊和印度，这两国在神话基础上产生了伟大的叙事诗，吸进和发展神话形象和情节，也影响造型艺术。中国汉族没有形成叙事诗，所以，古代神话没有希腊或印度神话保存得那么好，只有分散在许多古书中的简短记载”①。

每一个民族都产生过自己的神话，但是，每一个民族所处的文化体系均不相同，尤其是中西民族之间的文化差异、断裂特征非常明显，由此必然导致不同民族的神话在各自文化体系中的地位差异。对于西方民族来说，无论是古希腊文化还是基督教文化，都与神有着天然的血缘纽带关系，从这个意义上说，西方文化在本质上是一种“神本文化”，而中国的文化历史渊源深受儒家思想影响，以儒家为代表的中国古代文化对于神的崇拜是以人格化的神——“天”的形象出现的，而“天”是一个极度抽象的概念，不仅缺少古希腊神谱体系中庞大的、感性的众神表演，即使与基督教中同样抽象的上帝相比，也无法像上帝那样能够衍生出更为成熟、体系化的神话，这是中华民族没有形成庞大的、完整的超自然叙事文学的重要因素。

郑德坤先生曾经专门指出了“人本”“神本”“物本”三种文化之间的区别，按照他的观点，外来文化有两种，其一是以神为本的神本主义文化，在众多的神本主义文化中，最具代表性的是基督教文化、伊斯兰教文化，还有印度的宗教文化。这种神本主义文化的基本精神在于确

① ［俄］李福清：《古典小说与传说——李福清汉学论集》，中华书局2003年，第200页。

立神对于人的绝对统治地位，即人的存在以及行为秩序都是由神来决定的，而且由于人生来就是有罪的“原罪”原因，摆脱困境的最终路径是神的拯救，这就等于说人从根本上说是为神生的。就物本主义文化而言，最典型的是欧美的物质文明，他们相信神是人创造的，甚至根本就不存在神。这种文化与传统的神本文化从神的地位角度来说，是根本对立的，但是，由于这种无神论文化发生在晚近时期，属于工业文明和科学技术进度达到一定阶段之后的产物，并不属于我们所讨论的范畴，因此，从这个意义上说，西方的传统文化体系就是一种神本主义。而中国的传统文化和这两种文化有着根本的区别，“我们的文化是以人为中心，所以，可以超脱神、物而自行发展。神与物不过是供人需要的元素，及促人进化的工具而已”，“中国人最基本的活动是为生活而生活。他不唱高调，或无条件地赞颂所谓高尚抽象的理想，如牺牲、博爱、探险之类。他不以神的意旨为意旨，因为人意就是天意，顺天命基本是顺民意。……他更不为上帝而生，因为天是为人而立。他的生活目的是为人的，上则孝顺父母，下则慈爱子女，子子孙孙，永享安乐。”①

基于这个文化背景，著名神话学家叶舒宪先生认为讲述神之事迹的神话才会大量散佚失传。因此，较之西方神话与本民族文化传统的关系，以及在民族文化中的地位而言，中国神话在本民族文化中不能成为主角，再加上西方神本文化神奇耀眼的光环，由此得出中华民族神话生产相对贫乏的结论，还是具有相当合理的意义的。但是，这种典型的“宏大叙事”，无法切近中华民族自身的文化情感经验，正如我们习以为常的一提到中国文化必定要说“天人合一”之类的宏大叙事一样，以《西游记》为代表的神话叙事，往往在中国文化的政治伦理、人本务实等等宏大叙事话语中遭到严重遮蔽。当然，这并不代表上述中西文化二元对立之间的宏大叙事模式不符合学理性，而是说对于以《西游记》为代表的中国神话作品的研究，在遭遇“中国神话贫乏论”的危机下，还需要进一步对于所谓的“中国神话贫乏论”话语进行微观叙

① 郑德坤：《中国传统文化》，台北伟文图书公司1978年，第78—79页。

事，这样可以更好地切近《西游记》神话叙事的本土语境。

这就是中国现代神话学研究者们建立在种族和地域环境决定论基础上的另一种“中国神话贫乏论”，其中最具有代表性的就是现代著名学者胡适和鲁迅。

支撑起该理论框架成立的先验条件或假设有两个：一、特定的地域环境、种族、气候等外在因素，对于某一个民族的神话产生和发展起着决定性的作用，南方民族在上述诸条件上比北方民族具有更多的优越性，因此，中国的神话生产多发生在南方。二、中华民族文化传统的形成是黄河文明中心论。也就是说，既然能够代表中国文化本质精神的只有北方文化传统，神话生产比较发达的南方，无法在中国传统文化中占据主导形态，那么，对于中国神话是否贫乏的基本判断尺度，就只能以北方文化传统中神话的丰富与否为标准。

依据这两个条件，胡适认为在《诗经》中没有神话的遗迹，中国古代民族没有叙事诗，仅有简单的神话与风谣而已。地处沅江、湘江之间的南方民族曾有不少神话，而地处汝汉之间的北方民族则缺少神话式想象力，至于北方民族比南方民族神话匮乏的原因，胡适的解释是古代的中华民族是一种朴实而不富于想象力的民族。他们生在温带与寒带之间，天然的供给远没有南方民族的丰厚，他们须要时时对天然奋斗，不能像热带民族那样懒洋洋地睡在棕榈树下白日见鬼，白昼做梦。虽然胡适没有像西方学者那样对中国神话的发生持彻底否定的态度，但是，一方面，他关于中华民族是一种朴实而不富于想象力的民族的断言，远比西方学者宣称的中国无神话严重得多，因为这不是用西方神话标准来衡量中国神话而暴露出的评价标准问题，而是从中国神话土壤缺失的角度上得出的结论。这一点对后来神话学研究的影响甚深。按照学界的普遍看法，中国是一个儒家思想伦理厚重的民族，而儒家思想注重人伦义务，向来遵守“不语怪力乱神”，在这样的思想影响之下，中华民族缺少神话似乎是天经地义的。但是，以政治伦理为深层精神结构的儒家思想，本属于北方文化的代表，既不能涵盖以审美诗性为深层精神结构的南方文化，更不能成为古代中国文化传统的全部。根据今天的考古学发现，长江文明和黄河文明远不是过去人们一厢情愿地认为的前者衍生于后者的关系，而是“本是同根生”的关系。因此，北方话语究竟能否取代南方话语成为中华国民族的叙事主导形态，尚需要进一步理性思考，在这个意义上，以神话生产相对不发达的北方文化作为中国神话贫乏的依据，无疑有违学理性。

与胡适的论点非常相似，鲁迅在他的《中国小说史略》第二篇里推究中国神话之所以仅存零星的理由有两点：“一者华土之民，先居黄河流域，颇乏天惠，其生也勤，故重实际而黜玄想，不更能集古传以成大文。二者孔子出，以修身齐家治国平天下等实用为教，不欲言鬼神，太古荒唐之说，俱为儒者所不道，故其后不特无所光大，而又有散亡。”① 虽然鲁迅并没有像胡适那样以地理环境决定论的方式断定中国神话的贫乏，而是除了中国先民居住的黄河流域独特的环境对神话产生的影响因素之外，还提到了孔子对中国神话的影响。事实证明，对神话发展发生具有极其重要的作用的“历史化”进程中，孔子和以他为代表的儒家思想都对中国神话起着举足轻重的作用。但是，他和胡适先生通过中国文化内部区域差异比较研究的逻辑思路，都有一个先验的理论假设，即中国文化一元论或黄河文明中心论，南方文化在实质上已经被排挤出了中国文化本体结构之外。

从世界各民族的神话形态上看，热带民族的神话氛围似乎比地处寒冷气候恶劣的民族丰富得多。最典型的就是今天的拉美魔幻主义和东南亚热带雨林地区的神话浪漫气息。这是胡适和鲁迅的神话论一个非常值得我们反思的地方，根据考古学的成果，中国古代北方民族在面对气候条件方面，遭遇到比南方民族恶劣得多的天然条件，这也是为什么在北方民族中养成务实精神的一个重要原因，而南方民族丰富的自然资源、温和的气候、纵横密布的水泊，都为农业文明创造了极好的条件，的确更容易出现胡适先生所说的懒洋洋地睡在棕榈树下白日见鬼，白昼做

① 鲁迅：《中国小说史略》，《鲁迅全集》（第8卷），人民文学出版社1957年，第16页。

梦，这也是解释荆楚文化、巴蜀文化、江南文化充斥着浓郁神秘浪漫气息的一个科学依据。

我国晚清著名学者刘师培在其著名的《南北文学不同论》中，就认为中国文学有着南北之分，他说：大抵北方之地，土厚水深，民生其间，多尚实际。南方之地，水势浩洋，民生其际，多尚虚无。民崇实际，故所著之文，不外记事、析理二端。民尚虚无，故所作之文，或为言志、抒情之体。相比之下，荆楚之地，僻处南方，故老子之书，其言说杳冥而深远。及庄、列之徒承之，其旨远，其义隐，其为文也，纵而后反，寓实于虚，肆以荒唐儒怪之词，渊乎其有思，茫乎其不可测矣。屈平之文，音涉哀思，矢耿介，慕灵修，芳草美人，托词喻物，志行芳洁，符于二《南》之比兴。而叙事纪游，遗尘超物，荒唐谲怪，复与庄、列相同。

这对于我们今天研究《西游记》的神话叙事具有重要意义，一般来说，作家创作取材多少要受到地理环境的影响，反之，从作品中的内容可以窥视作家的生活际遇与条件。《西游记》的作者吴承恩所处的江淮大地，正好介于中国南北两大文化板块的交界处，究竟其取材的神话故事是受到哪一种文化模式的影响便显得更加复杂。如果就作家主体出生地来说，更倾向于浪漫的楚风，这对于研究作者浪漫主义的精神气质以及作品艺术构造特征都具有重要的借鉴意义。而如果就作品中的东胜神洲花果山原型来看，假如其创作原型真的取材于紧邻山东的苏北连云港市境内的著名风景区花果山，那么，对北方文明深层精神结构产生决定性作用的齐鲁文化，必然对《西游记》的文学创作产生重要的影响，换言之，浓厚的儒家政治伦理精神会融入到这部“虚妄”的作品中。这对于我们今天从区域文化学的角度来研究《西游记》，提供了重要的理论依据。

当然，更重要的并不是这种区域文化学视角证明了切近《西游记》神话叙事的合法性，而是揭示了不同区域文化背后的人的主体精神结构上的相似性和共通性对于神话生产和发展的重要意义。也就是说，相对于寒冷的中国北方，温热的南方土壤上生产出了更多的充满想象的虚妄作品，但是，在这片土壤上生产的众多神话，与北方大地上诞生的神话故事相比，在思维方式上并不存在着根本的区别。在中国早期神话中，南北神话的内容、风格有别，然而，其表现出来的生死智慧、母性崇拜等原型题旨，却具有惊人的家族遗传类似性特征，而且，越是久远的神话在涉及神话思维根本特征上就愈发具有相似性。从这个意义上说，虽然中国神话产生有着深刻的南北差异的背景，但是，这不能作为传统中国文化缺乏神话的学理性依据，即使《西游记》中的主人公孙悟空的原型来自淮河无支祁水怪的说法成立，也不能以此将《西游记》作为江淮区域文化的特产。否则，很容易导致对于神话作品的研究仅仅停留在孤立的文本层面上，从而割断了一切神话文学作品与远古神话思维之间的血脉联系，掩盖了神话文学与民族智慧的根本联系。从荣格的集体无意识角度上说，神话已经不再是单独的文学形态，而是不同民族在早期社会发出的集体声音。“我们已不再是个人，而是全体，整个人类的声音在我们心中回响。”① 因此，我认为虽然《西游记》在中国传统文学中显示出来的绚丽虚妄看似一个极为孤单的身影，但是，其在深层精神结构上则是与自远古神话以来的一切神话叙事都存在着根本的联系，其话语叙事并非属于独舞个唱，而是潜流轰鸣的早期中华民族集体的声音。这让人想起卡西尔谈到贝多芬的《第九交响曲》时所说的，我们所听到的是人类情感从最低的音调到最高的音调的全音阶，它是我们整个生命的运动和颤动②。

二、无法回避的神话历史化

神话发生在生产力水平相对低下的人类原始形态，小说《西游记》

① 荣格：《论分析心理学与诗的关系》，《神话——原型批评译文集》，叶舒宪译，陕西师范大学出版社 1987 年，第 101 页。

② ［德］卡西尔，《人论》，甘阳译，上海译文出版社 1985 年，第 215 页。

中的神话创作则出现在中国封建文明如日中天的明代，从远古神话的产生到封建文人积极主动地创造神话，这中间充斥着不同社会文明形态的政治制度、伦理观念、道德思想等等，神话在这样的社会中穿行、保存，不可避免地要受到复杂的社会历史的渗透和影响。

作为中国封建社会主流意识形态的儒释道思想，在明代的影响力是空前的。如果站在社会伦理思想历史发展的立场上看，小说《西游记》中的神话现象，很容易被厚重的社会伦理遮蔽原始人类思维的特性，披上浓厚的政治伦理、道德说教的色彩，这样，小说中的神话就不再是原始形态意义上的远古神话，而是承载了政治伦理色彩的艺术。

发生于人类原始形态的远古神话，本来并不存在任何道德理念的，只是一种近乎纯粹本能行为的想象活动。在历史必然进入一个理性化和道德化的时期，所有早期的神话都必然面临着这个特定的历史区间中道德和理性的重新审视，甚至阉割。在中国漫长的封建文明历史上，以黄河流域为中心的北方文明，和以长江流域为中心的南方文明，显然都受到过强大的中国伦理文明的冲击，虽然相对于长期作为封建中国政治统治中心的北方来说，南方受到政治伦理精神的控制程度远远弱于北方，但是，就这种政治伦理精神对于中华民族强大影响的角度上看，中国神话产生和发展的历史都与儒家思想具有“剪不断，理还乱”的关系。

这样一来，一切与神话相关的文人创作出来的神话文学作品，就必然牵涉到另一个棘手的问题，即神话的“历史化”。

所谓神话的“历史化”，指的是 The Theory Euhemerus，汉语译为神话历史化理论，是以公元前 3 世纪古希腊作家犹希迈罗斯（Euhemerus）的名字命名的一种神话学理论。犹希迈罗斯认为，神话的起源应该到真实的历史中去寻找，神话中的神和半神最初都是历史上的真实人物，是远古时代的帝王或者英雄。国内学者对神话历史化的理解存在着两种观点，一种观点认为神话历史化理论解释了神话与神祇的起源，即神话源于历史，神祇来源于人类；另一种观点认为，神话的历史化，本意是指对神话做出历史化的解释。神话历史化的结果是神话溶解于历史之中，被视为历史进程的一部分，处于历史叙事的需要，神话的内容被篡改得面目全非，这种情况最终导致神话的消亡①。本文中的神话历史化，指的是第二种解释，在这种理论框架内，神话的历史化实际上指的是“原生态”意义上的神话在社会历史发展的洗涤中，以另外一种形态出现，即“次生态”神话。也就是说，在中国以书本形式流传下来的神话，除了《山海经》等几部少之又少的神话外，其他的几乎都是在原生态神话基础上变形加工而来的，这其中当然包括明朝的《西游记》。正如西方学者马伯乐在1921年出版的《书经的神话》中所说的：

中国的学者只会用一种方法去解读传说，那就是历史解释的方法。他们藉口恢复历史的真实面目，排除自己不能接受的奇异的、超自然的成分，只保留死板僵化的渣滓——其中的神灵和英雄被转化为圣明的皇帝和睿智的臣子，而妖怪则化身为叛乱的王子或邪恶的官吏。……这种作品只是徒有历史之名而已，事实上是一些传奇故事。②

马伯乐对于中国神话的解释显然并不全面，但是，他提出的中国神话文学作品渗透了封建社会伦理思想的观点，非常符合中国神话发展的历史，也切合了封建时代神话文学创作的现实。但是，马伯乐的神话历史化的解释，也常常给后人解释《西游记》带来了这样一个严重的问题，即过于强调神话的“历史解释”，而忽视了这些“次生态”神话与“原生态”神话之间割舍不断的血脉关联。事实上，小说《西游记》的神话创作既包含着“原生态”神话的原始思维，同时，又不可避免地融入了“次生态”神话的社会历史观念，对此，本文将在下文专门阐释，此处不再赘述。

单就这种历史化的神话特征而言，目前学界的一个代表性观点认为，神话的历史化主要集中在如下三个方面：一是神的欲望世俗化。由于人的欲望驱动而出现的世俗化倾向，使神灵从封闭状态中走出来，与世人

① 蔡慧清，刘再华：《中国神话的存在状态——德克·卜德中国神话研究述评》，《求索》2006年第8期。

② 同上。

日益接近，也像人一样充满欲望。神灵的世俗化使它脱去恐怖的性质，不再是令人敬畏的对象，人神之间的关系变得轻松；二是神的婚姻情感化。受传统婚姻观念和阴阳学说制约而出现的伉俪化倾向，许多原生态神话中的独身神灵，有了自己的配偶。神话演变过程中出现伉俪化倾向，有的一目了然，非常明显，有的则比较隐晦，处于潜藏状态；三是神的老年化。农业文明影响而出现的老龄化倾向，许多原生态神话中年轻力壮的神灵变成老年神灵，欲以此强化神灵的权威性①。其实，上述的三个方面可以归结为一点，即在社会历史发展中，神从身体形象到情感欲望都逐渐世俗化、日常化、人性化。这种历史化的特征在中西方神话中都不同程度地显现，就中国而言，在中国神话叙事中明晰地存在着。甚至过去学界一度普遍认为，神话的历史化就是中国神话最突出的一面。“历史化代表的是原生的神话在后代随着政治和意识形态的需要而被改造的情形，应该算作神话失去其古朴特质，而发展为成熟性。现在面对异常童稚的、完全非历史化的原住民神话，我们只能说中国神话中保留了从最古朴稚拙的形态到发达成熟的形态之间的丰富样态变化。”②

但是，这并不等于说，时间稍后的书籍中记载的神话就一定是次生态神话，因为所谓的次生态神话是否存在，必须具备一个基本的前提条件，即相对于原生态而言的。换句话说，如果作家根据早期口头流传，在书中以原生态形式进行叙事，这种神话仍然有可能是一种原生态，或者至少切近原生态。因此，在神话叙事中，往往原生态和次生态神话同时存在，例如《楚辞》中关于土地神就属于原生态神话，而河伯的神话则是次生态。这是我们在解读《西游记》神话叙事时候应该特别注意的问题，因为这直接关系到人类原始神话思维与文学艺术创造两个本质区别的事物。当然，越是接受封建文明洗涤时间长的社会时代，出现的神话叙事就越远离原生态神话，对于处在中国封建文明高度发达的明

① 李炳海：《从神坛灵域走向人间世俗——再论中国古代神话演变的基本趋势》，《社会科学战线》2003 年第 4 期。

② 叶舒宪：《中国神话的特性之新诠释》，《中国社会科学院研究生院学报》2005 年第 5 期。

朝中期的《西游记》神话来说，想完全保存原生态的清白之身几乎是不可能的。正是在这个意义上，目前学界研究《西游记》神话之时，往往忽略了“原生态”神话对小说的影响。

问题的关键在于，除了对《西游记》中的“历史化”神话做出有价值的探讨之外，是否还具有这样一种可能，即马克思和人类学意义上的神话，是否因为“历史化”方式而彻底消失了原生态的神话基质，换言之，这种远古的生命智慧是否在“历史化”的形态之下继续生长并延伸虽然其最终要与文学创造互相渗透，但是在我看来，这并不代表其在历史化过程中彻底失去了原生态的思维方式，甚至可以这样说，原生态神话的基质完全可以通过另外一种形式保存下来，与艺术虚构等神话艺术创造并行发展。这正是我们今天对于《西游记》这样一本神话作品进行阐释的时候必须首先设置的语境问题，离开了这一语境，不仅我们对于《西游记》神话阐释将无法保持其精神源头的血肉联系，从而彻底否定了“历史化”的神话也应该从远古神话寻找精神源头，而不是仅仅就当时时代背景、政治生活来阐述的看法，而且，我们对于历史上为何反复再现的神话文学现象，也无法做出本体意义上的回答。

中国神话的“历史化”与儒家思想的伦理政治化有着不可分割的血缘纽带关系。对于这一点，当代美学家李泽厚先生的解释十分精确，在他看来，古代中国南方由于原始氏族社会结构有更多的保留和残存，依旧强有力地保持和发展着绚烂鲜丽的远古传统。这可以从充满神话浪漫气息的文学作品《楚辞》《山海经》，以及庄周的“宽柔以教不报无道”的“南方之强”层面上得到验证，意识形态各个领域，仍然弥漫在一片奇异想象和炽烈情感的图腾——神话世界中，具体表现在文艺审美领域，就是以屈原为代表的楚文化。相比之下，地处中国北方的广大地区，呈现出来的是儒家把远古传统和神话、巫术逐一理性化，把神人化，把奇异传说化为君臣父子的世间秩序。例如“黄帝四面”（四面脸）被解释为四个大臣去“治四方”，黄帝活三百年说成是有三百年的影响，如此等等。在被孔子删定的《诗经》中，再也看不见这种“怪力乱神”的踪迹。然而，这种踪迹却非常活泼地保存在以屈原为代表的南国文化中①。

不过，这种观点依然有一个基本问题被忽视了，那就是神话产生于上古时期，远远早于儒家思想大行其道的先秦和其后历代封建王朝。因此，中华民族儒家思想传统对神话的影响只能是神话产生之后的流传、变异，只能说中华民族的特点对神话完整保留以及进一步发展起到了重要的影响，而不能说，因为中华民族朴实少想象就产生不了神话。另外，就中国儒家思想奠基人孔子本人在中国文化中具有极其特殊的地位来说，他个人的因素对整个中国文化都产生着巨大的影响，对于神话也未能幸免。当孔子对鬼神持有一种慎重的态度，主张敬鬼神而远之的时候，神话在中国文化史中的命运也就可想而知了。但是，这并不代表孔子个人的思想就可以决定了中国神话在历史中的命运，随着神话研究成果的日益突出，许多学者提出，以孔子为首的儒家思想并不是造成神话被压抑的主要原因，因为儒家并不排斥神话，虽然孔子不语“怪”“力”“乱”“神”，但是这些都是从述史的角度而言的，其真正目的正是为了“避免历史与神话的混同”。这种说法当然值得进一步商榷，但是，即使上述这种孔子述史而非排斥一切神话的观点，也与孔子本人具有相当的联系。而由此导致的正是《西游记》中儒家思想叙事的复杂化，这正是中国神话“历史化”与儒家思想保持上述复杂的暧昧关系的具体体现。

一方面，《西游记》无可争议地对儒家思想进行大量叙事，例如孙悟空身上表现出来的儒家积极进取精神。著名哲学大师冯友兰先生曾把儒家哲学看作“鞠躬尽瘁，死而后已”，这对于孙悟空形象有着部分真理的意义，例如学界长期把孙悟空的形象解释为不畏艰难勇于进取的典型，这和儒家哲学中的“知其不可为而为之”颇为相似。但是，如果采用部分学者提出的儒家哲学在本质上是“做一天和尚撞一天钟”的说法，似乎更为确切，因为除了唐僧是心甘情愿地求法之外，其他人都

---

① 李泽厚：《美学三书》，安徽文艺出版社 1999 年，第 72—73 页。

属于“逼上梁山”的角色。小说《西游记》在儒家伦常世俗理念方面都进行了大量的叙事。

另一方面，《西游记》对于儒家哲学的叙事并不是简单而肤浅的，在宣扬儒家哲学的同时，还有大量的道家哲学思想充斥其中，而且，单就儒家哲学思想的叙事来说，也不是完全地站在肯定和拥护的立场上，常常与嘲讽甚至是否定混淆在一起。

不仅如此，在小说中我们可以发现大量的并非作者个体独立创作的神话叙事，它直接传承了远古神话中原生态的本质，从这些叙事中我们可以发现中华民族的集体智慧，从这个意义上说，吴承恩具有了西方荣格所说的并非孤立个体的意义。同时，作为一种文学创作活动，具体的社会现实背景、作家个体的独立意识，甚至文本自身无不对于神话叙事产生直接的影响，尤其是作家根据自己的主观心理以及次生态神话进行改编，从而成为《西游记》神话叙事中不可分割的一部分，而且这部分神话叙事并不是和原生态神话叙事完全隔离和绝缘的，而是完全胶着在一起的，这就意味着我们对于《西游记》的历史化问题不可简单地以所谓的儒家伦常化等话语“一言以蔽之”。

三、中国诗性智慧

如果中国神话的历史化证明了外在的社会历史因素不仅确实存在，而且还对《西游记》等神话小说发生了不可否认的影响，在某种程度上可以看作原生态神话的异化或者变形，那么，在厘清了神话的历史化之后，还需要对神话小说进行回归神话精神文明源头，或者中国文化母体精神的内在机制探讨，即在今天的现代工业文明甚至是后现代文明语境下，如何尽可能地回到神话研究的原生态神秘图式中去。

前文已述，神话是早期人类向世界发问或征服的思维方式。从西方集体无意识的原型学说的角度上说，其积淀着人类早期的民族记忆，这种种族的记忆必然在历史上不同时期反复再现。正如列维·斯特劳斯认为的，神话是记录人类进化史的最好载体。神话在看似最荒诞的幻想之下埋藏着“秩序”，而这种“秩序”体现为“一再于全世界重复出现”的形式化了的“故事”。因此，中国的神话也应该可以让我们从中发现中华民族心理发展的过程。

从中华民族本土的精神深层结构的角度上说，神话在一定程度上可以被看作一种以原创性、普遍性、深邃性为重要特征的文化元典。例如，鲁迅把神话作为中国文学的源头，茅盾把神话作为中国短篇小说的源头，实质上证明了神话在中华民族精神深层结构上的文化元典价值和意义。这正如马克思所说的，希腊神话不只是希腊艺术的武库，而且是它的土壤，是希腊人的幻想的基础。因此，中国著名的神话学研究专家叶舒宪先生认为，中国神话研究的中心应该转移到“把神话作为前理论阶段的思维方式，作为前哲学的世界观和意识形态来研究”①。换言之，神话的天马行空式的文学创作是民族文化精神深层结构的表象或现象，作为神话现象背后的“纯粹的现象”是一个民族的原始文化形态，其积淀着深厚的本民族精神的原结构。

很遗憾的是，学界对神话的关注，往往更集中在文学创作的表现或现象层面，或者资料的整理、收集和考证上，就前者而言，往往导致了对神话蕴涵的民族精神原结构的忽视，而就后者来说，则容易将神话的鲜活内容机械化、板结化，甚至“作茧自缚”，“治中国神话的学者们埋头于神话材料的收集、整理、考订工作，自本世纪 20 年代的古史辨派以来，已经取得了很大的成绩。然而，当人们把神话仅仅当作神话来考据和研究的同时，似乎并未意识到他们已经开始作茧自缚了”②。这种激进的观点固然值得商榷，但是把神话学从考订主义的狭隘视界中扩展开来的观念，的确不失为一种神话“元叙事”的有益尝试。从这个意义上说，神话就是“深刻地影响合作有着文化整体的全部发展”的

---

① 叶舒宪：《中国神话哲学》，中国社会科学出版社 1992 年，第 2 页。
② 叶舒宪：《中国神话哲学》，中国社会科学出版社 1992 年，第 2 页。

"文化酵母"①。

明确了对神话可以而且应该追本溯源的理论论证之后，剩下的问题则是中国诗性智慧的阐释问题。这包括两个方面的问题，一是诗性智慧，二是中国诗性智慧。

所谓的诗性智慧最早是由意大利著名学者维柯在其《新科学》一书中提出的，但是他并没有对诗性智慧这一概念做出明确而直接的定义，而是从其具有的功能上做出多角度的阐释。在维柯看来，所谓的智慧是"一种功能，它主宰我们为获得构成人类的一切科学和艺术所必要的训练"②。维柯认为，智慧的功能在于实现人的理智和意志，他从古希腊柏拉图对智慧所下的定义"智慧是使人完善化者"的角度上指出，人作为人，在他所特有的存在中是由心灵和精气构成的，或者不如说是由理智和意志构成的。智慧的功能就在于完成或实现人的这两个部分③。而这种功能是和神有着先天的血脉关联，智慧简言之就是神所启示的关于永恒事物的科学知识。

在这个基础上，维柯提出了诗性智慧的概念，一方面，诗性智慧是一种人类智慧的早期形态，具有粗糙的玄学特征。"因为一切事物在起源时一定都是粗糙的，因为这一切理由，我们就必须把诗性智慧的起源追溯到一种粗糙的玄学。"④"这种异教世界的最初的智慧，一开始就要用的玄学就不是现在学者们所用的那种理性的抽象的玄学，而是一种感觉到的想象出的玄学，像这些原始人所用的。这些原始人没有推理能力，却浑身是强旺的感觉力和生动的想象力。这种玄学就是他们的诗，诗就是他们生而就有的一种功能（因为他们生而就有的这些感官和想象力）。"⑤ 另一方面，这些智慧是人类认识最初文明或者说后来文明之所以产生的根本，它们从根本上说，只能属于原始民族，他说，诸异教

① 何新：《诸神的起源——中国远古太阳神崇拜》，光明日报出版社 1996 年，第 317 页。
② ［意］维柯：《新科学》（上册），朱光潜译，商务印书馆 1997 年，第 172－173 页。
③ ［意］维柯：《新科学》（上册），朱光潜译，商务印书馆 1997 年，第 173 页。
④ ［意］维柯：《新科学》（上册），朱光潜译，商务印书馆 1997 年，第 175 页。
⑤ ［意］维柯：《新科学》（上册），朱光潜译，商务印书馆 1997 年，第 181－182 页。

民族的原始人，即正在出生的人类的儿童们，就以这种方式根据他们自己的观念，创造了事物；但是他们的这种创造和上帝的创造绝不相同，因为上帝凭他的最纯粹的智力，能认识事物，而且在认识事物之中就同时创造了该事物。而原始人由于他们强壮而无知，却完全凭肉体方面的想象，才创造出事物。而且因为完全凭肉体方面的想象，他们以惊人的崇高气派创造了事物，这种崇高气派伟大到使凭想象创造出事物的那些人物格外震惊，因此他们被称为“诗人们”①。

至此，我们不难看出，维柯的诗性智慧之根本内涵至少可以从如下几个方面理解：

一是所谓的诗性智慧就是人类早期民族特有的思维方式，用今天的话来说，就是一种原始思维。在我看来，诗性智慧的意义并不在于为人类早期特有思维方式作出一种界定，而是由这种界定导致的其在现代思维语境中存在的价值比较问题。这种思维方式与今天的理性思维有根本的不同，却有着割舍不断的关联。一方面，从某种意义上说，它只能属于人类的童年那个特定的时代，随着特定时代土壤的消失，这种思维方式也不复存在，例如神话思维在那个时代是一种彻底的诗性智慧，而在今天即使还有神话，这种神话思维方式也已经不再与当初具有完全相同的内涵。另一方面，诗性智慧在人类思维历程中也面临着一个继承发展的问题，换言之，在理性智慧时代取代诗性智慧时代的时候，其中也有着思维内在精神的传承，或者说对原始思维形态的变异与转化，虽然这种变异无法保持，也不可能保持最初智慧的全貌，但是，相通性是存在的，或说是无法被彻底变异的，这就是今天我们在理性智慧时代下也能够从诗性智慧中获得某种启示的原因所在。因此，两种智慧在价值判断上就根本不存在高低优劣之分，尤其是不能用今天的理性思维强行比附拆解诗性智慧。这一点对于今天的神话研究来说具有至关重要的作用，因为远古神话就是一种诗性智慧，如果从现代文明的立场去进行真理性批判，不仅完全遮蔽了神话的本质，而且违背了人类思维发展的科学。

---

① ［意］维柯：《新科学》（上册），朱光潜译，商务印书馆 1997 年，第 44 页。

二是人类原始思维的特有方式决定了此后人类的文明发展。这就是维柯创立的“事物的起源决定了本质”的理念。作为人类思维发展的最早阶段，诗性智慧与后来的现代理性智慧具有血缘的纽带关系，在某种意义上可以把原始思维看作理性智慧的母体，现代智慧的精神基因就是在诗性智慧中确立的，虽然在发展演变中出现了种种变异或转型，但是，它们不是完全矛盾对立意义上的关系，而是母体孕育与后来者部分传承、部分变异的关系。这是我们对后来文明的本质需要从母体文明中寻找的合法依据所在。

三是如学者刘士林先生指出的，人类文化的第一个形态是诗性文化。以这种诗性智慧为精神方式的实践活动，在把这一套内在意象运用于对象世界的过程中，也就同时创造了一种与文明时代完全不同的原始文化体系，这就是所谓的诗性文化①。正如维柯所说的：“古代人的智慧就是神学诗人们的智慧，神学诗人们无疑就是异教世界的最初的哲人们，又因为一切事物在起源时一定都是粗糙的，因为这一切理由，我们就必须把诗性智慧的起源追溯到一种粗糙的玄学。从这种粗糙的玄学，就像从一个躯干派生出肢体一样，从一肢派生出逻辑学、伦理学、经济学和政治学，全是诗性的；从另一肢派生出物理学，这是宇宙学和天文学的母亲，天文学又向它的两个女儿，即历学和地理学，提供确凿可凭的证据——这一切也全是诗性的。”②

虽然，维柯的诗性智慧思想存在着这样或那样的不足乃至先天缺陷，但是，这对于解释包括中华民族在内的文明精神结构具有重要的意义。在此基础上，我们可以推演出中国诗性智慧的内涵。

按照维柯的诗性智慧理论，既然人类各个民族最早的一种文明形态都是一种原始思维，那么，包括中华民族在内，都存在一个理性智慧对最初的诗性智慧究竟如何继承的问题，从理论上说，各个民族由于文明起点是相同的，如果没有地理、种族、历史等各种客观原因的差异和制

① 刘士林：《在中国语境中阐释诗性智慧》，《南京师大学报》2003 年第 1 期。

② ［意］维柯：《新科学》（上册），朱光潜译，商务印书馆 1997 年，第 175 页。

约，世界文明应该是大同的。但是，事实上当然并不如此，单就中华民族与西方民族在诗性智慧的继承上，就表现出了根本性的差异性。根据刘士林在《中国诗性文化》一书中精辟的考察，至少可以从如下两个方面来阐释中国诗性智慧：

一是从根据人类文明精神结构上的发展过程来看，只有中华民族在对原始文明的诗性智慧保持着持续性的继承和吸收关系，作为轴心时代人类精神觉醒的最高环节，死亡意识问题可以成为中西在诗性智慧继承或断裂上的根本标志，关于死亡意识问题，本书将在下面的生死智慧一章中专门论述。因此，这里只笼统地概括为，中华民族由于种种原因在诗性智慧继承上，更多地吸收了原始信仰中的生命一体化理念，从而一开始就建立了文明精神结构深处的生命伦理学意识，而西方则从文明精神结构的深处建立了死亡哲学，由此造成中华民族的文化形态在本质上是一种与原始诗性智慧更加具有血缘纽带关系的诗性文化。因此，包括了原始神话在内，外在性虽然发生了变异，但是，内在思维却被根本性地保存完好，这也是中华民族文化形态从表象上看，由于儒家伦理精神对神话强烈地压制和历史化，使得中国神话远远不如西方古希腊神话那样声明显赫，但是，从接近原始神话原生态的意义上说，只有中国神话才具有真正的诗性智慧的意义。

二是从人类生命活动方式的角度上看，诗性智慧的本体内涵即“非主体化”与“非对象化”。具体来说，中国诗性智慧作为中华民族的“自我意识”，它的内涵至少有两个向度：在时间意识上，它是一种自由的时间直觉；在空间意识上，它是一种生命化了的空间直觉。正是以这种时空直觉为起点，中国文化最终发展成为一种与西方物质文明截然不同的诗性文化。在这种文化中，从自然的角度讲，它生成的是“天地与我并生，万物与我为一”的天人氤氲境界，而从人类的角度讲，它则是一种“大乐与天地同和，大礼与天地同节”的生命活动节奏。[①] 与之相对应，其外在特征也相应地呈现出两方面：“在主体角度

① 刘士林：《中国诗性文化》，江苏人民出版社 1999 年，第 82 – 83 页。

的非主体化和在客体角度的非对象化。前者导向表现为自然的血缘关系的重建，即在四海之内皆兄弟，民吾胞也，这就不可能产生西方文明中那些绝对孤独的个体；后者表现为以审美的方式建造世界，它意在圆融人与自然在历史实践中必然出现的对立关系，把天人对立限定在最小的范围内，让世界成为人的诗意活动的家园。”①

工业文明以降，理性思维的重要性得到了充分肯定，并作为衡量社会进步的主要标尺，与此同时，人类对于原始思维的贬低和排斥更加严厉，原始思维往往被作为愚昧黑暗的同义语。从这个角度上说，在高速发达的现代科技面前，谈论任何所谓的诗性智慧问题多少有点儿逆历史潮流而动的意味。如果把这样的逻辑图式移植到中国明清四大经典小说作品的解读中，其结果颇为耐人寻味。在这四部经典中，《西游记》中充满神奇玄学意味的诗性智慧，具有明显的反现代理性思维的特质，这种特质在理性思维的框架下，往往显得幼稚可笑。

这很容易让人想起马克思在《巴黎手稿》中的经典语录，他说，爱尔兰人只知道一种需要，就是吃的需要，而且只知道吃马铃薯，而且只是破烂马铃薯。在这种只知道吃破烂马铃薯的生活中，人不仅失去了人的需要，甚至失去了动物的需要。其实，不仅人类在吃破烂马铃薯的行为中丧失自身的需要，在吃所谓的高级马铃薯中时同样容易丧失自身的需要。对于生活在苦难的黑暗社会中的人来说，工业文明无疑是最灿烂的曙光，理性思维和科技革命让人类充分享受到了文明的温暖，对于这样高级的马铃薯，人类不仅产生了巨大的贪欲，而且在嗜好中逐渐丧失了生命最初的与自然圆融、和谐质朴的诗性智慧。如此一来，孙悟空这一形象必然被看作人类社会进步中追求顽强奋斗的缩影。这种解释固然符合小说对人物形象的塑造，但是，这既非小说神话价值的全部，也不是我们对充满诗性智慧的神话小说应该关注的焦点。对于神话，只要我们还记得尼采这样的评价，神话是人类的精神家园，人的生活无论如何也离不开神话，那么，我们也许就不会再低估《西游记》中的诗性智慧了。

---

① 刘士林：《中国诗性文化》，江苏人民出版社 1999 年，第 23 页。

四、从神话思维到艺术虚构

按照学界部分学者对诗性文化研究的成果和观点来看，中国文化的历史源头直接继承了远古文明中的诗性智慧，这使得中国后来文化的生产与西方相比具有明显的“诗性文化”特征，诗性文化对于神话产生的作用和意义不言而喻，在这个意义上说，中国文化更有利于神话的传承和发展，但是，由于中国社会特定的儒家伦理精神的早熟，这对原生态神话的“历史化”过程却远比西方更具有灾难性。这也正是中华民族本来最应该在神话的传承上成为最强的国度，却最终未能如此的深刻悖论之所在，甚至落得了一个“神话贫乏”的恶名。西方神话包括古希腊神话在内，虽然在后来文明的传承上，早早地与诗性智慧断裂，非常不利于原生态神话内在精神的传承，但是，在其“历史化”的过程中，社会的伦理文明远不如封建中国如此成熟完备，这为神话的传承赢得了很好的发展空间。

那么，中国诗性智慧对于神话的深层作用究竟是否存在，以及如何存在的呢？这需要从人类思维发展的角度上加以阐释。

一方面，如果按照学者方克强先生对于人类思维的研究成果来看，以人类文明经历的三次大的浪潮为界限，人类思维的演化大体上可以分为四个阶段，即以原逻辑为特征的原始思维，以经验逻辑为特征的古代思维，以形式逻辑为特征的近代思维和辩证逻辑为特征的现代思维。在它的统领和渗入下，艺术思维也有逻辑同步的四种历时顺序的主要模式：神话思维模式——神话—经验思维模式——经验—理性思维模式——理性—神话思维模式①。一切艺术作品的生产与发展，无论如何也离不开人类艺术思维的红线，从这个意义上说，神话一旦演化成为一种文学艺术作品，从外表上说是与作家主体的艺术创造紧密联系，这也是我们对文学艺术中浪漫主义创造进行审视的一个重要科学依据，因为《西游记》

① 方克强：《文学人类学批评》，上海社会科学院出版社1992年，第77页。

是在历史材料、民间故事的基础上经过作家个体的独立创造而生产出来的，因此，小说中的神话色彩在文学艺术的角度上看，毕竟属于浪漫主义的创造，在明代，小说美学创作中的“虚”与“幻”之风盛行，鉴于避免文学创作中“事太实则近腐，可以悦里巷小儿，而不足为士君子道”的缺陷，虚幻手法的运用和创造本身就成为当时文学创作的一个显著特征和艺术规律，由此奠定了神话学研究的艺术虚构角度。

具体地说，可以落实到文学创造中的“虚与实”：所谓的“虚者实之，实者虚之。实者虚之故不系，虚者实之故不脱。不脱不系，生机灵趣泼泼然”。因为这个原因，学界不乏把小说《西游记》诞生的意义和价值，看作是从根本上消除了世人对幻想类文学作品在艺术创造审美价值上较之以现实主义作品更为低劣的歧视与偏见。例如，陈元之在《刊西游记序》中说：“彼以为浊世不可以庄语也，故委蛇以浮世；委蛇不可以为教也，故微言以中道理；道之言不可以入俗也，故浪谑笑虐以恣肆；笑谑不可以见世也，故流连比类以明意。于是其言始参差，而俶诡可观，谬悠荒唐，无端崖涯涘，而谭言微中，有作者之心，傲世之意，夫不可没已。”①

从“幻”的角度上说，早见于李卓吾评本卷首的袁于令的《西游记题词》首先肯定了幻的艺术创造的重要作用，在他看来，“文不幻不文，幻不极不幻。是知天下极幻之事，乃极真之事；极幻之理，乃极真之理。故言真不如言幻，言佛不如言魔……至于文章之妙，《西游》、《水浒》并驰中原。今日雕空凿影，画脂镂冰，呕心沥血，断数茎髭而不得惊人只字者，何如此书驾虚游刃，洋洋洒洒数百万言，而不复一境，不离本宗。日见闻之，厌饫不起，日诵读之，颖悟自开也！故闲居之士，不可一日无此书。”显然，幻对于文学创作具有极其重要的意义，但是，这种解释和阐释实际上仍然停留在把幻作为一种单纯的艺术手法的层面上，依然远离了诗性智慧语境下的幻与民族思维血脉关联的认知。

---

① 曹炳建：《明人的〈西游记〉研究与明代小说审美观念的历史演变——论“虚与实”、“幻与真”、“奇与正”三组重要小说观念》，《南阳师范学院学报》2006 年第 11 期。

李卓吾在《李卓吾先生批评西游记》中对这种文人独立艺术创造手法则反复强调，充分肯定了作家个体对于艺术奇幻手法的重要影响，例如他在小说第三十回中的唐僧化虎，白马变龙，第五十三回写唐僧、猪八戒子母河受孕等艺术创作手法，都进行了精辟的点评，强调了这种幻境的描写与文人之笔之间的关系，与此相似，睡乡居士在《二刻拍案惊奇序》中把虚幻的艺术创造与真实的历史叙事之间的有机联系进行了评论，肯定了作为一种艺术创造的虚幻在文学创造效果上与真实是一致的，尤其是对于《西游记》这样的著作，虚幻不仅合法而且是其存在的生命，认为"即如《西游》一记，怪诞不经，读者皆知其谬。但是，据其所载，师徒四人，各一性情，各一动止，试摘取其一言一事，遂使暗摩索，亦知其出自何人，则正以幻中有真，乃为传神阿堵"①。这样的分析还是非常适合文学创作规律的。

但是，从深层来说，小说《西游记》中的虚虚实实描写，则又与某一历史时期艺术思维的根本特征具有内在联系性，也就是说，在历史上的某一特定时期，文学创造的繁荣呈现出来的共性特征，往往可以通过分析此时的艺术思维找到原因和答案。但是，这只是相对的，并不意味着在某一艺术思维特征占据主导地位的时候，其他艺术思维特征性的作品就不存在。在这个复杂的思维链条环节中，神话思维的重要地位尤其特殊，不仅从艺术思维的源头上对后来的一切艺术思维产生影响，而且在四个环节中总要发生着作用。这正是原始思维作为人类思维源头的特殊性质所引发的必然结果。按照这样的理论观点，我们当然可以轻松破解中国的文学生产活动，可以坦然解释为什么自古至今神话一直成为文学中一个显著而连续不断的风景。就中国神话的发生和发展而言，从远古口头流传神话，先秦诸子百家散文集中的神话寓言，魏晋志怪小说，唐代传奇，明清小说、戏曲中的梦幻叙事，直到清朝的《红楼梦》，神话思维以其强大的力量渗透进中国古代艺术家的思想深处，引

① 曹炳建：《明人的〈西游记〉研究与明代小说审美观念的历史演变——论"虚与实"、"幻与真"、"奇与正"三组重要小说观念》，《南阳师范学院学报》2006年第11期。

导着作家们创作出无数浪漫神奇的神话故事。但是，需要指出的是，这里的神话故事已经不再是狭义上的神话，而是以神话故事为基本内核的浪漫离奇故事。

另一方面，中国的神话受到诗性智慧的影响，在艺术创造上不仅仅表现出上述表层意义上的纯文学创造，其深层结构还与神秘性为宗旨的原始思维方式的遗留有关。在诗性智慧原始思维的视野下，神话并不简单等同于作家虚构出的一个个故事，因为这是一种更容易受到艺术家主观感情控制的创造活动，只是人类思维活动的表层，终究掩盖了诗性智慧对于神话发生、传承的影响力。对此，学界指出，“它不同于文学中的神话思维，即通过超现实的想象方式创造一个荒诞的具有象征性意蕴的形象世界。因为神话作为一种文学惯例和传统表现方式，在现代已无神秘性可言。……然而在现代，运用神话思维创作和超现实作品的阅读，都预设了它的幻想品格，人们不会再把它当作现实而产生互渗的神秘感。神秘性原始主义从神话思维之外另辟蹊径。它以写实的面貌或写实与想象汇通交合的形态，去求得原始思维的神秘性与人们现实中的神秘感之间的重叠与呼应。”① 而其表现的方式主要在两个方面：一是“表现现实中事件与人物关系的非因果性和不确定性”；二是把故事的“真实性与虚构性、客观性与主观性混为一体”，也就是说二者之间不存在理性的界限。

因此，面对《西游记》这样的小说，如果我们仅仅用通常意义上的荒诞不经与艺术虚构等神话思维模式来强行比附和肢解，所谓的幻想内容与现实生活是融合在一起的，二者之间不存在用幻想折射或象征现实的关系，似乎在学理上存在着这样一个漏洞：因为这种解释是站在非常严格的理性主义的思维下进行的，而神话小说则是一种类似回归原始思维的状态下的产品生产活动，与其说神话作品是由作者创作出来的，不如说是作者被某一种思维形态占据了主导而在潜意识中自然流露的结果。这很容易让人想起马克思在《评普鲁士最近的书报检查令》中指出的：“真理是普遍的，它不属于我一个人，而为大家所有，真理占有我，而不

① 方克强：《文学人类学批评》，上海社会科学院出版社 1992 年，第 77 页。

是我占有真理。我只有构成我的精神个体性的形式。”① 这并不是取消作家创作的独立元素而把所有的神话文学作品淹没在原始集体无意识的神秘论之中，而是说对于神话文学作品的研究，我们应该区别出它和一般文学作品之间的区别，这就是神话首先蕴涵着集体无意识的特性。

在荣格的集体无意识学说意义上，源自远古的人类思维对于后来的任何作者神话创作都存在着内在精神的影响。当然，这并不等于说，任何神话作品都一定是在这种种族的记忆之下完成的，因为这就等于彻底抹杀了作者的主体创造能动性。但是，我们同样不能彻底抹煞人类远古集体记忆对于后来个体的深远影响作用。因此，对于《西游记》这样一部发生在中国封建时代礼教秩序最为沉重的时代，也是中国资本主义萌芽最早发生时期的作品，神话问题就愈发复杂，如果从文艺社会学的角度上说，它是作家主体通过神话或幻想变相地对社会现实的反映，这正是学界对《西游记》批判说、腐败说等等主题产生的合理依据。同样，如果放在中国诗性智慧的视野下，我们可以从艺术虚构的文学现象中挖掘出中华民族的智慧精神。西方学者对此的肯定尤其深刻，他们认为神话是无名氏创作的故事，讲述世界的起源与人类的命运：社会为青年人提供有关解释，即世界和人类为什么是现在这个样子，以及向他们展示自然与人类命运的富有教育意义的意象②。如果从纯粹的文学批评意义上说，这就是鲁迅先生曾经说的文艺批评的“圈子”问题：“我们曾经在文艺批评史上见过没有一定圈子的批评家吗？都有的，或者是美的圈，或者是真实的圈，或者是前进的圈。”“我们不能责备他有圈子，我们只能批评他这圈子对不对。”③ 当然，中国诗性智慧这样一个圈子的设置是否完全适合《西游记》这部作品中的神话研究，都是需要学界进一步讨论和批评的。

---

① 《马克思恩格斯全集》（第一卷），人民出版社 1956 年，第 7 页。

② 韦勒克，沃伦：《文学理论》，刘象愚，邢培明，陈圣生，李哲明译，江苏教育出版社 2005 年，第 217 页。

③ 鲁迅：《批评家的批评家》，《鲁迅全集》第 5 卷，人民文学出版社 1981 年版，第 428—429 页。

第三部　咏而归：生命伦理哲学的诗性书写

一、石破天惊

《西游记》是中国小说史上具有彻底意义的神话叙事作品，称其为彻底，指的是它自始至终以神话为主线，而不像明朝众多具有神话色彩的戏曲小说，只是在文中辅助性地融入某些神话故事，尤其和其他三大古典作品相比，例如，《水浒传》中宋江的“天书”、《红楼梦》中的贾宝玉的“梦游太虚幻境”，虽然这些文本中的神话叙事的艺术成就并不一定比《西游记》低劣，尤其是《红楼梦》中的神话叙事，简短却具有极高的审美价值，但往往限于篇幅而无法以神话特色著称。而以《封神演义》为代表的纯粹意义上的神话小说作品，对于神话的叙事规模固然可谓鸿篇巨制，但在文学内蕴和审美价值创造上，又明显逊色于《西游记》。因此，对于《西游记》这样一部具有经典意义的神话作品的解析，不应该将其与明清时期一般意义上的神话作品混同。

事实上，《西游记》的神话叙事本身就是一个体系严密而完备的系统。这需要我们首先对神话系统进行整体划分和概括，按照我的看法，《西游记》神话系统可以从时间的维度和空间的维度进行剖析。从时间的维度上说，整个神话故事由取经团队的组建融合（第一回至第二十二回）、西行历险（第二十三至第九十七回）、修成正果（第九十八回至第一百回）的先后时间顺序的三个部分构成，这三个部分之间既存在时间逻辑上的先后而不能随意地颠倒其位置，同时，又因为自身叙事的相对完整而具有独立的意义，因而，从全书的整个结构上说，三者共同构成了一个庞大的神话叙事系统。在整个神话系统的内部，分别凝聚为三个独立的子系统，在三个子系统内部是无数的神话故事。如果从空间的维度上说，《西游记》的神话叙事包括了天界神话、人间神话、海洋神话以及地下冥界神话等部分。

单就时间维度上的神话叙事来说，小说对于唐三藏、孙悟空等人物的西天取经之路的相关叙事，在客观上与人类生命个体的存在哲学具有惊人的同构性。如果把这一行程看作人类生命个体成长的缩影，那么，这个缩影并不仅仅是人生中可以简单切割分离出来的一小段时间数据，而是作为人类社会发展缩影的生命个体完整的、圆形的生命回归轨迹。取经的过程就是个体生命告别童年接受社会化的历程，在皆大欢喜、功德圆满的背后，我认为，如此叙事并非仅仅为了突出已经成为今天学界定论的生命个体的奋斗成长历程，在客观上还似乎具有另外一层深刻的意义，即从西游的历史开始到取经结束，这个完整的过程象征着生命个体从诞生到入世后无可奈何的寂寞和悲凉。在这个意义上，西游神话与其说是象征着以孙悟空为代表的生命个体激昂向上的奋斗成功之路，不若说是一曲自由鲜活的生命日渐陷入理性枷锁而枯萎消损的悲歌；与其说是对人类生命勇于承受社会赋予重担的肯定和赞扬，不若说是对个体生命因之劳形残损的悲鸣与迷惑。唐三藏、孙悟空、猪八戒、沙僧、白龙马等众多重要角色一一登场，伴随着胜利者辉煌耀眼的光环，是黄金童年不再的暗淡身影，其中最重要的当然是孙悟空。

首先，需要阐述孙悟空形象塑造与中国远古神话之间的直接传承关系。吴承恩笔下的孙悟空形象并非完全属于作家个人的独立创造，而是具有很浓的传承历史文化的意味。按照学界一个比较流行的观点，孙悟空的形象最早可以从《大唐三藏取经诗话》中的“猴行者”：“我是花果山紫云洞八万四千铜头铁额猕猴王”，因为偷吃了西王母的蟠桃，被王母捉住发配花果山紫云洞。其实，用《大唐三藏取经诗话》中“猴行者”作为后来小说《西游记》中孙悟空的形象化身，不如用中国早期神话传说中的蚩尤更为恰当。一方面，无论是“猴行者”还是孙悟空，在形象刻画上的“铜头铁额”都与神话中的蚩尤形象完全一致。另一方面，如果仅仅根据后来的猴行者与孙悟空外在形象上与早期神话中蚩尤形象的相似性或者相同性，还不足以断定孙悟空沿袭或者模仿了蚩尤的话，那么，只需要考证、比较一下孙悟空与早期神话中的蚩尤在内在精神上的相似性或者同构性，就不难理解为什么可以说孙悟空的形象塑造来自蚩尤了。

在相关的文献记载中，蚩尤的形象是暴君和乱贼，属于被批评的丑恶的角色。《广雅释诂》云：“蚩，乱也。”《方言》云“蚩，悖也”，又说“尤，同由尤”，腹中之虫之意也，言其很不雅观。《尚书·吕刑》、司马迁《史记》也都或多或少地记载了蚩尤作乱的内容。但是，由于这些都是正统史书中的记载，显然是把神话人物历史化，所以，以正统观点看，蚩尤在中国文化历史上首先代表了一个暴虐无道的乱贼形象。同时，蚩尤也是一个有怪异神力的神话形象，据《太平御览》卷79引《龙鱼河图》记载：黄帝摄政前，“有蚩尤兄弟八十一人，并兽身人语，铜头铁额，食沙石子，造立兵杖马戟大弩，威振天下。诛杀无道，不仁不慈。万民欲令黄帝行天子事。黄帝仁义，不能禁止蚩尤，遂不敌，乃仰天而叹。天遣玄女授黄帝兵信神符，制服蚩尤，以制四方……”《汉学堂丛书》中的《龙鱼河图》则说：“黄帝之初，有蚩尤兄弟七十二人，铜头铁额，食沙石，制五兵之器，变化云雾。”蚩尤的凶恶强悍与神奇怪异的两面性特征，与《西游记》中的孙悟空具有极大的同构性，这对于分析孙悟空的形象具有直接的帮助，因为在小说中，孙悟空的身世也并不“干净”，尤其是在投奔唐僧一起西天取经之间，也有点儿劣迹斑斑的味道。一方面，孙悟空自己承认在花果山也干过吃人的勾当，例如在第二十七回三打白骨精事件中自揭老底：“师父，你哪里认得！老孙在水帘洞里做妖魔时，若想人肉吃，便是这等：

或变金银，或变庄台，或变醉人，或变女色，有那等痴心的，爱上我，我就迷他到洞里，尽意随心，或蒸或煮受用；吃不了，还要晒干了防天阴哩！”而且，不论遇到谁，稍不如愿就是“请吃老孙一棒”，如他被唐僧赶回花果山之后，听到众猴哭诉被猎人捕杀遭遇，立刻摆开“石头阵”，结果无数猎人立刻尸横遍野、惨不忍睹：

可怜那些千余人马，一个个石打乌头粉碎，沙飞海马俱伤。人参官桂岭前忙，血染朱砂地上。附子难归故里，槟榔怎得还乡？尸骸轻粉卧山场，红娘子家中盼望。有诗为证：人亡马死怎归家？野鬼孤魂乱似麻。可怜抖擞英雄将，不辨贤愚血染沙。

大圣按落云头，鼓掌笑道：“造化！造化！自从归顺唐僧，做了和尚，他每每劝我话道：千日行善，善犹不足；一日行恶，恶自有余。真有此话！我跟着他，打杀几个妖精，他就怪我行凶，今日来家，却结果了这许多猎户。

从这方面看，作家吴承恩似乎并没有对孙悟空给予完美的礼赞，至少对于其取经之前的“家丑”没有遮掩，这或许是出于人物形象塑造和性格发展逻辑上的考虑，即这样一个带有很大人格缺陷的人物，经过漫漫西行征途的磨炼终于成长为一个远离了野蛮无知的神。

这种叙事似乎还有另外一层深意：中华民族原生态神话的精神基因对后来的文学创作，尤其是神话文学创作有着不可低估的渗透和影响。例如，包括小说《西游记》在内的众多神话小说都有关于王母娘娘的描写，而这时小说中的人物形象经历了对神话的改造。关于西王母的神话故事大约发生在佛教传入中国以前，在《大唐三藏取经诗话》中，作者就把这种与佛教无关的神话引入佛教题材，表明了中国文学创作对外来文化的本土化改造。这一中外杂糅的故事流传到吴承恩时代，经过作家主体的独立创作和思考，中国本土化的味道愈加浓厚，从这个神话人物改造的过程不难看出，古代神话已经深深地植根于后来的神话题材文学创作者心里。从这个意义上说，孙悟空的形象塑造渗透着中华民族神话思维的诗性智慧完全是可能的。

这里需要强调两点：一、吴承恩对于《西游记》中孙悟空形象的创造，很可能并非仅仅根据这一部诗话，而且，这部诗话究竟是否对后来的吴承恩产生过作用，也只能是一种艺术逻辑上的猜测，包括这部诗话在内，后来的中国文学艺术历史上有无数的“孙悟空”形象活跃在舞台或作品里，诸如无名氏《二郎神锁齐天大圣》杂剧、《西游记》杂剧、《西游记》平话等等，而上述众多的文学版本中的孙悟空形象之间都存在着较大的差异，到了明朝吴承恩的手中，此时的孙悟空又完全是另外一个形象了。我们今天无法找出充分的证据来证明吴承恩看过上述某一个版本才最终塑造出孙悟空的形象，但是，对于传统文学进行吸收和继承，换句话说，他至少受到其中部分作品的影响，这一点是无需怀疑的。二、上文说的中国本土神话中的蚩尤形象对后来《西游记》中孙悟空形象塑造的可能性，并不是说这部作品本身，而是神话的人物形象在其后相关神话和文学作品中另一种渗透方式，只要打开中国远古的神话作品，大凡英雄或神类的形象都具有超自然的力量，单就形象来说，与生活中的世俗的人也是具有本质区别的，其中以巨人形象出现的神话人物，往往具有蚩尤式的铜头铁额类似的身体，即使不吞石食沙，也是满口钢牙利齿。因此，所谓的蚩尤和孙悟空形象之间类似的铜头铁额只是中国远古神话思维必然的显现而已，《西游记》中的妖魔形象以及孙悟空从太上老君炼丹炉中出来的形象就足以证明。

在解决了孙悟空形象塑造上与中国远古神话之间的内在某种联系的可能性之后，我们需要着重阐述作为《西游记》第一个神话系统中的孙悟空的幸福童年。

在整个《西游记》的神话叙事中，孙悟空的人生历程清晰地显示出个体成长的阶段性特征。在神话系统的第一部分，关于孙悟空的童年时光主要集中在第一回至第十四回，其主要事件为石猴出世——大闹天宫——心猿归正。在这三个有机的个体成长叙事中，学界一般把大闹天宫作为小说最经典的描写之一，因为该部分在思想上直接反映了主人公为代表的反抗强权的力量和精神，这种观点固然合理，但是，我个人更倾向于第一回孙悟空的横空出世。其主要原因不仅是该部分的神话色彩相比纯粹的打斗情节更具有神话的浪漫主义色彩，与该书的神话题旨更切合，而且，其类似创世、人生缘起这样的内容，较之批判社会也更能够彰显远古神话的魅力。尤其是一块普通的石头能够从宇宙洪荒中凸现出来，其所具有的震撼力量远非一般意义上的艺术手法可以媲美的。这涉及到一个过于古老的话题，即中华民族的玉石崇拜。对此，小说《西游记》在开篇如此描写道：

正是百川会处擎天柱，万劫无移大地根。那座山正当顶上，有一块仙石。其石有三丈六尺五寸高，有二丈四尺围圆。三丈六尺五寸高，按周天三百六十五度；二丈四尺围圆，按政历二十四气，上有九窍八孔，按九宫八卦。四面更无树木遮阴，左右倒有芝兰相衬。盖自开辟以来，每受天真地秀，日精月华，感之既久，遂有灵通之意，内育仙胎。一日迸裂，产一石卵，似圆球样大，因见风，化作一个石猴，五官俱备，四肢皆全。便就学爬学走，拜了四方，目运两道金光，射冲斗府，惊动高天上圣大慈仁者玉皇大天尊玄穹高上帝，驾座金阙云宫灵霄宝殿，聚集仙卿，见有金光焰焰，即命千里眼、顺风耳开南天门观看。二将果奉旨出门外，看的真，听的明，须臾回报道："臣奉旨观听金光之处，乃东胜神洲海东傲来小国之界，有一座花果山，山上有一仙石，石产一卵，见风化一石猴，在那里拜四方，眼运金光，射冲斗府。如今服饵水食，金光将潜息矣。"

《西游记》中这段仙石变猴的文字，在作者开篇诗句"混沌未分天地乱，茫茫渺渺无人见。自从盘古破鸿蒙，开辟从兹清浊辨"之后，具有极其沉重的创世意味。人们被这一神奇的想象所吸引并试图探究石猴命运的同时，另一个似曾相识的神话原型很容易被激活，即《红楼梦》中女娲补天、顽石通灵的神话故事。单就顽石通灵作为小说开篇这一点上，二者几乎如出一辙：

原来女娲氏补天之时，于大荒山无稽崖炼成高十二丈、方经二十四丈顽石三万六千五百零一块。娲皇氏只用了三万六千五百块，只单单剩了一块未用，便弃在此山青埂峰下，谁知此石自经锻炼之后，灵性已通，能大能小。

女娲补天的神话可从《淮南子·览冥篇》中得知，该书记载：往古之时，四极废，九州裂，天不兼覆，地不周载；火爁焱而不灭，水浩洋而不息；猛兽食颛民，鸷鸟攫老弱。于是女娲炼五色石以补苍天，断鳌足以立四极，杀黑龙以济冀州，积芦灰以止淫水。苍天补，四极正。

虽然小说《西游记》在开篇中所交代的石头，并非《红楼梦》中的女娲炼石，但是，在石头因自然的力量通灵后幻化为人这一点上，二者是完全一致的，而类似的神话故事并非一种纯粹的巧合，据《汉书》记载，“启生而母化为石”，大禹则是“化生于石纽山泉”，《淮南子》一书记载：禹治洪水，通轩辕山，化为熊。谓涂山氏曰：“欲饷，闻鼓声乃来。”禹跳石，误中鼓，涂山氏往，见禹方作熊，惭而去。至嵩高山下，化为石，方生启。禹曰：“归我子!”石破北方而启生。明初马欢《瀛涯胜览》，其后费信《星槎胜记》也都载有石中生人的神话故事，如前者谓：“旧传鬼子魔王，青面红身赤发，正与一罔象合，而生子百余，常啖血为食，人多被食，忽一日雷震石裂，中坐一人。众异之，遂推为王。即令精兵驱逐罔象等众而不为害，后复生齿而安焉。”《遁甲开山图》记载：“女狄暮汲水得石子如珠，爱而吞之。有娠，十四月生子。尧帝知其功如大禹知水源，乃赐号禹。”①

根据人类学家们的考察，今天在中国乃至世界上许多地方都留传着人石互变的神话传说，作为人石互变的“置换变形”，就是人玉互变，因为玉本来就是石的一种，这就构成了人类学意义上的玉石崇拜。它表明了关于石头变换为人的神话是以集体的形式出现的，而不是某一个神话中的反映，这就具有了荣格所谓的普遍性、反复性再现的原型的味道了。这一神话原型以集体无意识的方式对后来的文明发生着渗透作用。无论是在资本主义萌芽发生的明朝，还是重新回归封闭保守的清代时

① 转引自崔小敬：《石头的天路历程与尘世历劫》，《浙江师范大学学报》2002 年第 1 期。

期，远古神话的力量一直对作家创作发生着重要的影响，至少在潜意识上影响着作家的艺术构思。这其实正是整个明清时期幻生幻死的浪漫主义文学盛极一时的一个重要原因，虽然不同的作家在创作时运用神话和改编神话的方式、目的、效果各不相同，但是，我们并不能否定它们的繁荣和远古神话之间的血脉联系。

作为远古精神的遗留物，石头以各种各样的方式出现在人类的日常生活中。在人类没有通过工业文明的化学、矿物学知识完全解开石头之谜之前，它们一直保持着神秘的色彩。在原始思维万物有灵论和神秘互渗律的作用下，人类和石头之间的主体——客体的对立关系，或者说人类面对大自然伟大力量的畏惧情感，虽然无法泯灭，但是，人与石头之间总是被蒙上厚重的脉脉温情，在原始思维的作用下，石头与人类的生命力是直接相通的，人类对玉石有着强烈的崇拜，这种崇拜心理一方面固然与当时人类生产力水平的低下有直接的关系，另外一方面，也与人类早期社会形态中母系制度对女性的生殖崇拜直接关联，人类自身的生产无疑是人自身生命延续的最重要途径，此时的先民对母性生殖能力顶礼膜拜，由此带来的是当时社会母性生殖崇拜的泛滥，对于最早的人类究竟是如何生出来的这样的问题，在当时的生产力情况下，他们无法得知客观的答案，只能通过神话的方式加以幻想，诸如女娲造人、启生而母化为石等等这类故事来加以解答，这些神话正是原始思维作用于人的真实反映。具体来说，由于母系社会在两性生产上，男性的地位被严重遮蔽，由此导致的结果往往是对母性生殖力的凸显和崇拜，这正是此类神话为何只强调母性受孕而男性隐蔽的重要原因。生命本身属于阴阳两性的结合，其中任何一方的残缺都将导致人类自身生产的失败，但是，在母性统治的时代，女性的生殖能力显然被过分夸大和崇拜，即使到了父系社会，男性的生殖能力得到过分的膨胀和崇拜，但是，因为子女的肉体生产始终是以母性身体为载体，相比起母性生育的艰难和危险，人类对自身生产的主观意识总是更偏向于女性，或者说人们更愿意用女性来作为人类自身生产的一种符号。正是在这样的生殖崇拜中，石头悄然进入先民的视野，与西方生命自身生产对代表男性力量的上帝不同，中国文明更强调原始母神的作用，正如黑格尔所说，东方所强调和崇拜的往往是自然界的普遍的生命力，不是思想意识的精神性和威力，而是生殖方面的创造力，更具体地说，对自然界普遍的生殖力的看法是用雌雄生殖器的形状来表现和崇拜的①。超自然的孕育能力本身属于自然万物神奇力量的一部分，但是，作为神奇力量崇拜的全部又不仅仅如此。

从今天的考古学成果来看，在已经出土的大量新石器时代的墓葬中，多次发现死者口中含有玉器，这正是史前时代人们崇拜玉石，把玉石和人的生命紧密联系在一起的原始巫术仪式的重要表现。在石器时代，石头是人类赖以猎取食物的最重要的工具和防止野兽侵害的最锐利的武器。一方面，石头与人之间是一种功利性的利害关系，石头是人类生存的必需工具，而人类同样也在生活中不断地制造和生产这种物质石头，石头被不断地赋予神奇的力量，并称为某种神秘力量的象征。在原始先民那里，这些石头和人一样具有灵性。因为感性的形式已经积淀为一种社会性的符号或象征。关于这种积淀的过程，李泽厚有过精辟的论述：

原始人群之所以染红穿带、撒抹红粉，已不是对鲜明夺目的红颜色的动物性的生理反应，而开始有其社会性的巫术礼仪的符号意义在。也就是说，红色本身在想象中被赋予了人类（社会）所独有的符号象征的观念含义；从而，它（红色）诉诸当时原始人群的便不只是感官愉快，而且其中参与了、储存了特定的观念意义了。在对象一方，自然形式（红的色彩）里积淀了社会内容；在主体一方，官能感受（对红色的感觉愉快）中已经积淀了观念性的想象、理解。这样，区别于工具制造和劳动过程，原始人类的意识形态活动，亦即包含着宗教、艺术、审美等等在内的原始巫术礼仪就算真正开始了。②

---

① ［德］黑格尔著，朱光潜译，《美学》第三册上卷，商务印书馆 1986 年，第 40 页。

② 李泽厚：《美学三书》，安徽文艺出版社 1999 年，第 11 页。

在西方，阿·扎菲也认为，视觉中的许多事物都具有象征的意义，例如，石头和动物都是神圣的象征。如果把整个宇宙看作一个潜在的象征的话，那么，自然界的客观存在包括石头在内就具有了可假定的象征意义。这正如荣格所说的，“人类及其制造象征的嗜好，潜意识地把客观对象或形式改变为象征（从而赋予它们以伟大的心理价值），并以宗教和视觉艺术的形式表达出来。追溯史前时期，组合在一起的宗教与艺术历史，是我们祖先留下的象征记录”①。石头作为象征不仅出于人类的潜意识，而且具有最古老的历史，即它和动物、圆圈一样从人类意识的最早表现，到今天在心理学上具有极其特殊的地位。在先民心中，即使未经雕琢的粗糙的、天然的石头，也常常被认为是精灵或众神的寓所，在原始文化中被用作坟墓、界碑或宗教崇拜的对象。在《圣经·旧约》中记载的雅各做梦的故事，就明确说明了早在几千年前，人类就已经存在着神或者神的精灵可以变换为石头，石头也因此具有了神或神灵象征意义的观念。在该书中，雅各找了一块石头做枕头，睡了一晚上。早晨起来以后，把他所枕的石头立作柱子，把油浇在柱子顶部，并给那个地方起名叫伯特利。在关于雅各的这个故事中出现的石头，就是联系人与神直接交流与沟通的神物。一旦这些石头的神秘色彩被烙印在先民心中，就在岁月流逝中积淀为“种族的记忆”，即使在以原逻辑为根本特性的原始思维被理性思维取代以后，这种观念也不可能彻底消失。这是石崇拜在人类心理积淀的第二个重要内涵，即石头能够辟邪或者说以一种超自然力战胜另一种自然力的幻想。例如《红楼梦》里贾宝玉的那块石头是“命根子”，对宝玉的生命具有直接的保护作用。中国西南少数民族的民间习俗中有很多以石头为保护神的石崇拜习俗，“石棉藏族认为石神可以保佑全寨、全家的平安，山上的巨石，正是村寨的保护神，所以每年都要祭祀山神”②。在中国北方民间房屋建筑上

① ［瑞士］卡尔·荣格等：《人类及其象征》，张举文，荣文库译，辽宁教育出版社 1988 年，第 210 页。

② 徐定远：《试析石棉藏族的原始信仰和崇拜》，《西藏民族学院学报》1990 年第 6 期。

至今还保留有嵌刻着“泰山石敢当”字样的石碑，这都是人们对石神的敬畏。在我国的许多少数民族还保留着崇拜石头的风俗，例如羌族崇拜白色的石头，彝族保留祭奠石神的习惯，藏族、哈尼族也有锅庄（所谓的锅庄就是三块石头）崇拜。

另一方面，当这种功利性的关系发展到一定阶段，艺术的审美作用就逐渐占据了主导地位，人们对石头的崇拜也就不再是单纯的工具利用上的膜拜，而是一种艺术化、审美化的表现方式。只不过此时的人类已经懂得用文学和艺术的方式来表现它，以冰冷的外形象征严酷的自然力量和敌对势力的强大，在今天，石头已经被赋予第三种含义：人格的力量，体现着一种人类的道德精神。这方面的记载，例如陶潜《搜神后记》卷一：“中宿县有贞女峡，峡西岸水际，有石如人影，状似女子，是曰‘贞女’，父老相传，秦世有女数人，取螺于此，遇风雨昼昏，而一女化为此石。”① 另据《太平御览》卷五十二引《世说新语》云：“武昌阳新县北山，上有望夫石，状若人立者。传云：昔有贞妇，其夫从役，远赴国难，妇携弱子，饯送此山，立望而化为石。”② 《太平广记》也曾记载巫山神女化石的故事。从这些石头与人相互渗透幻化的故事可以看出，小说《西游记》中孙悟空由石头幻化而成，被赋予人格化的精神，具有坚强勇敢和聪明灵动的品质，这并不是吴承恩的独创，而是在重复历史上相似的故事。对此，我们可以在小说第一回的石猴领导群猴拜封为王、忧惧生死，以及第二回“悟彻菩提真妙理，断魔归本合元神”的相关描写中，探寻石猴通灵之后的智慧：

石猴端坐上面道：“列位呵，人而无言，不知其可。你们才说有本事进得来、出得去不伤身体者，就拜他为王。我如今进来又出去，出去又进来，寻了这一个洞天与列位安眠稳睡，各享成家之福，何不拜我为王？”

这与其说是讲不讲信用的问题，不如说是工于心计，而最具有心计

---

① 陈文新：《佛门俗影——西游记与民俗文化》，黑龙江人民出版社2003年，第20页。

② 李昉编刻，夏剑钦编纂：《太平御览》，河北教育出版社1994年，第255页。

的是他的忧惧之心。一日，与群猴喜宴之间，竟然“忽然忧恼，堕下泪来”，其原因在于“今日虽不归人王法律，不惧禽兽威服，将来年老血衰，暗中有阎王老子管着，一旦身亡，可不枉生世界之中，不得久注天人之内”？

祖师闻言，咄的一声，跳下高台，手持戒尺，指定悟空道：“你这猢狲，这般不学，那般不学，却待怎样？”走上前，将悟空头上打了三下，倒背着手，走入里面，将中门关了，撇下大众而去。唬得那一班听讲的，人人惊惧，皆怨悟空道：“你这泼猴，十分无状！师父传你道法，如何不学，却与师父顶嘴？这番冲撞了他，不知几时才出来呵！”此时俱甚抱怨他，又鄙贱嫌恶他，悟空一些儿也不恼，只是满脸赔笑。原来那猴王已打破盘中之谜，暗暗在心，所以不与众人竞争，只是忍耐无言。祖师打他三下者，教他三更时分存心；倒背着手走入里面，将中门关上者，教他从后门进入，秘处传他道也。……祖师听说，十分欢喜，暗自寻思道：“这厮果然是个天地生成的，不然，何就打破我盘中之暗谜也？”

因为天地自然界生成的缘故，孙悟空一出生就具有了超凡的灵动智慧，这似乎与个体成长的历史进程相悖，因为人类的智慧通常是在后天教育中获得的，作为童年的孙悟空，似乎过于早熟了。但是，只要我们把孙悟空的出入人间的聪颖和他以后的精神磨炼相比，我们不难发现，孙悟空天生就具有其他动物或人不具备的灵性；更重要的是，这种智慧相比其自己以后的成长过程来说，都显得幼稚而单纯，甚至是一种愚笨。最典型的是撒泼任性、胡闹无礼、无知无畏，这恰恰是个体成长最初阶段的基本特性。

撒泼任性、胡闹无礼、无知无畏本来就是猴类动物的基本特性。这与猪八戒比较起来更为明显。但是，问题的关键是，小说中对于孙悟空三个成长阶段中的撒泼表现并非一成不变的，而且，在以后的个体成长中逐渐退去了这种儿童式胎记，蒙上更多的成年人色彩。这种孩童胎记在小说中鲜明地表现在如下几个事件上：

首先是龙宫索宝和大闹地府。

孙悟空学习武艺之后，着手做的第一件事就是到龙宫去强行索要武器，态度专横霸道，得到了龙宫镇海之宝定海神铁之后，顿时卖弄神通，“你看他弄神通，丢开解数，打转水晶宫里，唬得老龙王胆战心惊，小龙子魂飞魄散”。如果说这种小孩子的顽劣倒还有几分可爱的话，那么，他强行索要披挂的仗势欺人行径就与无赖毫无二致了。明明已经得到龙王的好处，获得了武器，仍然得寸进尺，“当时若无此铁，倒也罢了；如今手中既拿着他，身上更无衣服相趁，奈何？你这里若有披挂，索性送我一副，一总奉谢。”当他这种不知足的态度被龙王拒绝以后，索性耍起无赖：“一客不犯二主，若没有，我也定不出此门。”“走三家不如坐一家，千万告求一副。”在他的软磨无效之后，立刻做蛮横状：“真个没有，就和你试试此铁！”完全一副撒泼耍赖的嘴脸。当他大闹地府的时候，孩子式的撒泼行为的可爱顿时消失，取而代之的是专横霸道。因为其阳寿只有三百四十二岁，到了寿终的时候当然不想死，首先对两个勾他性命的小鬼“恼其性来”，耳朵中掏出宝贝，“幌一幌碗来粗细，略举手，把两个勾死人打为肉酱，自解其索，丢开手，轮着棒，打入城中”。在用武力威胁下，判官被迫让孙悟空消了名字，不仅保全了自己的性命，而且，“把猴属之类，但有名者一概勾之”。在终于获得了“不伏你管了”的圆满结局之后，又“一路棒打出幽冥界”。在这两个故事中，通灵后的石猴完全表现得像一个乳臭未干的孩子。

其次是大闹天宫。

这是被学界公认为小说中最精彩的一章，但是，这里所说的大闹天宫的意义并不是传统意义上的反抗强权，歌颂抗争，而是一种有违“礼”的幼稚无知的行为。在我看来，传统的所谓反抗强权和歌颂自由并不十分合理，因为大闹天宫是由于孙悟空自己的违背天条行径引起的。换句话说，如果对这次混乱搅局的责任进行追究的话，孙悟空是名副其实的肇事者，虽然弼马温的头衔羞辱了他，但是，维护自己的尊严和自由并不代表只是一种暴力的破坏，他之所以获得这样的羞辱，一方面是天庭众神对他这样的“人才”没有充分地重视，让他感到委屈，甚至是侮辱；另一方面，天庭没有重视他的最直接原因恰恰在于他的无知和幼稚，至少在外表上的放浪无羁和猥琐形象，无法让当权者放心给他所理想的官职。当然，如果仅仅从个体反抗社会秩序的角度上说，这种破坏和反抗仍然不失为一种积极的行动，但这并不等于说我们只能从社会统治的象征层面来解释这场惊心动魄的混战。如果再换一个思考问题的角度，即从孙悟空作为孩童时代象征的诗性智慧的视角来重新评价，那么，就可以把这一内容阐释为一种违背成人之“礼”的表现。这里的“礼”就是中国传统文化中的一种秩序、道德、制度和规范。因此，对于孙悟空违背“礼”的行为叙事，就是从反面展示了中华民族“礼”文化的内容以及对于“礼”文化的尊重顺应。

学界一直把中国传统文化看作一种礼乐文化，而“礼”文化的历史渊源追溯固然要从中国的圣人孔子谈起。“礼也者，理也。乐也者，节也，君子无理不动，无节不作。”（《礼记·仲尼燕居》）“礼”“乐”必须同等对待，偏重任何一方都是不可取的。所谓“达于礼而不达于乐，谓之素；达于乐而不达于礼，谓之偏”（《礼记·仲尼燕居》）。但是，这里的“礼”并非一般意义上的一种礼法规范，而是社会政治生活的实质内容，其不仅表现为人与人之间的礼节仪容，人与社会之间的卑尊礼制，还意味着整个国家的良性运行和协调发展都是以礼制的有序客观存在为基本条件的逻辑理念。孔子说，“礼乐不兴，则刑罚不中；刑罚不中，则民无措手足”（《论语·子路》）。音乐和礼制对于国家政治秩序具有同等重要的意义。“文之以礼乐，亦可以为成人矣”（《论语·宪问》），音乐和礼制又是社会个体成长的两个基本条件。这就是孔子音乐美学中的“礼乐相节”的基本理念。因为“乐不可极”，必须用礼加以规范，否则天下大乱。但是，长期以来，人们对于作为中国文化一种主导形态的礼乐文化的认识有着深深的误解，要么把中国传统文化狭隘地看成礼文化，并且把礼文化理解为一种死板僵化的道德教条以及人伦义务，正如李泽厚先生对于礼文化的解读，“礼”在当时大概是一套从祭祀到起居，从军事、政治到日常生活的制度等礼仪的总称。实际上就是未成文的法，是远古氏族、部落要求个体成员所必须遵循、执行的行为规范。因而，它的基本特点便是从外在行为、活动、动作、仪表上对个体所作出的强制性的要求、限定和管理，通过这种对个体的约束、限制，以维护和保证群体组织的秩序和稳定。这种“礼”到殷周时，最主要的内容和目的便在于维护已有了尊卑长幼等级制的统治秩序，即孔子所谓的“君君臣臣、父父子子”。每个个体以其遵循的行为、动作、仪式来标志和履行其特定的社会地位、职能、权利、义务①。由此，从社会个体角度说，礼的存在肩负起的是直接塑造个体、培育人性社会化的神圣使命，只有在“礼”中的人，才能够使自己摆脱动物界的胎记，从而打上人的烙印，用孔子的话说，“成于礼”，礼不仅维护了整个社会的体制，而且把这种对社会的维护完全渗透到日常生活中去，并且不是一种纯粹的仪式本身，包括对个体的感性行为、语言、动作、情感宣泄等等都有着严格的规范和界定。反之，不能够做到遵守礼，就不是一个成人，甚至和动物没有区别。相同的观念同样见于《左传》:“子大叔见赵简子。简子问揖让周旋之礼焉。对曰：‘是仪也，非礼也。’简子曰：‘敢问何谓礼?’对曰：‘吉也闻诸先大夫子产曰，夫礼，天之经也，地之义也，民之行也。天地之经，而民实则之，则天之明，因地之性，生其六气，用其五行，气为五味，发为五色，章为五声，淫则昏乱，民失其性。是故为礼以奉之。为六畜、五牲、三牺，以奉五味；为九文、六采、五章，以奉五色；为九歌、八风、七音、六律，以奉五声；为君臣、上下，以则地义；为夫妇、外内，以经二物；为父子、兄弟、姑姊、甥舅、昏媾、姻亚，以象天明；为政事、庸力、行务，以从四时；为刑罚、威狱，使民畏忌。’”（《左传·昭公二十五年》）中国儒家强调的“非礼勿视，非礼勿听，非礼勿言，非礼勿动”即是这个意思。视、听、言、动这些人类最基本的感性功能竟然因为礼

① 李泽厚:《美学三书》，安徽文艺出版社 199 年版，第 228 页

的在场与否，成为人的生理性宣泄和社会性行为的基本标尺。

孙悟空作为天地自然生成的个体，一旦从大自然（在一定意义上说，幻化成人的石头可以成为大自然的符号）中脱离出来，就必须接受社会化的过程，如果把这个过程与个体成长的过程看作一种同构关系的话，那么，我们完全可以以他的行为是否遵从了“礼”上加以考察，以此来确定孙悟空是否属于真正意义上“成人”，而其在大闹天宫过程中的表现实在令人不敢恭维。对此，我们可以通过小说在言语和行动上的描写加以说明。

太白金星奉命前来招安，孙悟空急不可耐地把个金星撇在脑后，这种行为与不识好歹的孩童无异，到了天门被卫士拦住，他便破口大骂：“这个金星老儿乃奸诈之徒！既请老孙，如何教人动刀动枪，阻塞门路?”当金星和他讲了这个“成人世界”里的规矩之后，他却道：“这等说，也罢，我不进去了。”见到玉帝后，“挺身在旁，且不朝礼”，直待玉帝发过话来，他“却才躬身答应道：‘老孙便是。’”。初涉社会，孙悟空的外在表现正如玉帝所言，“那孙悟空乃下界妖仙，初得人身，不知朝礼，且姑恕罪”。得知弼马温乃不入流的小官之后，立刻反出天庭，在花果山上心安理得地竖起“齐天大圣”的大旗，正所谓无知者无畏的孩童心理。尤为滑稽的是，他再次表现出孩子式的健忘症和容易受骗，明明是被玉帝羞辱了一番，在成人知礼者看来，要么是好马不吃回头草，要么是无脸见江东父老，而他却在金星的一番花言巧语之后，高兴地再次返回天庭接受有名无实的“齐天大圣”的可笑称号，玉帝欺骗他道，“今宣你做个齐天大圣，官品极矣，但切不可胡为”。他虽然似乎心有不甘地“只朝上唱个喏”，但最终还是“道声谢恩”。在天庭成人世界的集体欺骗下，缺少成人社会经验的孙悟空如同一个孩子得到了家长奖赏的一粒糖豆（“外赐御酒二瓶，金花十朵，着他安心定志，再勿胡为”），在如此轻薄的甜蜜诱惑下，竟然“信受奉行”。最为滑稽可笑的是，他着手看管蟠桃园之后，立即流露出孩童特有的放诞本性，一向热衷于喝酒交友的他，见到了味道鲜美，吃了可以长寿的蟠桃，立即流露出“欢喜无任”的仪容，只顾着“三五日一次赏玩”，竟然“也不交友，也不他游”，孩子式的贪婪暴露无遗。没有了“礼”的约束，已经等不及“要吃个尝鲜”，偷吃的场面宛如小孩子到邻居家偷桃，“只见那猴王脱了冠服，爬上大树，拣那熟透的大桃，摘了许多，就在树枝上自在受用。吃了一饱，却才跳下树来”。

中国儒家礼仪一向注重信用，所谓人无信而不知其可也。知礼者当然应该在言语上不能随便发诳语，虽然象征成人世界的以玉帝为代表的群神也撒谎，不过，这些神仙说谎的目的是为了安抚孙悟空老老实实地为天庭服务，保持天上世界的平和安定，这样的说谎不过是成人世界常见的斗争策略或心计。而孙悟空的说谎则完全表现出孩子式的恶作剧心理，在本质上是一种没有得到邀请后的气急败坏或者恼羞成怒的报复行为：他见赤脚大仙受到邀请，于是赚哄大仙，作为“光明正大之人”的大仙岂能防备这样一个无赖式的泼猴，就以他的“诳语作真”，而他就变作大仙模样前奔赴会，一闻见酒香扑鼻，他“急转头”寻找，一见到“玉液琼浆”，口角立即“止不住”流出口水，“就要去吃”，酒足饭饱之后，知道自己闯下大祸，急忙溜之大吉，逃回花果山。但是，事情到此并没有完结，孙悟空回到老家对着众猴炫耀了一番自己的本领之后，在酒精的作用下，他又再次返回天宫，把自己没有喝完的美酒坛子“将大的左右胁下挟了两个，两手提了两个，即拨转云头回来”。

无知者必然无畏，而无畏者的行为则必然导致惹祸不怕大的结果，孙悟空虽然是天地自然所生，自出生就通了灵性，但在他个体成长的道路上，此时的视、听、言、动则完全是幼稚而单纯的，在孩子式的冲动下，终于犯了天条，破坏了成人世界的礼的秩序，也因此成就了大闹天宫的事件。而对这一事件的分析和阐述，则要从礼的另外一层意义上展开，这就是李泽厚先生所言的，具有“神圣”性能的“礼”在主宰、规范、制约人的行为、动作、言语、仪容等人的各种身体活动和外在方面的同时，便对人的内在心理（情感、理解、想象、意念）起着巨大作用。[①] 关于这一点，《左传·昭公二十五年》中有着相关的阐述，即“民有好喜怒哀乐，生于六气。是故审则宜类，以制六志。……简子曰：‘甚哉，礼之大也。’对曰：‘礼，上下之纪，天地之经纬也，民之所以生也。是以先王尚之。故人之能自曲直以赴礼者，谓之成人。大，不亦宜乎。’”。这里的“六志”据孔颖达疏的解释为“礼记谓之六情。在己为情，情动为志，情、志一也”。这就是说，儒家视为生命的礼并不仅仅停留在所谓的外在形式上，而是具有情感的因素，这正如黑格尔谈论艺术时候所说的，感性的形式中必然有理性的内容，而理性的内容则往往渗透着感性的情感一样。“礼”在表现为外在行为的一种约束力和规范法则的同时，渗透着厚重的自觉遵从、虔诚信奉的情感。中国现代学者冯友兰先生也在其《三松堂学术文集》中指出过儒家的“礼”实质上就是表达主观感情的诗和艺术。亚里士多德说，人是政治性的动物，动物性的感性内容往往被遮蔽，尤其是“万物的灵长”这一称呼，更是把人的社会主体性空前神化，人类在如此崇高的光环下已经成为一个没有血肉的抽象的符号，这不仅有违人性的本真，而且弱化了人的道德秩序遵守与情感之间的血缘纽带关系。事实上，人类能够远远高于动物者，不仅仅在于人类比动物更精于理智，还在于人类具有比动物们更加丰富的感情。所谓情感动于衷而形著于外，那么，作为社会规范秩序出现的礼乐仪文，则不可能仅仅成为被抽空了的理智或意念，而是仍然以丰富的感性内容包孕在理智框架内的。

但是，一旦把礼看成是理性的社会秩序规范，同时又包容着丰富的感情，这又引发另外一个逻辑命题，即作为感性的情感与作为理性的规范，两者之间是无法实现渗透的，而人类在本质上也不是西方人所说的那种“一半是天使，一半是恶魔”。那么，中国的礼究竟是如何实现这种感性与理性的渗透交融的呢？对此，李泽厚先生的解释为：

“礼”无论如何又总是从外面来的规范、约束的秩序，它与人作为

① 李泽厚：《美学三书》，安徽文艺出版社1999年版，第230页。

血肉之躯的个体自然性的关系，实际上经常处在一种对峙的状态中，即“礼”对人的身心的塑造和作用是从外面硬加上来的，是一种强制性的规定、制度，它与人的自然性的感官感受和情欲宣泄并没有直接的必然联系。特别是当“礼”一方面在内容上逐渐演化成为特定的法规、制度，另一方面在形式上又日渐沦为纯粹的外表、仪容的时候，它与人的内在心理情感的联系就更为稀疏甚至脱节了。从而，本来将理性、社会性交融在感性、自然性之中的原始的巫术图腾活动，发展定型为各种礼制之后，这个交融的方面便不得不由与“礼”并行的“乐”来承担了。①

如果单纯地从礼具有的社会规定性的角度上看，李氏的观点当然非常正确，但是，如果把孔子对礼的遵从看作个体自觉的有意识的修养，那么，孔子的礼实际上并不完全如上述所言，而是一种所谓的“道德个人主义”，是一种自觉意识的承担，虽然，这种境界并不是任何一个守礼的人可以轻易达到的，但是，实现不了是一回事，而是否这样做则是另外一回事。这恰恰是《西游记》中唐僧努力修行的最高境界。由此可见，从整个社会发展进步的角度上讲，礼是一个社会实现良性运行和协调发展的基本保证。正因为如此，从文化人类学的角度上考察，各个原始民族都曾有过与中国殷周时期建立的礼制体系类似的程式。在《西游记》中，孙悟空大闹天宫对礼之情感的破坏是明晰的，他的喜怒哀乐不仅谈不上所谓的礼的约束，丰富的感情彻底冲垮了理性的堤岸，让他成为一名不受任何约束的自由主义者，不加以任何的控制和调节。而如此孩子式的恶作剧行为必然招致成人世界的恶性惩罚，这就是被压五行山下，闭门思过五百年。

孙悟空被降伏的过程显然是作家为了刻意强调其能耐之大或佛法无边而做出的精心安排，虽然最终的结果是佛法无边的威力彻底压制了本领高强的孙悟空，但是，在佛祖最终擒住孙悟空之前，还是凸显了孙悟

① 李泽厚：《美学三书》，安徽文艺出版社 1999 年，第 233 页。

空个人能力的高强。开始是十万天兵布下的天罗地网在孙悟空面前的无能为力，然后是李天王父子几个人的力不从心，再后来是菩萨献计保举玉帝外甥显圣二郎真君。孙悟空和二郎真君的战斗颇为幽默，非常富于孩童斗殴式的戏剧性和幼稚性。

首先，在两人决斗之前对二郎真君相貌的一段描写耐人寻味，“仪容清俊貌堂堂，两耳垂肩目有光。头戴三山飞凤帽，身穿一领淡鹅黄。缕金靴衬盘龙袜，玉带团花八宝妆。腰挎弹弓新月样，手执三尖两刃枪”。相比之下，那位雷公脸、拐子腿的齐天大圣形象简直猥琐不堪。不仅如此，作者在此处刻意突出了二郎神的显赫背景，斧劈桃山、弹打双凤、力诛八怪、义结梅山，这些辉煌的经历为衬托对手孙悟空的能力高强做了很好的铺垫。但是，如此富于正面形象的人物在孙悟空的眼中却被严重异化了，这与其说是他的本领大而敢于口出狂言，不如说是年幼无知“不知死活”。他见面就口无遮拦地揭这位道貌岸然的真君“旧伤疤”：“我记得当年玉帝妹子思凡下界，配合杨君，生一男子，曾使斧劈桃山的，是你么？我想要骂你几声，怎奈无甚冤仇；待要打你一棒，可惜了你的性命。”如此不光彩的丑事被抖落出来，不仅二郎神难堪，就连玉帝的脸面也没地方放了。这正是口无遮拦的顽童所具有的特性，至于两个角色之间的斗狠逞能则被孙悟空的顽劣不堪所掩盖。

其次，孙悟空与二郎神斗法中的拙劣可笑。每当孙悟空变化成某一个东西躲避对手的时候，不仅总是被二郎神轻易识破，而且，孙悟空留下的破绽也十分低级可笑。尤其是他变作鱼儿和庙宇的过程，小说特别突出了孙悟空的顽劣儿童特征。起先，他变成一条鱼儿，猝入水中。等待片刻之后，顺水正游，忽然看见一只飞禽，料想是二郎神所变，于是“急转头，打个花就走”。其行为暴露出的破绽被二郎神轻易识破：“打花的鱼儿，似鲤鱼，尾巴不红；似鳜鱼，花鳞不见；似黑鱼，头上无星；似鲂鱼，鳃上无针。他怎么见了我就回去了？必然是那猴变的。”后来，孙悟空又变成庙宇，可是嘴巴、牙齿、舌头、眼睛都变换为庙中具体物件之后，“只有尾巴不好收拾，竖在后面，变做一根旗杆”。二郎神仔细看后，竟然“笑道”：“是这猢狲了！他今又在那里哄我。我也曾见庙宇，更不曾见一个旗杆竖在后面的。断是这畜生弄喧！他若哄我进去，他便一口咬住。我怎肯进去？”如此“四不像”的变法以及心虚见了二郎神就逃的行为，与此前神通广大的齐天大圣形象不符，称其为学艺不精固然合理，因为他本身就是功业未修成却好卖弄炫耀而被中途逐出师门的。问题的关键并不在于一个人的本领低于对手而被打败，而是拙劣的表演技巧和破绽百出的可笑行为。从这个意义上说，孙悟空和二郎神斗狠场面的主要目的并不在于要表达出二郎神的本领如何的高强，而是突出孙悟空个人行为的幼稚可笑。这可以在他“四不像”的变法之后一系列的变化中得到很好的证明。当他变成一条水蛇被对手识破后，竟然“跳一跳，又变做一只花鸨”，而“花鸨乃鸟中至贱至淫之物，不拘鸾、凤、鹰、鸦都与之交群”，如此低劣形象连二郎也觉得“变得低贱”，径直去过弹弓拽满，一弹子打了过去。按照正常的逻辑，像孙悟空这样自诩为“齐天大圣”的英雄人物即使打斗不过也不能让自己的尊严丧失，这在中国封建社会礼教意识坚如磐石的明代尤为明显，所谓生不改名、死不改姓的男子汉大丈夫应当顶天立地，而不是缩头缩脑地装孬。孙悟空也应该如此。但是，当他变成花鸨的时候已经意味着彻底没有了人的尊严，这对于他来说无疑是一件耻辱的事，因为失败并不丢人，最丢脸的是没有自尊。但是，我们却发现了真实的孙悟空。他可以为了逃命而不择手段，弄到连对手都鄙夷，他根本就没有这种尊严意识，完全如同一个不知羞耻的幼儿一样，在客观上，我们完全可以认定孙悟空的行径与孩童阶段的特征具有惊人的相通性。

作为顽童恶作剧行为的一种延续，小说《西游记》描写了孙悟空在观音、老君、天王，甚至恶犬的集体攻击下终于被捉拿归案之后，又在老君府上恶性报复了一番欲再次逃走，最终遭到了真正意义上的成人世界的严厉惩罚。这如同家长们教训屡教不改的坏孩子的一记响亮耳光，但是这次行为与此前和二郎真君斗法时候的可笑狼狈相比，突出的是一种孩子特有的骄傲无知与“小聪明”，在二郎真君面前，孙悟空的表演可谓拙劣狼狈，其失败被涂抹上厚重的滑稽可笑色彩。当他在佛祖面前的时候，年幼无知的可笑已经转换为力量悬殊的巨大对比下自不量力的可悲。在伟岸无比的佛祖面前，他仍然一副大言不惭的样子："炼就长生多少法，学来变化广无边。因在凡间嫌地窄，立心端要住瑶天。灵霄宝殿非他久，历代人王有分传。强者为尊该让我，英雄只此敢争先。"如此年幼无知与信口雌黄，当然需要家长们的"规劝"："你那个初世为人的畜生，如何出此大言！不当人子！不当人子！折了你的寿算！趁早皈依，切莫胡说！但恐遭了毒手，性命顷刻而休，可惜了你的本来面目！"但是，对于这样一个没有吃过苦头的顽劣孩童来说，这种没有肉体疼痛的口头警告当然不起任何实际效果，反而更容易激起叛逆者的作恶心理，孙悟空就在如来劝诫后搬出了"造反有理"的根据："他虽年劫修长，也不应久占在此。常言道，皇帝轮流做，明年到我家。只教他搬出去，将天宫让与我便罢了。"骄傲无知不仅与未经世事相关，而且往往是因为小聪明在作祟。孙悟空和如来佛祖打赌翻筋斗，心中颇为得意，"这如来十分好呆！我老孙一筋斗去十万八千里。他那手掌，方圆不满一尺，如何跳不出去？"很怕佛祖反悔，"急发声"说，"你可做得主张？"而在如来手掌中折腾了半晌之后，以为大功告成，却不忘记"留下些记号，方好与如来说话"，于是犯了孩子随手涂鸦以及"随地大小便"的毛病，"在那中间柱子上写一行大字云：'齐天大圣到此一游'，""却在第一根柱子根下撒了一泡猴尿"。

任何个体的成熟总要为自己的年幼无知付出代价的，孙悟空为此付出的代价至少体现在如下两个方面：一是作为一种惩罚，孙悟空遭到了有生以来从未有过的肉体痛苦和心灵创伤，使这无知的人第一次认识到"家长们"尊严的不可侵犯、地位的不可动摇，以及叛逆者的可怕下场，正是这种教训让孩童在此后的人生道路上不敢造次，由此向成人世界的规矩行为靠拢。二是对叛逆者惩罚的最终目的并不在于毁灭性地打击或铲除这些"贼臣逆子"，而是要"改造"和"招安"这批反抗者，不管叛逆者的反抗是出于无意识的本能行为，还是自觉有意识的阴谋策划，总不利于成人世界的安定秩序，因此，欲实现统治的稳定，最好的办法莫过于把作乱者改造过来“为我所用”，正如小说第三回中太白长庚星阻止玉帝武力降服的圣谕所讲的道理：“臣启陛下，可念生化之慈恩，降一道招安圣旨，把他宣来上界，授他一个大小官职，与他籍名在箓，拘束此间；若受天命，后再升赏；若违天命，就此擒拿。一则不动众劳师，二则收仙有道也。”

从这个意义上讲，家长们惩罚措施的可怕，固然会激起受罚孩童的痛恨和憎恶，但是，由于惩罚自身具有的“改造”和“利用”的目的，除了极少数顽劣不化孩童因为死不悔改而被彻底铲除之外，众多受惩罚者往往对这种惩罚抱有非常复杂的情感。孙悟空被压在五行山下的受难事件，就是一个孩童被父亲教训一顿从此铭刻在心的个体创伤，伤痛让孩童后怕和痛恨，但是，在若干年后又因为教训中的“善良”目的而让“长大成人的孩子”抱着感恩戴德的感激心理。例如，如来佛祖把孙悟空压到五行山下之后，“又发一个慈悲心，念动真言咒语，将五行山召一尊土地神祇，会同五方揭谛，居住此山监押。但他饥时，与他铁丸子吃；渴时，与他溶化的铜汁饮。待他灾愆满日，自有人救他”。也就是说，成人对孩童的惩罚并不是消灭他们的幼体，而是通过肉体苦痛让他们长记性。当然，如来教训孙悟空的行为并不是完全意义上的现代家庭父亲揍孩子，其中既有着规劝使之向善的良好意愿，也有招安和改造的成分，关于这一点，让他保护唐僧取经受苦就是一个证明。而孙悟空之所以在日后的西行途中把五百年前大闹天宫的经历放在嘴边，绝不是仅仅在于炫耀个人的辉煌经历，因为大闹天宫的结局是以自己失败而告终的，其中有着自己太多并不光彩甚至丢人的事情，但是在长大成人之后的懂事的成人眼中，无疑还有少许脉脉温情存在。这种矛盾情感的生成就是从教训和惩罚得来的。

然而，能够激动人情感的并不只是孙悟空这样一个稚气未脱的小人物向坚如磐石的天庭叫板的故事，只要把这个故事往前做一个推究，不难发现在上述孙悟空斗争的故事背后还隐藏着这样一个值得关注的事情，就是这样一块普通的石头为何能够突然具有人类的感情，或者说从石头变化为如来佛祖说的“猴精”之后能够具有人类的思维活动。从他的忧虑生死，到嫌弃官小，再到“皇帝轮流做，明年到我家”，在一块石头和动物身上演绎了一段惊心动魄的人类情感故事，这种感动要远远超过抗争或叛逆之类斗争行为自身的意义。

这很容易让人把它和《红楼梦》中那一块通灵美玉联系起来，而对于这个过于沉重的命题的解释，当然需要从中华民族在数千年历史中积淀形成的独特的诗性文化上才能得以“澄明”，这就是后面将要论及的生死智慧问题，但是，在阐述生死智慧之前，还需要从另一处蕴蓄了中华民族生死智慧的文化景观谈起，这就是与人类黄金童年紧密相关的花果山。

二、乐土乐土

一切文学艺术都是对现实世界的反映，社会生活是文学创作的唯一源泉。文学作品中创造的形象世界，既是作家内心主观情感的营构之象，也是天地自然之象。小说《西游记》中孙悟空的老家花果山的原型，至今仍有分歧，一个比较流行的观点是，《西游记》中的花果山指的是今天江苏省北部连云港市境内的著名景点花果山。其实，孙悟空老家的原型是否就是今天现实中的花果山并不重要，因为文学创造的艺术世界与现实中的世界并不等同。文学作品中的形象本身就是主观性和客观性、假定性和真实性的对立统一，而且，文学创造本身是一个复杂的生产过程，作者的主观创造、读者的接受再创造以及文本自身的话语蕴藉属性等等多元因素，无不对文学作品中的形象创造产生巨大的影响，因此，对于小说《西游记》中的花果山的阐释，绝不应该拘泥于区域地理学意义上的现实中的某一座山。在作品中，花果山完全是一种人类乐园的形式出现的，孙悟空出生在这里，又从这里飘洋过海寻找外面的世界，当遭遇不幸和挫折的时候，又会返回这里，花果山俨然具有了人类社会中真正意义上家的含义和“桃花源”一样的象征。

西方的黑格尔说，一件艺术品，我们首先见到的是它直接呈现给我们的东西，然后再追求它的意蕴和内容。按照他的意思，“直接呈现给我们的东西”是一种“外在形式”，但它可以“指引到一种意蕴”，而所谓的“意蕴”则是与外在形式相对的内在东西，是“一种内在的生气、情感、灵魂、风骨和精神”（黑格尔，美学，第一卷，朱光潜译，商务印书馆1979年版，第24—26页）。从一定意义上，我们对《西游记》中花果山这一艺术形象的解读，也可以借鉴黑格尔的“外在形式”和“内在意蕴”两个层面加以展开。这也是被本文称为乐土的花果山神秘图式所在。对于花果山这一乐土的“外在形式”主要是自然景观和物质生活供给方面的感性可感的具体形式。

小说《西游记》中的花果山，在“形式上”首先具有惊人美丽的自然景观以及无比丰饶的物产。对于花果山的景色，小说如此描写：

国近大海，海中有一座名山，唤为花果山。此山乃十洲之祖脉，三岛之来龙，自开清浊而立，鸿蒙判后而成。真个好山！有词赋为证，赋曰：势镇汪洋，威宁瑶海。势镇汪洋，潮涌银山鱼入穴；威宁瑶海，波翻雪浪蜃离渊。水火方隅高积土，东海之处耸崇巅。丹崖怪石，削壁奇峰。丹崖上彩凤双鸣，削壁前麒麟独卧。峰头时听锦鸡鸣，石窟每观龙出入。林中有寿鹿仙狐，树上有灵禽玄鹤。瑶草奇花不谢，青松翠柏长春。仙桃常结果，修竹每留云。一条涧壑藤萝密，四面原堤草色新。正是百川会处擎天柱，万劫无移大地根。

马克思在《1844年经济学哲学手稿》中论述人的生存与自然界的联系时指出：“人靠自然界生活。这就是说，自然界是人为了不致死亡而必须与之不断交往的、人的身体。所谓人的肉体生活和精神生活同自然界相联系，也就等于说自然界同人自身相联系，因为人是自然界的一部分。”① “人靠自然界生活”，这一个亘古不变、不可动摇的客观事实，

① 《马克思恩格斯全集》第42卷，人民出版社1979年，第95页。

从人的物质生活需要来说，人的生存所必须的食物、燃料、衣服和住房均来源于自然界。从人的精神生活需求来说，自然界也是艺术、宗教、哲学等一切意识活动的对象，“是人的精神的无机界，是人必须事先进行加工以便享用和消化的精神食粮”①。孙悟空本来是自然界的一块石头，因为受日月之精华而有了灵性，在神话世界中以“神”或“妖”的形象出现，同时也具有人的意义。从这个意义上说，他对自然的依赖就是人类对自然的依赖。在这种强烈的人对自然依赖关系的制约下，花果山无疑是早期人类生产力低下时期的一种美好理想，它的美好并不在于自然景观的美，虽然这里一年四季“瑶草奇花不谢”，但是，“忧心忡忡的穷人甚至对最美丽的景色都没有什么感觉；贩卖矿物的商人只看到矿物的商业价值，而看不到矿物的美和特性；他没有矿物学的感觉。因此，一方面为了使人的感觉成为人的，另一方面为了创造同人的本质和自然界的本质的全部丰富性相适应的人的感觉。”② 马克思对人与自然的关系的经典论述，证明了自然界对于人类的生产活动，包括对文学生产活动的影响具有物质基础的意义。

对于早期人类来说，美丽的自然景观并无今天意义上的所谓“审美”可言，他们最关心的是自然界是否能够满足基本的生存需要，毕竟，作为人本身来说，同一切动植物一样是有生命力、有感觉和欲望的自然存在物。“人直接地是自然存在物。人作为自然存在物，而且作为有生命的自然存在物，一方面具有自然力、生命力，是能动的自然存在物；这些力量作为天赋和才能、作为欲望存在于人身上；另一方面，人作为自然的、肉体的、感性的、对象性的存在物，和动植物一样，是受动的、受制约的和受限制的存在物……”③ 被马克思充分肯定的人作为自然存在物的自然属性是丰富而多层次的，它不仅仅指自然力和生命力，还有肉体的感性的欲望情感，从这个意义上说，人类本来就是大自

① 《马克思恩格斯全集》第42卷，人民出版社1979年，第95页。
② 《马克思恩格斯全集》第42卷，人民出版社1979年，第126页。
③ 《马克思恩格斯全集》第42卷，人民出版社1979年，第167页。

然不可分割的一部分，与自然共荣辱。因此，孙悟空所在的花果山的美从一开始就被打上了深刻的功利性印记。这从小说一开始的石头通灵孕育精灵就得到证明。恩格斯则在《自然辩证法》中论述了人与自然的关系时以雄辩的事实阐释了劳动在从猿到人转变过程中的巨大作用，论述了人类起源于自然的真理。恩格斯指出："正如我们已经说过的，我们的猿类祖先是一种社会化的动物，人，一切动物中最社会化的动物，显然不可能从一种非社会化的最近的祖先发展而来。随着手的发展、随着劳动而开始的人对自然的统治，在每一个新的进展中扩大了人的眼界。"① "我们所面对的整个自然界形成一个体系，即各种物体相互联系的总体，而我们在这里所说的物体，是指所有的物质存在，从星球到原子，甚至直到以太粒子，如果我们承认以太粒子存在的话。这些物体是互相联系的，这就是说，它们是相互作用着的，并且正是这种相互作用构成了运动。"②

对于这些泼猴来说，解决吃饱肚皮问题只是实现生存这一漫长链条中间的一环，与吃饱同等重要的还要解决居住问题。正如文中孙悟空发现水帘洞之后的得意扬扬："我们都进去住，也省得受老天之气。这里边刮风有处躲，下雨好存身。霜雪全无惧，雷声永不闻。"这就为发现水帘洞提供了充分的理由，而对于水帘洞的发现也完完全全地在于其实用功利性。首先，这是一处非常隐蔽的藏身之所。其洞口被"一股瀑布飞泉"完全遮蔽，但跳入瀑布泉中后，"里边却无水波，明明朗朗的一架桥梁"。"原来是座铁板桥，桥下之水，冲贯于石窍之间，倒挂流出去，遮蔽了桥门。"西方的卢梭说："人性的首要法则，是要维护自身的生存，人性的首要关怀，是对于其自身所应有的关怀。"③ 在生产力水平较为低下的原始时代，先民用来维护自身生存的方式是多样的，除了以生产工具的不断改进来增强对自然的对抗之外，地点的隐蔽性同

① 《马克思恩格斯选集》第三卷，人民出版社 1972 年，第 510 页。

② 《马克思恩格斯选集》第三卷，人民出版社 1972 年，第 492 页。

③ ［法］卢梭著，何兆武译：《社会契约论》，商务印书馆 1980 年，第 9 页。

样可以更好地保护本部落成员的生存，减少野兽的侵害和袭击。也许从那个时候开始起，人类就希望居住地点具有相当的隐蔽性。在中国民间神话故事以及众多文学艺术作品中，常见神仙居住地方的隐蔽叙述，这种叙事固然便于凸显仙界难寻或者人类的聪明和智慧，但是，其中也积淀着先民自身生存安全因素的意识。这与陶渊明的《桃花源记》中的“桃花源”入口的极其隐蔽性完全一致。其次，山洞里“浑然像个人家”，是“一座天造地设的家当”。“桥边有花有树，乃是一座石房。房内有石锅石灶、石碗石盆、石床石凳”，“里面且是宽阔，容得千百口老小”。甚至连中华民族家庭必备的充满喜气的“对联”都已经备好：“花果山福地，水帘洞洞天”。这段对于人类生理欲望满足感重视的叙述，很容易让人想起黑格尔的话：“欲望所要利用的木材或是所要吃掉的动物，如果仅是画出来的，对欲望就不会有用。”① 作家在《西游记》中花果山上“画出来的”能够满足孙猴子的“木材”“动物”当然都是有用的。不仅如此，在中华民族的心理中，家具有非常特殊的意义。从物质生活需要的角度上说，它可以摆脱人在自然对抗中无处躲藏的狼狈状态，而且，把生活方式固定下来，以集体居住的形式进行社会生产活动，从而建立起稳固的家庭血缘社会关系，促进人类脱离纯粹动物性的生活状态。由此，这些直接呈现给我们的“外在形状”指引出了花果山的内在“意蕴”。

如此浪漫温馨的美丽图景很容易让人想起中国最早的诗歌总集《诗经》中有一首著名的诗《硕鼠》：

硕鼠硕鼠，无食我黍。三岁贯女，莫我肯顾。逝将去女，适彼乐土，乐土乐土，爰得我所。

硕鼠硕鼠，无食我麦。三岁贯女，莫我肯德。逝将去女，适彼乐国。乐国乐国，爰得我直。

硕鼠硕鼠，无食我苗。三岁贯女，莫我肯劳。逝将去女，适彼乐

① ［德］黑格尔：《美学》第1卷，朱光潜译，商务印书馆1979年，第46页。

郊。乐郊乐郊，谁之永号！

千百年来，每当被压迫者在统治者的鞭挞中痛苦地呻吟、哀号之时，总会与这支充满悲愤与希冀的歌曲形成激昂混杂的旋律。对于勤奋的劳动者来说，艰辛的劳作不仅无法改变自身的生存困境，而且成为一种无法摆脱的枷锁，这正如马克思所言的，劳动创造了美，却使工人变得畸形。对于中华民族大地上的无产者而言，殊途同归地为“有产者”创造了无数富丽堂皇的“宫殿”，同时也在为自己生产着“贫民窟”。对于中国民族而言，被压迫者实在弄不明白这样一个很简单的经济发展问题：为什么他们一直拼命地“日出而作，日落而息”、“锄禾日当午，汗滴禾下土”地积极生产，与近乎残忍的“谁知盘中餐，粒粒皆辛苦”的消极消费之后，自身的生活条件却一直无法得到改善，甚至越来越差了呢？先哲们的结论是“不患寡而患不均”，从现代经济学的角度上说，生产和消费之间的分配环节出了问题，即以自给自足为基本特征的中国农业文明，从一开始就与重视等价交换的西方商业文明形成了鲜明的对比，流通和分配必须的公平性问题很难在中国农业文明中得到体现。说白了，光靠拼命地土里刨食和从牙缝儿里节约并不能自保，因为穷人生产的大量粮食都被奴隶主在分配过程中剥削了。生产、流通、分配、消费这一生产链之间形成巨大的漏斗，对于普通劳动者来说，往往一厢情愿地认为只要满足剥削者的欲望，就可以获得主人的恩赐和垂怜，殊不知，欲壑难填，统治者的胃口不仅无法满足，而且越来越大。被压迫者虽然很想“逝将去女”，但是“普天之下，莫非王土，率土之滨，莫非王臣”，悲愤而又无可奈何之下，虚弱却热爱生活的人们只能在“三岁贯女，莫我肯德”的苍白无力的抱怨声中做一个永远无法实现的梦，即“适彼乐土，乐土乐土，爰得我所”。在这片“乐土”中，人们希望能够随处找到可以填饱肚皮的食物和舒适安逸的住处，“花果山福地，水帘洞洞天”正是这片乐土的“感性显现”。

在解决了人的物质需求之后，还应该满足人们的精神生活需要。马克思说，人是最名副其实的政治性动物。作为社会关系的总合，人的本质毕竟是其社会性，人的自然属性都要被其社会属性所统率，而社会性通常集中地表现在社会实践性上。用马克思的话说，就是人只有通过“按照美的规律来建造”的社会实践才能实现人与自然、自然主义与人道主义的统一。“只有在社会中，人的自然界的存在对他说来才是他的人的存在，而自然界对他说来才成为人。因此，社会是人同自然界的完成了的本质的统一，是自然界的真正复活，是人的实现了的自然主义和自然界的实现了的人道主义。”① 这也是自然界对于人类的精神活动生产重要性具体体现之处。孙悟空的花果山在实现“家”这一物质生活需要的基础上，必然具有了超越纯粹物质生产的意义。由此造就了花果山成为无拘无束的自由生活的精神乐园的可能性，这也正是马克思说的没有被“异化”的人类自由能动的生活。

自由能动本来属于人类终极追求。从人类诞生开始就是一个不断追求自由实现能动的过程，从这个意义上说，自由是人的本质力量的显示。按照通常的看法，当早期人类与自然合二为一的时候，人的主体性受到客体自然的巨大束缚和左右，属于一种被动的不自由的生存状态，而随着生产力的提高，人类改造自然的能力在逐步加强，人类的主体能动性获得了长足的发展，在支配自然、改造自然方面更为自由。如果从生物进化论的角度上说，这种看法当然是不存在任何问题的，毕竟历史的长河是一直向前奔流的，在人类社会发展的过程中，人的主体能动性处于逐步解放的趋势。然而，历史的发展又不是简单地直线方式，而是一种螺旋形上升，它可以在某个“历史区间”发生类似重复性的复归现象，当然，这种复归并不是单纯的历史倒退回原来的状态，而是一种与此前极其相似性的运动。从这个方面说，人类追求自由能动的过程就是一种复杂多变的活动，由此导致了对于自由能动界定标准的模糊性。例如，就中华民族的思想发展来说，儒家以积极有为的态度入世，这是一种追求人类主体自由能动性的典范形态，而在道家看来，“成也，毁也”，人类的大自由并不在于单纯地解放生产力这一工具，而是去除物

① 《马克思恩格斯全集》第42卷，人民出版社1979年，第122页。

役，与大自然保持自然和谐的状态。虽然儒道互补，但是在每一种视角下，每一个特定的历史区间内，人类的自由能动性追求目标虽然从未发生过动摇，但是，追求的方式手段、理念意识却存在巨大的差异和矛盾，而且，这种差异和矛盾往往会发生在同一个时期的同一个民族身上。诸如先秦儒家，一方面要求人们遵守秩序和规范，因为只有人人受到约束，才可能实现人人的自由；另一方面，又强调真诚无伪，因为只有真诚，才能保证奉行的秩序不是一种扼杀人性自由的“形式主义”。对于小说《西游记》来说，花果山也折射出了中华民族对于精神生产方面的自由乐土的理解方式。

花果山作为自由乐土的深层意蕴可以分成两层，首先，它是一个没有残酷剥削和压迫的社会。称其为没有残酷剥削和压迫并不等于没有“统治阶级”，恰恰相反，正如上文所述，儒家对个体自由实现的重要途径恰恰是通过森严的等级秩序体系来维持的。正是因为这个原因，儒家攻击只重视物质生产而轻视精神生产的墨家为不知理的禽兽。话虽难听，却道出了两个重要事实：一是古代的奴隶们梦寐以求的自由是一种能够填饱肚皮的物质享受，并不是真正的自由和解放，相反，对物质生产和消费的过于关注往往越发限制人的自由，例如，为了贪图富贵而不惜违背破坏道德和法律的恶劣行径，这不仅不是人类文明的进步，反而是一种倒退，这和道家的追求自由的精神是完全一致的。二是等级秩序体系必须建立和健全。

对于这两点，体现在小说《西游记》中就是以孙悟空为首的泼猴们虽然衣食无忧，实现了自由的初步阶段——物质生活需要的自由，但是，他们并不满足，在这些泼猴中，明显具有人性化形象的孙悟空居然为此“忽然忧恼，堕下泪来”，而作为纯粹动物形象出现的“众猴”的态度是：“大王好不知足！我等日日欢会，在仙山福地，古洞神州，不伏麒麟辖，不伏凤凰管，又不伏人王约束，自由自在，乃无量之福，为何远虑而忧也?”这样的描写，很容易令人想起古希腊哲学家苏格拉底的名言，人应当“为自己的灵魂操心”。用儒家的话来说，就是人不应该仅仅满足于纯粹的生理消费，还需要修身养性。日后孙悟空外出学艺之时，在众人面前完全一副“没人样”，这并不仅仅指的是相貌没人样，而是人的精神生产上的欠缺。在被奴隶主压迫得到了极点的悲惨世界里，中华民族对于自由的需要和憧憬虽然不能说是“饥不择食”，因为儒家一直把安贫乐道、舍生取义、杀身成仁放在嘴边，但是，这些大道理对于悲苦的芸芸众生来说，实在是过于深奥了。事实上，像众猴之流的平庸者往往把吃饱穿暖作为最大的自由，进而推知，它们心中的乐土王国就是拥有无数填饱肚皮的花果与舒适温暖的水帘洞，但是，对于通灵的孙悟空而言，自由的追求还多多少少包括了“为自己的灵魂操心”。他在“享乐天真，何期有三五百载”的情况下突然落泪即是如此。

能够为自己灵魂操心而获得自由的人，当然不会疏忽依靠等级秩序获得自由的方式和手段，为此，他采取了一系列措施，其中具有讽刺和象征意味的则是“称王”和分封。在他成功发现了水帘洞之后，立即要求本部落成员兑现诺言：“列位呵，人而无信，不知其可。你们才说有本事进得来、出得去不伤身体者，就拜他为王。我如今进来又出去，出去又进来，寻了这一个洞天与列位安眠稳睡，何不拜我为王?”当孙悟空被尊为王之后，众猴立刻“拱扶无违，一个个序齿排班，朝上礼拜，都称‘千岁大王’”。王者位于权力之巅的前提意味着无数的平民和大众匍匐在王者脚下，否则其权力的威严无法具有实体的意义。孙悟空要求群猴兑现诺言称其为王与他具有超出常人的智慧固然相关，从主观上说，是作家刻画人物形象性格的需要，在客观上则折射了中国王权制度与皇权威严在大众心理的根深蒂固。

在封建社会中，统治阶级为了达到欺骗人民，实现其统治长治久安的目的，往往通过掩盖其平凡身份，张扬其君权神授的神圣色彩，最具有讽刺意味的是，孙悟空的称王行为竟然与此具有家族遗传的相似性：“自此，石猴高登王位，将石字儿隐了，遂称美猴王。”从一个普通的石头成为一个山大王的经历已经足够辉煌，但是，一方面由于人性的欲望在不断膨胀，石头通灵变成的孙悟空也未能避俗，小小一座花果山又如何能够容纳得下其心高气傲的“大圣”，于是，他又要做“齐天大圣”，这实则意味着一个人梦想的权力、地位对现实世界中最高点的超越，正如同历代封建帝王虽然已经拥有现实中最高的荣华富贵，然而，这些人依然不会满足，总是以各种荒唐的言论和思想逻辑试图让被压迫者心甘情愿地服从领导和管束。

抽象的神的威力被人格化，世俗的面目则被神圣化，翻开风云变幻的中国封建王朝更替换代的历史，唯一不变的就是这种欺骗者盗用上天名义进行欺诈的丑恶嘴脸。另一方面，不谙世事的孙悟空心比天高，既然我可以在人间称王，那么，我为什么还要受到天的制约呢？他要用自己的铜头铁额头撞击神圣的天，但是，“齐天大圣”的提出无异于一次可怕的自杀行为，必然遭到神的惩罚，这与其说是根本不存在的上天在惩罚，不如说是已经取得政权的统治者向大众发出的一个严重警告：即谁都不能够怀疑王者的身份与神圣。这很容易让人想起历史上怀疑者的悲愤而又极其无奈的呐喊：“王侯将相宁有种乎？”这也许是吴承恩先生在那个风雨如晦的年代中既作为自觉的怀疑者、反抗者，同时又是无法去除积淀太深的皇权意识的不自觉者的真实写照了。

再说分封制。这也许算得上中国封建社会发明最早的一种比较完备的管理体制。它在保障权力利集中于皇权的同时，也建立一个共同镇压反抗者的利益共同体。体现在中国封建社会历史上，就是建立比较严格复杂的官僚制度。孙悟空在称王之后，仍然是孤家寡人，于是他“分派了君臣佐使”，“猴王又将那四个老猴封为健将，将两个赤尻马猴唤做马、流二元帅，两个通背猿猴唤做崩、芭二将军。将那安营下寨、赏罚诸事，都付于四健将维持。他放下心，日逐腾云驾雾，遨游四海，行乐千山”。如此一来，等级森严的分封制度建立起来了。位于金字塔顶端的少数统治者，如何让金字塔最底端的被统治者心甘情愿地接受领导而不被压迫逼得造反呢？除了用上面所说的君权神授方式来麻醉人民之外，还有一个非常有效的方法就是尽可能地形成和维护一个强有力的统治集团，便于在强大的对手面前保持战斗力。这其实并不是统治者的专利，任何一个集团都可能在共同的利益面前自觉地形成一个共同体，统治者为了镇压被统治者如此，被统治者为了反抗统治者也如此，由于中华民族经历过漫长的封建历史，压迫和被压迫者更容易结成这样的集团或联盟。从一定意义上说，这也是中国传统文化中特别崇尚“忠义”的一个重要原因，对于统治者来说，可以通过宣传所谓的“忠义”让更多的人效忠皇权，并且在面对牺牲的时候为主子卖命，对于民间大众来说，可以更好地鼓舞起斗志，加强弱势群体的凝聚力。虽然利益不同，但是“入伙”誓词大都一样，所谓“有福同享，有难同当”之类，而事实上，对统治团伙来说，往往“飞鸟尽，良弓藏；狡兔死，走狗烹”，几乎历史上的每一个封建君主在得到天下之后，无一例外地对曾经一起共患难的“兄弟们”挥舞屠刀，所以，明智者往往在帮助主子剿灭反叛或夺取天下之后，就假以各种托辞或借口及时全身而退，这样的结果往往不仅可以保全其性命，而且可以成就其“忠义”美名。而对于弱势群体这些“同林鸟”来说，常常在历史上演绎出“大难来临各自飞”的悲剧。非常耐人寻味的是，《西游记》中花果山的乐园世界从发现到维护的过程，也在上演着中华民族历史上反复轮回的悲剧。例如，孙悟空习得通天本领荣归故里花果山之后，发现自己辛辛苦苦打下的天下竟然被自称“混世魔王”的黑妖抢占，而当年与之同甘共苦的小猴诉苦则别有情趣：

大王，你好宽心！怎么一去许久，把我们俱闪在这里，望你诚如饥渴！近来被一妖魔在此欺虐，强要占我们水帘洞府，是我等舍死忘生与他争斗。这些时，被那厮抢了我们家火，捉了许多子侄，教我们昼夜无眠，看守家业。幸得大王来了！大王若再年载不来，我等连山洞尽属他人矣！

如此拼着性命保卫了乐土的“忠义之士”，顺理成章地成为这片等级分明的乐土王国中最受最高统治者信赖的人，由此决定了他们在秩序分明的分封制度中的“开国功臣”的利益地位。而对于那些在孙悟空

“发迹”之后才投靠入伙的成员，则多少有些“投机分子”的嫌疑。在大难临头的时候，统治者往往促使他们为其卖命，而当他们一旦和自己的“嫡系”发生矛盾和冲突的时候，统治阶级往往毫不犹豫地牺牲这批人的利益来维护自身小集团的利益。例如在小说《西游记》中，孙悟空得到金箍棒这一法宝之后，把那些虎豹狼虫、满山群怪、七十二洞妖王，都唬得磕头礼拜，战战兢兢，魄散魂飞。不仅“慌得那各洞妖王，都来参贺”，而且，又会了七个弟兄，乃牛魔王、蛟魔王、鹏魔王、狮驼王、猕猴王等等。按理说，这些都算得上孙悟空“自己人”了，但是，在孙悟空大闹天宫惹得天兵天将前来花果山围剿的时候，所有这片乐土的居住者立刻结成同一利益集团对抗天庭，在一场恶战之后，“那独角鬼王与七十二洞妖怪，尽被众天神捉拿去了，止走了四健将与那群猴，深藏在水帘洞底”，自己的喽罗被捉走本来是一件让人悲痛的事，所以，逃走的四个健将看见主子回家便“哽哽咽咽大哭三声”，但是，孙悟空的一番理论却立刻让这些毛猴“吃了几碗”椰酒又“安心睡觉”：因为捉了去的头目乃是虎豹狼虫、獾獐狐骆之类，而“我同类者未伤一个，何须烦恼”？从文学创作的角度上说，这是为了维护孙悟空猴类群体相比其他族类的正直品质，毕竟在此后的取经途中，那些恶贯满盈的妖怪大都不是孙悟空所说的“我同类”，但是，这种维护与历代封建王朝中不断演绎的“丢卒保车”行为何其相似！

由此可见，花果山作为孙悟空等人的乐土王国并不在于它是一个人人平等的社会，而是与现实生活具有家族遗传相似性的等级分明的社会，但是，与现实生活中残酷的剥削和阴险的狡诈相比，这种动物性的单纯以及孙悟空的亲近形象显然具有极大的诱惑力，事实上，这也是生活在动荡社会中的人们梦寐以求的。在中国封建王朝历史上，大众对于统治者的看法大致有如下三类：一是忠实地为其服务，从而成为其党羽、亲随或者帮凶；二是坚决地叛逆和破坏，造反者就是典型代表；三是类似鲁迅先生所说的“庸人”，既不坚决地反对现行社会制度，也不积极地投靠主子，浑浑噩噩地生存与忍耐。虽然对于任何一个民族历史来说，都可以轻易地抒写一曲反抗者的慷慨悲歌，但是，这些反抗者的悲歌对于这个民族的文化积淀能否具有根本性的影响存在着相当大的差距，与西方民族历史中早熟的社会个体化过程来比较，中华民族的个体独立意识相对要淡薄得多，从文化学的角度上说，中国历史上形成了独特的清官意识，即对于统治阶级的反抗往往不是采取激烈的斗争对抗的形式，而是寄希望于明君和清官来改变自身命运和社会发展，这在漫长的历史发展中深深地镌刻在中国民众的意识深处，由此导致了中华民族在苦难岁月中对于明君王国或者清官世界的向往。从这个意义上说，孙悟空统治的花果山则完全是中国民众理想的乐土，这也是作为黑格尔内在“意蕴”层面上的第一层意义。

花果山成为中华民族乐土的深层“意蕴”还在于它具有的自由精神。这种自由当然不是一种抽象的脱离具体感性享受的自由，而是首先由最基本的生理快感得到充分的满足，以及一系列“文明规范秩序”的实施为前提的，从而决定了这种自由本质上的实体而非空洞抽象的内涵。对于这种自由精神本质的认识，还可以从中华民族中另一个最具有自由意义的“神话故事”获得解答，这就是陶渊明的《桃花源记》。在经历了千年的历史风尘之后，到了明清时代，中华民族对自由的追求随着政治的高压、礼教的严酷而愈发执着，虽然《桃花源记》算不上中华民族以文学方式表达对自由追求的源头，但是，从文学作品创造出最具有典范意义的自由王国的角度上看，《桃花源记》中的温柔富贵之乡和《西游记》中的花果山无疑最具有代表性，而对于《西游记》中花果山自由乐土的阐释，当然可以而且也应该借助《桃花源记》中的乐土加以追溯。陶渊明笔下的乐土王国是这样一个宁谧甜美的世界：

晋太元中，武陵人捕鱼为业，缘溪行，忘路之远近。忽逢桃花林，夹岸数百步，中无杂树，芳草鲜美，落英缤纷。渔人甚异之，复前行，欲穷其林。林尽水源，便得一山，山有小口，仿佛若有光，便舍船从口入。初极狭，才通人，复行数十步，豁然开朗。土地平旷，屋舍俨然，有良田美池桑竹之属。阡陌交通，鸡犬相闻。其中往来种作，男女衣著，悉如外人。黄发垂髫，并怡然自乐。见渔人，乃大惊，问所从来。具答之。便要还家，设酒杀鸡作食。村中闻有此人，咸来问讯。自云先世避秦时乱，率妻子邑人来此绝境，不复出焉，遂与外人间隔。问今是何世，乃不知有汉，无论魏晋。此人一一为具言所闻，皆叹惋。余人各复延至其家，皆出酒食。停数日，辞去。此中人语云，不足为外人道也。既出，得其船，便扶向路，处处志之。及郡下，诣太守说如此。太守即遣人随其往，寻向所志，遂迷不复得路。南阳刘子骥，高尚士也，闻之，欣然规往，未果。寻病终。后遂无问津者。

《桃花源记》体现了中华民族在特定的历史时期对理想王国的一种独特理解，这就是文中强调的“自云先世避秦时乱，率妻子邑人来此绝境，不复出焉，遂与外人间隔”。虽然假托秦时战乱，实际上则是作家生活的魏晋时期。需要特别提出的是，这个时期恰恰和后来的明王朝共同构成中国历史上政治最为黑暗的两个“历史区间”。从魏晋到南北朝，皇帝王朝如同走马灯似的变换更迭，统治阶级争夺权势的斗争也充斥着太多的血腥和残酷。权贵者尚且生命朝不保夕，对于大多数的平民来说，首要的问题是如何逃避现实中的战乱，他们渴望能够拥有一方和平安定的天地，在这里他们可以凭借自己的劳动和汗水获取生活的资料，颐养天年，与世隔绝。这正是桃花源这一乐土理想家园，在当时以及自此之后成为中华民族大众心中美梦的社会历史原因。对于这一时期混乱残酷的社会现实对中华民族文学创作的影响，著名美学家李泽厚先生有过如此精辟的阐述：

当时的现实是：从东汉帝国的瓦解到李唐王朝的统一，400 年间尽管有短暂的和平和局部安定（如西晋、苻秦、北魏，长安、洛阳曾短暂地繁盛一时），整个社会总的说来是长时期处在无休止的战祸、饥荒、疾疫、动乱之中，阶级和民族的压迫剥削采取了极为残酷野蛮的原始形态，大规模的屠杀成了家常便饭，阶级之间的、民族之间的、统治集团之间的、皇室宗族之间的反复的、经常的杀戮和毁灭，弥漫于这一历史时期。汉末建安时便曾经是“白骨蔽于野，千里无鸡鸣”（曹操诗）。西晋“八王之乱”揭开了社会更大动乱的序幕，从此之后便经常是：“白骨蔽野，百无一存”（《晋书·贾胥传》）（按：其中“胥”为代替该字上半部结构）；“路道断绝，千里无烟”（《晋书·苻坚载记》）；“身祸家破，阖门比屋”（《宋书·谢灵运传》）；“饿死衢路，无人收识”（《魏书·高祖纪》），这种记载，史不绝书。中原十六国此起彼伏，战乱不已，杀戮残酷。偏安江左的东晋、南朝也是军阀更替，皇族残杀，朝代屡换。南北朝显赫一时的皇家贵族，经常是刹那间灰飞烟灭，变成死尸，或沦为奴隶。下层百姓的无穷苦难更不待言，他们为了逃避兵役和剥夺，便只好抛家弃子，披上袈裟，“假慕沙门，实避调役”（《魏书·释老志》）。总之，现实生活是如此的悲苦，生命宛如朝露，身家毫无保障，命运不可捉摸，生活无可眷恋，人生充满着悲伤、惨痛、恐怖、牺牲，事物似乎根本没有什么“公平”和“合理”，也毫不遵循什么正常的因果和规律。好人遭恶报，坏蛋占上风，身家不相保，一生尽辛苦。为什么会这样？为什么要这样？这似乎非理性所能解答，也不是儒家孔孟或道家老庄所能说明。于是，佛教便走进了人们的心灵。既然现实世界毫无公平和合理可言，于是把因果寄托于轮回，把合理委之于“来生”和“天国”。①

现实社会的极端黑暗直接导致了中华民族对于外来佛教的膜拜和痴迷，对宗教的崇拜不仅表现为外在仪式上的效仿，而且在于内在精神上的迷狂，由于宗教是建立在对世界的颠倒的认识和虚幻的唯心主义臆想的基础上，以虚无的感情去渴求世界的幸福，通过对不存在的神的崇拜和缥缈的虚无世界的歌颂，把社会主体引向不可知的遥远的彼岸世界，从而在现实世界中麻醉自己。从它与现实世界的距离来说，多少带有浪漫主义的想象性、幻想性特征。这和文学创作上的虚构想象是一致的。因此，李泽厚先生对于中国特定时期佛教传入中国社会背景的分析，也为我们揭开桃花源和花果山的神秘图式提供了坚实的路径。这就是在政

① 李泽厚：《美学三书》，安徽文艺出版社 1999 年，第 113 页—114 页。

治黑暗的年代人类心理上对于美好世界的构想，体现在文学上就是通过虚幻的方式创造一个“鸡犬相闻”“怡然自乐”的反现实的世界。同时，因为中国文化源于农业文明的特殊背景，对于中国下层平民来说，最大的愿望往往并非高不可攀的登上皇帝宝座，毕竟这与现实中的差距太大，以至于绝大多数过于胆小的农民不敢奢望这个太不切实的梦想，虽然出于被压迫的痛苦和求之不得的无奈也呼喊过“皇帝轮流坐，明年到我家”，但是，在现实中能够以传统文化方式传承下来的则是“老婆孩子热炕头”这种比较踏实可靠的平凡生活，这正如郑德坤先生所说的，中国人最基本的活动是为生活而生活。他不唱高调，或无条件地赞颂所谓高尚抽象的理想，如牺牲、博爱、探险之类。他不以神的意旨为意旨，因为人意就是天意，顺天命基本是顺民意。他的生活目的是为人的，上则孝顺父母，下则慈爱子女，子子孙孙，永享安乐①。

这种文化传统本源和历史时代的差距直接造成了中国的“乌托邦”弥漫着泥土气息的“桃花源”或“花果山”。然而，从桃花源到花果山的文学叙事中间，存在着非常微妙的变化，这就是泥土气息在花果山这个乌托邦中明显退色，而政治王权的气息明显增加变浓了。这很可能是与中国封建社会政治体制在此时达到了登峰造极的程度，从而对意识形态的强烈渗透有关。在这种变化和差异的背后，文学叙事上有一点儿是完全相同的，就是自由和快乐。在《桃花源记》中体现为远离战乱，在《西游记》中则表现为生命个体自由意志的拓展。

这是人类文明认识的一大进步。只要躲避了战乱就可以获得安宁和幸福，在战乱频繁的魏晋时代，人民最真实的感受莫过于此，而到了明朝，政治高压残酷依旧，但是，中华民族显然已经度过了此前那个战乱频繁的岁月，生命虽然脆弱，不过相对而言，直至明末战乱之前，社会上还是存在过相当长时期的和平安定岁月，人们的世俗欲望明显得到加强，没有战乱即为自由快乐的含义也随之而变，这个时期人们所渴望的自由就是宽松开明的政治统治秩序。

---

① 郑德坤：《中国的传统文化》，台北伟文图书公司1978年，第78—79页。

在这种历史背景下，获得自由的首要问题是向政权开炮。因此，推翻或者彻底打碎头顶上的政治秩序成为最重要的问题。这正是小说《西游记》中花果山的真正自由，已经不再是一般意义上的远离战争残杀，而是谁当皇帝这一主题转变的根本原因所在。由于受到中国传统文化源头本质的内在制约，即使到了花果山这一乌托邦创建时代，取得政权的自由也与西方自由主义之间存在着相当的差距，表现在《西游记》的文学叙事中，就是孙悟空最初只想到天庭里弄个官当当。在天庭当官必然意味着和原来压迫自己的“阶级敌人”同流合污，但是，在孙悟空看来，自由不过是要为自己赢得解放，而不是彻底推翻压迫的阶级，所以，孙悟空争取自由的觉悟并非是一下子指向整个统治阶级的，只是在权贵者把像他这样的叛逆者当作猴子一样来要弄之时，例如授予他弼马温一职。这种有辱人格的行为终于让他忍无可忍，即使如此，他心目中的自由也并不是反抗整个天庭，而是像小孩子做游戏闹别扭、发脾气一样，以一走了之和在蟠桃会上捣乱作为报复反抗的手段，看不到两大阶级阵营你死我活的斗争味道。对于孙悟空来说，只要统治着能够让他在花果山这个地方实行“自治”，不要干涉他在花果山对群猴的发号施令，实现“国中之国”，他就一切心满意足了，也就获得了他渴望的自由和解放。

《西游记》中关于花果山的叙事承载着厚重的中国历史文化元素。翻阅中国几千年的封建社会历史，在流传千古的所谓英雄豪杰之中，许多都是依靠做皇帝的野心壮举才有了令人瞩目的地位的。《史记·项羽本纪》记载，“秦始皇帝游会稽”，当时只有二十三岁的项羽看到秦始皇威武壮观的随行队伍时，脱口而出“彼可取而代也”。其野心被后世认为是青年人有抱负的典范。《史记·高祖本纪》记载，刘邦到咸阳看见秦始皇时，就喟然叹息曰：“嗟乎，大丈夫当如此也!”与刘邦同为草民的陈胜，作为农夫在耕作的时候，也叹息说：“嗟乎，燕雀安知鸿鹄之志哉!”这些大丈夫或壮士做皇帝的野心可见一斑。即使《水浒传》第六十七回里的粗俗野蛮的李逵也劝宋江做皇帝：“哥哥便做皇帝，教卢员外做丞相，我们都做大官，杀去东京夺了鸟位，却不强似在这里鸟乱！”如果说在封建社会里，男人们想做皇帝即使不谈具有的反抗压迫、改变命运的积极意义，也符合儒家的达则兼济天下拯救黎民于水火之中的主流价值观念，但是对于严酷的男尊女卑观念下生活的女人，例如武则天之流，虽然做皇帝的过程往往遭到男权社会的一致指责和反对，但是在成为事实之后，那些胸怀大志的男人还不是乖乖地服侍她们吗？一向以温顺善良著称的女人们对于皇位的觊觎，本身不正说明了做皇帝对于封建社会中每一个人的诱惑吗？

当然，这种“皇帝轮流做，明年到我家”的世俗性观念也是一种叛逆，并不是完全没有解放性可言，孙悟空从接受“齐天大圣”这一面“锦旗”到反出天宫后自觉地以“齐天大圣”自居，在客观上多少意味着人性的自觉和解放，尤其是对于他这样一个被骂为猢狲的无名小辈来说，敢于向玉帝叫板，而且公开宣称谁有本领谁做皇帝，这在一定程度上体现了明清时代中国思想潮流的觉醒和进步。孙悟空企图在花果山称王事件是《西游记》中关于花果山叙事的重要一环，对于封建社会个体来说，想获得自由往往意味着对整个社会秩序的彻底颠覆和破坏，虽然他们在主观上并不具有改造这个黑暗的社会的自觉意识和目的，但是在客观上毕竟把自由和幸福的获得建立在推翻现有皇帝的观念上，即使最终的命运仍然是打倒了旧皇帝自己做新皇帝，依旧重复着封建社会千年不变的制度。尤其是这种对皇权制度的膜拜和批判的双重矛盾发生在中国历史上与魏晋时代一样黑暗的明王朝时期，“明代是中国皇权制度恶性蜕变的时期，因而权利体制对国民群体的压迫掠夺及其对国民心理的影响极为严酷”①。因而，对于孙悟空为代表的民众来说，想获得最高自由的办法无非是做了皇帝，这样就可以没有任何人管束，这种思想在鲁迅时代的阿Q嘴中说出就是“喜欢谁就是谁”！

西方的思想家卢梭在著名的《社会契约论》开篇说道：人是生而

① 王毅：《明代通俗小说中清官故事的兴盛及其文化意义——兼论皇权制度下国民政治心理幼稚化的路径》，《文学遗产》2000年第5期。

自由的，但又无往不在枷锁之中。从现实的角度上说，世界上根本就没有绝对的无条件的自由，当一个人获得所谓的绝对自由之后，必然损害和牺牲他人的自由。因此，只有通过具体的秩序文明的建立才可以让自己获得自由，同时也可以保证他人的自由。因此，在中国封建社会中皇帝个人权力的无限扩大，只能导致除皇帝之外的其他人的自由被屡屡侵夺，但是，这个过于孤立的位置却在普遍的不自由人心目中成为最自由的标志，每向这个目标靠近一步就是向绝对的自由接近。按照西方费希特的观点，人的使命并不是达到一个所谓自由的目标，但是，人能够而且也应该日益接近这个目标，因此，无限地接近这个目标，就是一个人作为人的真正的使命。但是，与西方人动辄追求绝对自由不同的是，在封建社会中屡受压迫的中国民众，在向自由奔进的过程中，一直沿着真实可靠的方向前进，这就是具有感性的物质生活需要，以及满足精神享受的文明秩序的建立，但是受到皇权意识的现实压迫，最高的自由目标还是"杀去东京夺了鸟位"，也许这才是孙悟空渴望做"齐天大圣"事件对于中国数千年历史文化的一种客观展示吧。

三、生命悲歌

在这个阶段中，孙悟空不再像此前那样狂妄自大，少小无知时代的快乐和欢愉已经随着童年时光的流逝永远不可再现了，取而代之的是成人世界的无数烦恼和困苦。在成人世界中，个体经验的成长必须依靠经验的积累，而这种经验积累又往往伴随着痛苦的生命历练过程，俗语所谓的"吃一堑，长一智"，从被迫接受命运者的角度上说，漫长的西行路途就是上天刻意安排给孙悟空的受难历史，虽然从表面上说，这是考验唐僧的，但是唐僧本人并不是一个能够依靠自身力量解决困难的人，那么，最终问题的解决还是要落实到这伙人中本领最大的"大师兄"身上。因此，从这个意义上说，唐僧受难只是有惊无险地增加人生的阅历而已，根本谈不上什么挫折和失败，毕竟此前的他纯洁得如同一张白纸一样，对于这样的人来说，增加一次困难和痛苦就是给他一次“长点儿脑子”的经历。肉体的痛苦当然必不可少，但是精神的折磨对于唐僧来说未免言之过甚。而对于孙悟空就不一样了，他此前的黄金时代一片辉煌，作为成功标志性的事件就是大闹天空的霸道经历。而这也是他在取经路上自己最为得意的炫耀资本，也是众妖魔往往有所忌惮的地方。但是，当他进入这一阶段时候，整个事情发生了不可思议的变化，他几乎没有依靠自己的本领战胜过对手，曾经令无数天神胆寒的金箍棒，此时几乎魔力全失，已经不能使任何稍微强劲的对手屈服，只能打死几个可怜的豺狼之类的小妖。更重要的是，此前从不服输的他，却常常叫苦不迭，甚至动不动就落下泪来。如果说弱不禁风的唐僧在凶神恶煞的妖魔面前表现得如此可怜不堪，完全可以令人理解，那么，对于神通广大且“见过大世面”的孙悟空来说，这多少让人匪夷所思，也是让《西游记》的读者倍感困惑的地方，甚至让人怀疑这种前后明显脱节、矛盾的叙事为吴承恩创作小说《西游记》的一大败笔之处。

在我看来，造成上述孙悟空前后形象不一的原因是多方面的。其中并不能排除吴承恩在小说叙事上前后出现的自相矛盾问题，我们只要看看明清四大古典叙事作品就可以明白，除了《红楼梦》因为属于高鹗对曹雪芹未完成文稿的续写，我们无法对作家在小说中出现的前后矛盾进行简单的评判外，其他的几部几乎都出现过这样非常明显的矛盾或缺憾之处。《三国演义》中对于诸葛亮的叙事存在着明显的前后断裂和矛盾：一开始聪明卓绝过人，没有人怀疑他是一个真实存在的智者，而后来屡战屡败且装神弄鬼，其表现与妖怪又有何异？《水浒传》中的军师吴用在梁山初期屡建奇功，而越是往后越发“无用”。由此可见，为了维护古人的声誉而拒绝承认作家们的某些败笔之处是不符合实事求是的原则的，当然，这并不等于要求他们一定要做到完美。但是，从另一方面看，对于《西游记》这部作品来说，我认为除了作家主观因素局限外，还有另外一种可能，即小说中对于孙悟空形象前后矛盾的叙事，是出于对孙悟空这个特殊人物的塑造而做出的一种刻意安排，至少在客观上符合了“美的规律”。因为，如果说仅仅出于上天考验几个人的需要，并没有必要让孙悟空如此狼狈，只要让孙悟空多和对手周旋几次，多吃些苦头即可。也有的学者认为，是一种佛法无边的题旨需要，就是说为了宣扬佛的力量强大，而刻意让孙悟空这个神通广大的人做一个颠覆性的刻画，以此衬托佛的伟大。这种说法固然有道理，但是问题在于，在孙悟空大闹天宫之后就遭到了佛的惩罚，所谓孙猴子本事再大也翻不出如来佛的手心，即使从佛界偷偷下凡来到人间的妖魔，凭借主人的一两件法宝而真的厉害无比，也不可能给大闹天宫时搅得天庭一片混乱的孙悟空造成如此大的威胁，而且，这些私自来到人间的天神的奴仆、坐骑、孽畜等等，是否代表的佛的力量和伟大尚不能定论，他们的厉害全在于偷盗了主人的某一两件法宝而已。那么，对于小说中孙悟空英勇形象表现出的前后矛盾问题，我们就不能仅仅局限于作家败笔的层面，还需要向更深入的层面挖掘，对此，我认为，这种叙事模式具有文化人类学意义上的生命个体成长为成人的原型意味。对此，学者方克强先生把孙悟空的前后变化放在成人礼原型仪式的视野下审视，得出的结论就非常具有客观逻辑性，他说整个取经故事的情节框架就是：儿童犯错——严酷考验——成年命名，这是一个成年礼的原型模式①。

所谓的成人礼仪式指的是古人为跨入成年阶段的男女举行的一种仪式，目的在于郑重地告诉受礼者，从此以后社会角色就开始转变为成年人了。据说，古代“法定”的成人年龄是男人 20 岁，谓之“戴冠”，届时要行“戴冠礼”，女人则视 15 岁为成人，谓之“及笄”，也要举行仪式，但没有男孩子那么隆重。到了现代社会，一般约定俗成地把 18 岁作为男女通用的成人年龄，跨入这个年龄段，就可以享受相应的社会政治权利，当然，也必须履行相应的社会责任和义务。综观中国成人礼发展的历史，可谓一波三折，早自周代就有了成人礼，被称作“冠笄之礼”，到了汉代，这种仪式获得了空前繁荣，经历了较为消沉的南北朝时代之后，在唐朝又开始恢复繁荣，且一直延续到宋代。此后，取代

① 方克强：《文学人类学批评》，上海社会科学院出版社 1992 年，第 162 页。

中原宋王朝的少数民族主持政权之后，成人礼再一次遭受重创，一直到明朝，成人礼仪式又一次复兴。最终，在清代陷入衰落，成人礼仪式从此一蹶不振。由此可见，成人礼仪式的繁荣和衰落与儒学发展紧密相关，因为这个仪式的核心不在于受礼者可以享受到成人的多少权利，更强调的是成年人必须履行的义务和担当的社会责任，这与中国儒学精神强调的重视伦理道德、轻视权利享受是完全一致的。这正是成人礼仪式每一次繁荣和复兴的时机恰恰是中国儒学最兴盛时代的根本原因。

成人礼仪式在许多文本中都有记载，《礼记》第一篇记述的就是冠礼，其后则是婚礼。传统的成人礼仪式神圣庄重，程序严谨刻板，对于接受者来说，往往意味着一种痛苦不堪的肉体摧残和精神历练，甚至有巨大的生命危险。根据人类学家的考察，许多国家和民族的部落至今仍然保留着非常严格规范的成人礼仪式。在小说《西游记》中，孙悟空的成人礼仪式标志就是被套上紧箍咒，从表层上看，这是成人世界对顽劣不堪的孩童的一次教训，在深层上看，则是生命个体成长到了一定阶段必须履行社会义务和责任的标志，是从无拘无束的孩童世界向成人世界强制转型的象征。对于一向自由任性惯了的孩子来说，紧箍咒的出现无疑是一种强制性措施。唐僧每一次念紧箍咒都是在告诫孙悟空：你现在已经是成年人了，不可以再像以前一样胡作非为，否则，对敢于捣乱社会秩序和逃避社会责任之人的惩罚将是严厉的，这种惩罚已经不再是此前孩子时代犯了错误只是象征性地拍几巴掌，然后再给一个甜枣吃那样简单了，成人犯下的每个错误都要受到社会的关注和批评，因为那是不可饶恕的。此后凡是孙悟空有“越礼之心”之时，唐僧便动辄以紧箍咒威胁孙悟空不要轻举妄动或者直接加以惩罚，例如在第二十六回，孙悟空捣毁了人参果树之后企图连夜带着师父逃跑未果，孙悟空与镇元大仙打赌医好此树，唐僧说“既如此，就依你说，与你三日之限。三日里来便罢，若三日之外不来，我就念那话儿经了”。行者则连声“遵命，遵命”。在小说第二十七回《尸魔三戏唐三藏　圣僧恨逐美猴王》中两次念紧箍咒教训孙悟空更为深刻。在一打白骨精之后，唐僧在呆子的唆使下，手中捻诀，口里念咒，行者就叫："头疼！头疼！莫念！莫念！有话便说。"二打白骨精之后，唐僧"更无二话，只是把紧箍儿咒颠倒足足念了二十遍。可怜把个行者头，勒得似个亚腰儿葫芦，十分疼痛难忍，滚将来哀告道：'师父莫念了！有甚么话说了罢！'"。

对于一向自由任性惯了的个体来说，刚刚踏入门槛所受到的成人约束如同紧箍咒一般，具有明显的外来力量的强迫性和强制性。生命个体一天不能达到内心对社会责任的自觉遵守，就无法摆脱这种痛苦和折磨，从这个意义上说，孙悟空取经之路也是让社会承认礼仪从外在强制性逐步转化为内心自觉自律的过程。当生命个体完全适应和自觉遵守成人社会各种规矩之后，或者说完全融入了社会以后，此前用来强迫他遵守成人礼仪的象征或标志就会自动解除，例如，《西游记》中孙悟空头上的紧箍咒在孙悟空身上的撒泼顽劣之气不再以后，就自动地消失了，当初为他设置、支持这个紧箍咒的佛祖和观音菩萨们，如同呵护孩子成长的父母，看到孩子已经完全融入了社会并承担起了社会责任，就不需要再板着面孔对孩子说话，更不需要采取什么行动去解除此前为孩子设置的各种仪式，因为从被迫遵守、服从纪律到自觉遵守的转化过程往往表现出无限苦痛的具体行为，但是，融入之后则是悄无声息和不知不觉的，这正是小说中孙悟空在取得佛经成长为成人之后，在回想起此前紧箍咒对自己肉体折磨的心有余悸之时，却发现头上的紧箍咒已经悄然不见的根本原因。

在成人礼仪下，孙悟空的成熟也在逐步提高。当唐僧提出"我不要你做徒弟"，孙悟空却说"你不要我做徒弟，只怕你西天路去不成"。如果说这多少含有英雄自负的味道的话，那么，紧接着感谢唐僧大恩的一番言语还是标志着成人行为的巨大影响。

行者道："师父，我回去便也罢了，只是不曾报得你的恩哩。"唐僧道："我与你有甚恩？"那大圣闻言，连忙跪下叩头道："老孙因大闹天宫，致下了伤身之难，被我佛压在两界山，幸观音菩萨与我受了戒行，幸师父救脱吾身，若不与你同上西天，显得我知恩不报非君子，万古千秋作骂名。”

这里需要特别注意的是，孙悟空上西天取经并不是出于自愿，而是被强迫的，否则就不用戴紧箍咒了。但是，他在被有眼无珠的师父赶走和念紧箍咒的情况下，不仅承认了自己曾经所犯之罪，表明自己本次取经是立功赎罪，而且还要感谢师父救他于五行山下，这对于一向顽劣的泼猴来说是十分难能可贵的成长，能够知恩图报本身就表明了个体对社会文明秩序的自觉遵守。

二打白骨精之后，唐僧对于孙悟空作为成人的表现失望到了极点，因为在他看来，孙悟空对于成人社会秩序不仅没有遵守，而且简直在恶意破坏，而孙悟空的说法则表明了对这一成人礼仪内化的艰难，以及对永远逝去的童年欢乐的怀旧：

行者道："实不瞒师父说，老孙五百年前，居花果山水帘洞大展英雄之际，收降七十二洞邪魔，手下有四万七千群怪，头戴的是紫金冠，身穿的是赭黄袍，腰系的是蓝田带，足踏的是步云履，手执的是如意金箍棒，着实也曾为人。自从涅槃罪度，削发秉正沙门，跟你做了徒弟，把这个紧箍儿勒在我头上，若回去，却也难见故乡人。师父果若不要我，把那个松箍儿咒念一念，退下这个箍子，交付与你，套在别人头上，我就快活相应了。也是跟你一场。莫不成这些人意儿也没有了"

孙悟空的这番话可谓寓意深刻：一是在师父面前以老孙口气重提了自己的光辉历史，表明了自己不甘屈居人下的野心抱负，无异于骂面前这个糊涂虫的有眼无珠和“这些人意也没有了?”的虚伪冷酷。二是遇到惩罚就受不了孩童时代自由快乐的巨大诱惑，正是刚进入成年时代的“幼稚病”容易犯的表现，从侧面反映了从未成年向成年转变所带来的巨大痛苦。三是“难见故乡人”说明了这种转变存在着巨大的差异和不可调和，这是一种无忧无虑的自由快乐与处心积虑的思考行事的差距，从而表明了对已经失去的黄金时代的极度留念和向往。

如果说前两次打白骨精之后唐僧对孙悟空的惩罚以及孙悟空的辩解还是一种成年人带有浓厚的孩童气质的幼稚行为，那么，三打白骨精之后师徒之间的对话则完全是痛快淋漓的成人行为，当然，这并不是说，孙悟空经过两次打白骨精之后瞬间变成了成年人，而是说，在这种一波三折的挫折和失败面前，孙悟空愈发成熟，在这里的数字“三”完全可以被理解为并非具体的三次，而是在屡次与妖魔战斗的失败教训中，他逐渐蜕变为成人而必然经历的人生惨痛经历与磨难次数之多。具体表现为：

其一是对社会的认识更为成熟和深刻。

由于孙悟空自出生就通了灵性，因此，他对社会的认识比同类一般的猴子要深刻得多，往往让人觉得孙悟空一出生就具有了类似成人的深刻洞察力，但是，只要把他的认识放到个体成长的完整道路上进行比较，我们不难发现，孙悟空的认识观念从总体上呈现出逐步成熟的动态发展的轨迹。如果说此前的认识更多的是受到他性格中张狂傲慢的影响，那么，西行路上的认识则往往更切近控诉和批判。在此章节中，他毫不留情地批判了唐僧善恶不分和八戒呆痴无能的表现。行者道：“师父错怪了我也。这厮分明是妖魔，他实有心害你。我倒打死他，替你除了害，你却不认得，反信了那呆子谗言冷语，屡次逐我。”当唐僧维护自己和另外两个徒弟的利益，孙悟空所说的话蕴含的批判意识，已经不仅仅停留在对个人受委屈的不满和抱怨的层面上，而是升华为整个社会的批评：“那大圣一闻得说他两个是人，止不住伤情凄惨，对唐僧道声：

苦啊！你那时节，出了长安，有刘伯钦送你上路；到两界山，救我出来，投拜你为我师，我曾穿古洞，入深林，擒魔捉怪，收八戒，得沙僧，吃尽千辛万苦。今日昧着惺惺使糊涂，只教我回去：这才是鸟尽弓藏，兔死狗烹！罢罢罢！但只是多了那紧箍儿咒。”

孙悟空不仅骂出了取经队伍中其他两个“不是人”，而且一针见血地说出了中国封建社会统治阶级欺诈利用人民的秘密：“鸟尽弓藏，兔死狗烹”，虽然他自己在开创花果山事业的时候，也多少干过类似的勾当，但是相比起面前一副正人君子样子却糊涂到极点的唐僧，这种话语已经具有指向整个不公正的社会。他从发现水帘洞开始就标榜“人而无信，不知其可”。但是，经过小小的一段长征路，就发现了社会成人世界的虚伪性和欺骗性，因此，对于唐僧这样的是非不分的人，他表示出了明确的怀疑主义色彩——即使唐僧说再也不念紧箍咒了，孙悟空却清醒地说：“这个难说。若到那毒魔苦难处不得脱身，八戒沙僧救不得你，那时节想起我来，忍不住又念诵起来，就是十万里路，我的头也是疼的；假如再来见你，不如不作此意。”出家人不说诳语，对于大众而言，唐僧这样的取经之人是绝不可能说谎的，大众尚且如此，作为唐僧的徒弟，更应该对师父的话言听计从、坚信不疑。当徒弟对于从不敢撒谎的唐僧也表示出了怀疑，其言下之意无疑是社会险恶、人心唯危。这种怀疑很有点儿西方怀疑主义的味道，笛卡儿说，怀疑是智慧的开端。因为怀疑的前提是思考，而“我思就是一切”，就是敢于对一切的怀疑。但是，这种怀疑不要理解为孙悟空天生的撒泼本性，而是在初步尝试了人间的磨难之后，或者说经历了血的教训之后换来的，因此具有个体不断成熟的意义。

其二是考虑问题的周全。

在花果山时期的孙悟空，完全是一个放任自由的孩童脾气，他智慧聪明，却任性放诞，在考虑问题上往往缺乏成人的成熟和缜密，许多事情都是只顾眼前，不计后果。到了取经路上，孙悟空逐渐摆脱个人主义的色彩，越来越多地开始考虑到师父的安全和师弟们的安危，这种考虑问题的周全，一方面，他肩负了上天的安排，不得不为自己曾经犯下的过错而戴罪立功；另一方面，他在这种被动考虑问题过程中，逐渐变得更加成熟，事必躬亲的次数多了，也就学会了做事考虑后果的思维模式，即使师父误解了他，反复地念紧箍咒让他吃够了苦头，但是，他还是考虑到了自己离开师父之后有可能导致的严重后果。所以，他说：“我去我去！去便去了，只是你手下无人。”本来对于师父的绝情和悲愤，按照他原来的脾气应该是一走了之，这一次却主动考虑到未来的严重后果。从某种意义上说，这是理性的冲动战胜了感情，所以没有简单地意气用事，与花果山时代大闹天宫时判若两人。

其三是已经学会了用成年人的处事方式处理问题。

与前两次被师父强迫逐出师门不同，这次离去已经带有了自觉离开的成分，“常言道，事不过三。我若不去，真是个下流无耻之徒”。廉耻大义在古代中国一直具有人兽之别的判断意义，对于孙悟空这类石猴来说，他把离开师父的行为当作人的礼义廉耻标志，这就意味着他已从孩童进入成人阶段。人生的不同阶段有不同处理问题的方式，与孩童时代任性放诞相比，成人处理问题更强调理性。所以，在师徒反目之后，孙悟空处理此事不再像孩子一样完全听凭师父一个人随意为之，所谓“空口无凭，立字为证”，孙悟空一番言语迫使唐僧不仅气急败坏地发誓，而且按照成人社会规范立下了白纸黑字的字据。唐僧见他言言语语，越发恼怒，气得滚鞍下马，叫沙僧从包袱内取出纸笔，即于涧下取水，石上磨墨，写了一纸贬书，递于行者道，“执此为照”，愤恨地宣称“不要你做徒弟了”，并且，不惜自毁平日一向温文尔雅的崇高形象，与徒弟赌咒发誓：如再与你相见，我就堕了地狱！可谓是斯文扫地、丑态百出。孙悟空不仅“连忙接了贬书”，而且还挖苦道：“师父，不消发誓，老孙去罢。”

如果把这一事件发生的时间和孙悟空保护这个取经队伍踏上西行之路的最初阶段联系起来，其意义也完全对应了刚刚跨入成年门槛的人，身上多少留下孩童时代任性撒泼的毛病，不过，毕竟开始初步模仿成人世界处理问题的方式，在此后的西行路上，孙悟空很少遭受师父紧箍咒的惩罚，也预示着社会个体在社会化过程中的成熟。

成人礼原型模式的存在是我们揭开孙悟空紧箍咒的可怕之处，但是，一个人进入成年并不仅仅限于严酷的道德教条以及沉重的社会责任，在个体不断成熟的过程中，还伴随着情感观念的微妙变化，即少年时候的莽撞任性往往变得思虑成熟，无知无畏往往被思前想后的犹豫和伤感代替。

孙悟空从花果山乐土王国离开后，就意味着开始了一种全新的生活，这就是从快乐自由的孩童游戏生活时代，进入了虽有成就感，但总是伴随不断的烦恼痛苦的成年。按照中华民族文化传统，男儿当自强。做一个顶天立地的好汉子意味着志在四方，非常有意思的是，师徒四人皆可谓光棍一条，无牵无挂，这似乎预示着四个人不需要恪守“父母在，不远游”的道德教条，可以放开手脚大干一番事业。事实上，四个人也正是在这一次远行中实现了“功成名就”。这正应了中国的古语：吃得苦中苦，方为人上人。因此，从孙悟空加入唐僧取经团队开始，就意味着他的“前途是光明的，道路是曲折的”。无数的曲折苦难对于人的成长作用是一柄双刃剑：一方面，可以让个体积累更多的社会经验，以便最终获得理想。另一方面，也可以让个体在苦难面前失去勇气，产生从未有过的畏惧感和恐惧感，让“无知者无畏”变成“有知者有畏”，孙悟空在成人礼前后就发生过如此巨大的变化，从之前天不怕、地不怕的齐天大圣形象，竟然如同他的七十二般变化一样，常常是“轻轻摇身一变”就成为一个哭哭啼啼的人。

在我看来，其情感上的微妙变化首先来自他在成人阶段越来越成熟的个体独立意识，即从社会群体的混沌状态中分离出来，滋生出了无助的孤独个体。此时的他已经不再可以无忧无虑地混日子，他必须清楚地为自己的每一步计划做好打算，而且需要对自己的行为后果负责，这是每一生命个体从母体怀抱中走出后的必然选择，从此，他被强行抛到过于复杂的社会关系面前，依靠个体的脆弱力量抵抗来自社会的强大压力。越成熟的社会，个体越是孤立的，在依靠个人奋斗完成理想的同时，更能够激发个体对自身脆弱以及对社会群体依赖重要性的认识。因此，在这个时候，有了苦难和痛苦就再也不能轻易向家长们倾诉了，必须以个人硬撑着，从这个意义上讲，孙悟空遭遇到的每一次失败过程，都是对个体身心孤独感的负重，在找到救兵之前，未免内心惶恐不安，但是其中滋味又能够向谁诉说呢？

孙悟空西行途中的所有苦难都是由佛祖安排好的，这就注定了他的西天取经之路与其说是为了保护主角唐僧，不如说是陪唐僧一起受难，属于出力不讨好的劳动。但是，又不是完全与自己没有利益干系，因为同时还是为自己五百年前大闹天宫闯下的大祸而立功赎罪。所以，孙悟空遇到的每一个困难虽然都是有惊无险，却不是一味消极被动地等待妖怪们准备取唐僧性命的时候让上天诸位神仙来收拾“烂摊子”，他必须在上天为他安排好的屡战屡败的失败宿命里进行无畏而徒劳的搏斗，因此，孙悟空取经道路上的失败悲剧从一开始就被打上了浓浓的宿命悲剧色彩。这也是他为何取经之前表现得神勇异常，一旦陷入上天佛祖安排的命运迷魂阵中，就每一个对手都是不可能战胜的重要原因。至少是单凭他个人的金箍棒、筋斗云、七十二变三大法宝是无法完成解救师父重任的，为此，他必须求助别人。所以，他常常遇到了小妖们就恶战了多个回合便败下阵来，从这个意义上说，孙悟空与妖魔斗争屡战屡败的神话叙事，很有点儿西方古希腊命运悲剧那种悲到无可诉说的意味。但是，孙悟空终究不是西方的俄狄浦斯，其无法逃脱的悲剧命运又存在一个可以诉说的地方，这就是此时的孙悟空已经不再是一个可以任性为之的孩童，而是接受了成人礼仪式的成年人，而成年则意味着你履行的社会责任的繁重和不可推卸。但是，当你面对的困难是一种命中注定无法靠个人的力量来解决的时候，尤其是你必须承受一次次失败打击的时候，人的意志勇气往往如同古人说的那样，夫战，勇气也，再而衰，三而竭，更何况无数次的失败呢？在后来的西行路上，我们发现孙悟空固然还依靠信念支撑着降妖除魔，但是，终究如同弱不禁风的人一样，动不动就落下泪来，甚至痛苦。而这种软弱的表示往往发生在师父被妖怪捉走之后，自己无力救助的情况下，至于落泪的原因并不是因为心疼、惦记师父受苦和安危，仅仅是打不过对手，这对于天不怕、地不怕的齐天大圣来说是不可思议的。

西方的乌纳穆诺说：“只要我们不曾感受到不舒服、苦难或悲痛，我们就不会知道自己拥有心、胃、肺等器官。生理上的苦难或创痛，它能向我们展示自己内心的精髓，而精神上的苦难创痛也同样真切。因为除非我们受到刺痛，否则我们从来不注意我们曾拥有一颗灵魂。”① 孙悟空不仅真切地遭受过肉体的痛苦和刺痛，以五百年的痛苦向我们展示了自己内心的精髓，这就是违背社会秩序规范所必然遭受痛苦的惩罚和报复。而这种痛苦自产生开始，就意味着精神上创伤和刺痛的并存，即随着儿童欢乐时光的永远消退和不可再现，无拘无束、任性快活的纯粹自由生活终于解体，从此后，伴随着的是永远不可弥补的心灵伤痛和对自由的追忆。同样，我们也可以根据熵定律获得如此的证明。按照一般的进化论理论，世界上任何生物的进化总是朝着增加信息和秩序的方向发展，由此表现出由简单到复杂、由低级到高级的形态，这和孙悟空简单快乐的童年时代向苦恼折磨的成年时代发展具有完全的同构性。而熵定律却指出，物质的演化总是朝着消灭信息、瓦解秩序的方向，逐渐由复杂到简单、由高级到低级不断退化的。作为退化的极限就是无序的平衡状态，即熵最大状态、一种无为的死寂状态。生命愈是进化，生命系统组织结构有序程度也就愈是增加，由遗传变异机制以及同外面世界进行的能量和物质交换以及信息传递愈是增多和扩大，从而也就是愈加远离熵的最大平衡状态。因此，生命自身就是远离平衡状态的平衡状态，它是一种人的满足必然创造一种新的人的需要的过程，这个过程永远没有终结。需要得不到满足固然是痛苦的，但是，当一种需要得到满足之后，如果没有新的需要和新的追求来代替它，也仍然是一种痛苦②。这也许对于一心想到外面世界闯荡一番，甚至留下了“齐天大圣”美名的孙悟空来说，正是其生命中的一个巨大缺憾，最初的平衡感被打破了，留给他的是看似有序的成人社会中勇敢无畏的生命状态，其实质上意味着象征自由、天真、快乐的生命乐园的失去。

---

① ［西班牙］乌纳穆诺：《生命的悲剧意识》，北方文艺出版社，1987 年，第 133 页。

② 高尔太：《论美》，甘肃人民出版社 1982 年，第 66 页。

第四部　乾坤风雨：死亡哲学的诗性书写

一、天上宫阙

《西游记》中创造了一个在民间流传极为普遍、超凡脱俗、神奇浪漫的“天上人间”。中西民族在早期神话中都有过类似的创造，例如，西方古希腊神话中以宙斯神家族为核心的神的谱系，他们在遥远的太空俯视着匍匐于大地上的芸芸众生，享受人间向其供奉的果珍佳肴。《西游记》中的天庭内容在小说中占据着非常重要的位置：其一，从故事内容、情节安排上说，虽然作为主体的取经故事发生在人间，但是，设置磨难的妖魔大都从天上偷偷跑到凡间，同样，解决磨难的孙悟空照例还要到天上去搬救兵才能解决问题，换言之，离开了天庭内容，《西游记》就失去了存在的基础。其二，从小说首尾整体结构安排上来说，作为核心人物的孙悟空大闹天宫等故事发生在天界并存在于小说开篇，而取经终点的西方佛祖居住地实质上也属于天庭，从这个意义上说，《西游记》中的天庭就不应该被简单地理解为一种高悬于地面人间之上的纯粹空间意识的世界，更是一种超越于人间烟火的世俗世界以及地下阎罗殿的阴森冥间的审美艺术世界。

由于《西游记》对天界的叙事来源于长期的民间神话传说故事，而并非完全是作家个人的独立创造，因此，对小说中这样一个虚构世界的阐释，必须对民间相关神话传说进行历史溯源和横向比较，通过神话传说与文学创作之间的差异性来揭示作家的个体感情。

这需要从人物角色的角度谈起。在形形色色的天界神佛之中，首先是对应人间皇帝身份的最高统治者玉皇大帝和他的“皇后娘娘”西王母。（在早期神话传说中，玉皇大帝与西王母并非夫妻关系，西王母是先天阴气凝聚而成，是所有女仙之首，掌管昆仑仙岛。而所有男仙之首为先天阳气凝聚而成的东王公，掌管蓬莱仙岛。西王母的出现比玉皇要早得多，二人并不是夫妻关系。）关于玉皇大帝和王母娘娘的神话传说在华夏民间流传极为广泛，因此至今各种说法不一。一种比较流行的观点是玉皇大帝与道教相关。玉皇大帝就是道教的元始天尊（即玉清元始天尊的简称），是道教所供奉的最高等级的神。因此，道教称天界最高主宰之神为玉皇大帝。但是，《西游记》中并没有采用这种观点，而是把玉皇大帝和玉清元始天尊作为完全不同的两个人物。在民间也称为天公、天公祖、玉帝、玉天大帝、玉皇、玉皇大帝等等。其实，取名“皇”和“帝”意味着古人是完全按照人间封建制度中皇帝身份进行虚构和创造的，这种思维直接导致了玉皇大帝虽然生活在超越人间的神秘空间，但是，他和人间的皇帝一样具有至高无上的行政权力，传说他对上掌握着三十六天，对下掌握七十二地，掌管一切神、佛、仙、圣和人间、地府之事。在神话故事中，其身份与古希腊神话中的宙斯地位相似。据《玉皇本行集》记载：光明妙乐国王子舍弃王位，在晋明香严山中学道修真，辅国救民，度化众生，历亿万劫，终为玉帝。《西游记》第七回《八卦炉中逃大圣　五行山下定心猿》中借西天佛祖之口道出玉帝背景：“他自幼修持，苦历过一千七百五十劫。每劫该十二万九千六百年。你算，他该多少年数，方能享受此无极大道？”

在民间被称为王母娘娘的即西王母，又有西姥、王母、金母和金母元君等各种名称。按照部分学者的说法，其全名应该为白玉龟台九灵太真金母元君、白玉龟台九凤太真西王母或太灵九光龟台金母元君。这里的“西”强调的是地理学意义上的方位，王母才是真正的神的名字。

传说，西王母是由混沌道气中西华至妙之气结气成形，厥姓侯氏，位配西方，属于中华民族中最古老的女性神。根据古书《山海经》的描写："西王母其状如人，豹尾虎齿，善啸，蓬发戴胜，是司天之厉及五残。"不仅外形长相恐怖，具有明显的动物尤其是凶猛的野兽特征，而且其司职更令人厌恶，是上天派来负责传布病毒和各种灾难的恶神。据《穆天子传》记载，周穆王周游天下，西巡到西王母居住的昆仑山区时，他拿出白圭、玄璧等玉器去拜见西王母，并且在瑶池宴请西王母。另在《汉武帝内传》中，谓其为容貌绝世的女神，并赐给汉武帝三千年才结一次果的蟠桃。道教在每年的三月初三定为王母娘娘的诞辰，并于此日盛会，俗称蟠桃盛会。

单从民间传说以及史书记载情况来看，西王母的故事堪称中国神话"历史化"最有说服力的代表。我们可以从中发现非常清晰的原始神话传说被历史改造的痕迹。第一次是封建体制在中国大地上全面深入建立的汉朝。在这个阶段内，西王母居住在昆仑山的石洞中，其形象完全是一个人面兽身的怪物形象，饮食习惯并不具备人类的特征，有三只叫作"青鸟"的巨型猛禽，每天替她叼来食物。例如在《山海经》中，她就是一个人不像人、兽不像兽的怪物。这和中华民族早期神话传说中的形象是完全一致的。此后在魏晋南北朝时期，西王母神话传说已经彻底斩断了与原始神话中常见的野蛮粗俗形象的血缘纽带关系，野兽的动物性凶猛形象被封建礼制下的人的面具所覆盖，西王母神话传说不仅和周穆王西征、汉武帝西巡的历史真实事实联系起来，而且其形象也被人格化、伦理化，神化传说则被故事化、情节化，例如周穆王和西王母在瑶池相会的故事在民间更是广为流传，影响很远。

根据我国一些学者的考证和研究之后得出的结论是，王母娘娘在历史上竟然确有其人。据实地考察发现，距今 3000 至 5000 多年前，存在过一个牧业国度——西王母国，其疆域包括今天青藏高原昆仑、祁连两大山脉相夹的广阔地带，青海湖环湖草原、柴达木盆地是其最为富庶的中心区域。西王母古国当时的"国都"在今青海天峻县一带。这就是说，神话传说中的西王母，其真实身份是早期原始部落的女首领。在《西游记》中，这一传统神话角色遭到了相当程度的“颠覆”和“解构”，从文学创作活动的作家主体创造性因素来说，属于作者吴承恩独立的艺术想象。与长期的民间传说大相径庭，而且刻意地进行改造，这种与传说、历史之间的差异和断裂，可以让我们细细地挖掘作为文学作品的艺术创造世界对于原始文明的继承和变异，其中最重要的一个是两个人物形象从神圣伟岸到懦弱苍白的变异。具体表现在小说《西游记》中，就是玉帝和王母娘娘神圣的故事严重世俗化，顺应了中国传统文明人本主义的色彩，正面形象被扭曲。玉皇大帝本来拥有西方宙斯一样至高无上的政治地位，虽然东西方神话不同，中国的皇帝大都通过社会约定俗成的秩序和规矩来行使自己的权力，而不是依靠个体的能力，例如拥有击败一切对手的致命武器或功夫。相比之下，无论天上还是地上的皇帝们，较之西方皇帝形象更具有文质彬彬的味道，但是，作为皇帝的尊严是不可侵犯的，换句话说，中国的皇帝们可以通过手中控制的权力轻易地置叛逆者于死地。因此，历代封建王朝中，无论皇帝如何的宽容和体贴人民，始终不变的是“伴君如伴虎”的潜在威胁。作为天上的皇帝，玉帝当然也拥有这样的地位。但是，在《西游记》中这种皇帝身上潜在的力量被大大消退了，玉帝成为一个没有主见、胆小怕事的反面人物。其具体表现在如下几个方面：

其一，仁慈者的虚伪性。

小说中称玉帝为“高天上圣大慈仁者玉皇大天尊玄穹高上帝”，按理说，他应该表现出慈仁者的典范，但是，当东海龙王和秦广王先后上奏控诉孙悟空的劣行之时，他连问也没问就传旨，“朕即遣将擒拿”。完全没有所谓的“上圣大慈仁者”的风范。而太白星君阻止武力讨伐孙悟空的上奏也完全证明了这一点：“上圣三界中，凡有九窍者，皆可修仙。奈此猴乃天地育成之体，日月孕就之身，他也顶天履地，服露餐霞，今既修成仙道，有降龙伏虎之能，与人何以异哉？臣启陛下，可念生化之慈恩，降一道招安圣旨，把他宣来上界，授他一个大小官职。”

即使在同为统治阶级的其他神仙看来，孙悟空不过是一个平常普通的小小生命而已，根本犯不着动这么大的肝火，让天将兴师动众去讨伐，而且也不能忘记“生化之慈恩”去扼杀这一生命。如果说因为孙悟空此前的恶行累累，玉帝根据众人的控诉立即传旨擒拿尚有情可原的话，那么，在他派兵点将准备捉拿逆臣贼子的时候，连最起码的生化之慈都没有顾忌，就暴露了历代封建最高统治者口口声声的仁义慈恩都是一个虚伪的口号。因此，当他第一次见到不识人伦的孙悟空时，对于群臣责怪孙悟空没有向其行礼，虽然嘴里说“那孙悟空乃下界妖仙，初得人身，不知朝礼，且姑恕罪”，实际上却对于这个不谙世事的孙猴子可耻地施行了欺诈，让孙悟空“与他养马”。随着孙悟空反出朝野，他也就撕下虚伪的面纱，先是“即传旨”，着两路神元，捉拿此妖。但是，在众天降斗不过孙悟空而无计可施的时候，再次听取太白星君的“有官无禄”的欺骗战术，当着孙悟空的面大言不惭地说：“今宣你做个齐天大圣，官品极矣，但切不可胡为。”并施以小恩小惠：修了一座齐天大圣府，“外赐御酒二瓶，金花十朵，着他安心定志，再勿胡为”。招安本来就是统治阶级对叛逆者的一种策略欺骗，可以大大缓解目前遇到的危机，如果被招安者愿意和他们同流合污则意味着目的的实现，如果被招安后仍不思悔改则再“秋后算账”也不迟。对于太白星君这样的谋士来说，出此计策堪为臣子的职责，但是对于冠之以“高天上圣大慈仁者”美名的玉帝来说，连想都不想立刻采纳实施，实在有损尊严，称其为虚伪当不为过。

小说对玉帝虚伪形象的叙事，除了表现在他对待孙悟空不念生化之德必先诛杀而后快的心理描写外，还通过孙悟空的嘴侧面揭露其家世的丑闻，使得这样一位高坐在神圣大殿之上的道貌岸然的众神领袖无法摆脱家丑的阴影。在小说第六回中，观音保荐的玉帝外甥显圣二郎真君前去捉拿孙悟空，大圣见面就爆出了玉帝家中一段丑事：“我记得当年玉帝妹子思凡下界，配合杨君，生一男子，曾使斧劈桃山的，是你么？我行要骂你几声，怎奈无甚冤仇；待要打你一棒，可惜了你的性命。”神仙思凡下界本是触犯天条的行为，作为天界领袖的玉帝妹子发生了这般事情，对于玉帝来说可谓难堪至极。但是，同为世俗引诱偷偷下界的神仙在命运遭遇上却完全不同，对于玉帝妹妹来说，众神对此“绯闻”均三缄其口，这些无非是碍于她那位玉帝哥哥的面子，只有此时尚处于无知顽劣阶段的孙大圣，因为信口雌黄而打破了中华民族成人世界遵守的“骂人不揭短”的潜规则。但是，正如中国俗话中所说的没有背后不骂皇帝的一样，作者借孙悟空的无知顽劣把这一众神心照不宣的事件曝光，意味着虽然碍于皇权威严无人敢讲，然而，这对于至高无上的玉帝来说终究不是一件正大光明的事情，对于他骂孙悟空不识人伦的妖猴，无疑是一个巨大的讽刺。最具有讽刺意味的还在于，在类似神仙思凡下界偷情的事件中，一般导致的是有损尊严的结果，至少不会是光彩的，但是，玉帝妹妹的事件恰恰造就了二郎神斧劈桃山的英雄壮举，这实在是滑稽至极。一方面，二郎神和玉帝都不想听到有人提起此事，另一方面，无论是二郎神的成名，还是作为舅舅的玉帝的一种荣耀，没有这样的丑事就没有“斧劈桃山曾救母”的美名。同为思凡下界的痴男怨女则没有这样的好运，往往被描绘成阻碍唐僧取经大业的妖魔，言下之意，思凡下界的违规行为已经不再是关键问题，关键在于而是谁思凡下界。

其二，毫无个人主见，平庸无为。

作为掌握天上众神命运的至尊，本身必须具有相当的政治头脑，而在小说《西游记》中，玉帝则完全是一个平庸的碌碌无为之徒。由于该人物形象在本书中并不属于主要人物，作家对此相关描述并不十分突出，与其他人物形象刻画比较起来显得单薄而平面化，甚至机械僵化。这使得书中的玉帝形象除了上朝议政时庄严神圣的气氛，以及众人想见他一面都艰难不易的渲染，对读者印象较为深刻之外，其他方面则完全如同一个僵硬的躯壳而存在。例如，在孙悟空任职问题上，他三次表现出毫无主见，完全听命于群臣的平庸无为状态。

首先，孙悟空在大闹龙宫和阎罗殿之后，龙王和秦广王上奏告状，他对两份奏折完全一样地表现出“览毕，传旨”，着某某人先回去，“朕即遣将擒拿”了事。而当太白星君奏议招安之计时，则“闻言甚喜，道：‘依卿所奏。’”。由于孙悟空在第一次招安后不久即“叛变”，这让玉帝很恼火，此时闻言，“即传旨”，命令两路神元，各归本职，派遣天兵，捉拿此怪。但是，没有料到派出镇压的以李天王为首的天兵斗不过孙悟空，竟然回来请求增兵，于是疑惑不解地问：“谅一妖猴有多少本事，还要添兵?”可谓失算。其次，本来孙悟空貌不惊人的形象，让这个不食人间烟火的玉帝对孙悟空的能力看走眼，似乎有情可原，毕竟，中国的玉帝不等于西方全知全能的上帝，所以，他在孙悟空问题上表现出的第一次平庸，似乎有情可原。但是，紧接着玉帝却闹出和此阶段孙悟空惊人相似的幼稚低级的笑话。他再一次依了天界中“讲和派”太白星君的招安计策，“即命降了诏书，仍着金星领去”。而最后的事实证明，他犯了和第一次一样愚蠢的错误。再次，当孙悟空如愿以偿地被授予“齐天大圣”这个有名无实的官衔之后，天庭得以进入孙悟空暂时被愚弄和麻痹，不再滋生事端的和平时期，许旌阳真人启奏“齐天大圣日日无事闲游，结交天上众星宿，不论高低，俱称朋友，恐后闲中生事”，因此，请求给孙悟空一件事情管管，“庶免别生事端”，玉帝一听，又一次“即时宣诏”。对许旌阳真人启奏的批准，不仅证明了自己当初听取太白金星献计有名无实的草率和不当，而且也为孙悟空大闹天宫埋下了祸根，真可谓搬起石头砸自己的脚。但是，吃一堑，长一智，而玉帝在一连串的事件中完全像没头的苍蝇似的，除了赏赐孙悟空几朵花让其安心的行为以外，别无任何独立主见。当然，这并不等于说，采纳群臣意见就不是明君，从谏如流本身就是明君的一个重要特点，但是，对待群臣上奏的意见，玉帝显然缺乏深入而成熟的考虑就全部草率加以批准了，而且，群臣出的主意几乎全是成事不足、败事有余的馊主意，在这种情况下，玉帝毫无意见地采纳，不仅与所谓的明君相去甚远，而且简直就是一个糊涂虫。

其次，遇到事情惊慌失措。听了李天王说孙悟空自封“齐天大圣”，而且扬言“要打上灵霄宝殿也”。玉帝闻言，“惊讶道：‘这妖猴何敢这般狂妄！着众将即刻诛之。’”，由于自己的轻敌造成惨败。但是，当孙悟空大闹天宫之后，老君的奏议则完全让他慌了手脚，小说反复强调了他此时的惊惧惶恐之尴尬，“玉帝见奏悚惧”“玉帝又添疑思”“玉帝越发大惊讶道”等等，连续表现尽显其庸碌无为之态。甚至在和菩萨见面谈起蟠桃盛会时话语中已很无奈与可怜：“每年请会，喜喜欢欢，今年被妖猴作乱，甚是虚邀也。”“朕心为此烦恼。”在四大天师吃了败仗回来求救的时候，竟然到了无计可施的地步，“却将哪路神兵助之?”孙悟空本领大大超出了玉帝所料，着实让玉帝吃惊不小，对于这样的叛逆者下场的处罚是可想而知的，此时对其处以最残酷的刑罚，不仅意味着对叛逆者的镇压，同时也是统治阶级气急败坏之后终于找到一个发泄机会的象征。玉帝传旨，“即命大力鬼王与天丁等众，押至斩妖台，将这厮碎剐其尸”。但是，刀砍斧剁，雷打火烧，竟然“一毫不能伤损”，这让玉帝彻底慌了神，“这厮这等，这等，如何处治?”

王母娘娘在小说中并没有太多的渲染，有限的几处描写主要集中在蟠桃大会前后，从其听完仙女讲述孙悟空偷吃光蟠桃而并没有表现出大怒大悲，以及镇压完孙悟空后重新开宴时候引领仙女们歌舞的艳丽迷人情况来看，吴承恩基本上把历史化的王母娘娘充分女性化、温柔化，这和中国历代宫廷中作为正面形象传诵的无论是母仪天下的太后还是皇后，在贤惠端庄等方面是完全一致的。

二、空中楼阁

无论是早期民间神话传说还是后来的小说，对于神仙、佛祖等等超凡脱俗的人物形象的叙述，往往都不会仅仅局限于自身，虽然他们神奇迷离的身世、登峰造极的本领以及怪异诡秘的相貌，都是成就他们为神仙的不可或缺的元素，但是，仅有这些显然是不够的，正如所有的凡夫俗子都必须生活在一个物质感性的生活环境中一样，吸风饮露、不食人间烟火的神仙们也不例外。从文学创作的角度上说，这些具体生活环境的安排可以更好地衬托人物形象，体现人物性格，推动故事情节的发展。从神话思维的角度上说，这样的描写是先民对于神秘未知世界的一种大胆推测，多少具有探索真理的意义。因此，直至今天，在地理环境复杂、气候条件多变的地区，神奇怪异的艺术想象仍然深深地影响着文化进程。对于生活在平坦开阔的平原上的早期华夏民族来说，灿烂的阳光可以让他们的视野更加清晰，只有在当时生产力水平无法达到的领域，例如险峻幽绝的高山深谷、纵横交叉的河湖水泊、神秘无涯的江海大洋、遥远莫测的苍穹宇宙等等，才会充满着惊奇与畏惧。这在很大程度上影响了早期神话发生地域的模式化和规律化。体现在小说《西游记》中，就是美丽的如同梦幻一般的天宫仙境、幽深别致的海王龙宫以及恐怖神秘的冥府。

先说说作为空中楼阁形象出现的天庭。

正如同人间的皇帝居住在京城，但是其上朝议政则有专门的地点一样，《西游记》中以玉皇大帝为首的天庭统治中心也有一个专门的处所，即所谓的"玉京金阙、太玄宝宫、洞阳玉馆"。小说第四回中说，"这天上有三十三座天宫，乃遣云宫、毗沙宫、五明宫、太阳宫、化乐宫"，"又有七十二重宝殿，乃朝会殿、凌虚殿、宝光殿、天王殿、灵官殿"。所谓的"金阙云宫灵霄宝殿"就是玉帝为首的天宫核心区。至于众多神仙则居处混杂，有的伴随玉帝居住在"京城"，也有的则远离首都躲进深山名川，因为这些神仙具有腾云驾雾的本领，即使玉帝有事宣召也可以很快到达。例如，如来佛祖居住的西天灵山雷音寺、观音菩萨居住的洛迦山、二郎圣君居住的灌州灌江口等等。小说中提到的神仙居住的场所，除了玉皇大帝生活的"玉京金阙、太玄宝宫、洞阳玉馆"这些标准的天界之外，还包括一切非世俗的仙人生活的区域，例如如来佛祖的居住的灵山，由此在小说中形成一个五光十色、神奇诡异的天庭世界。

小说《西游记》对于天庭的具体描述，主要表现在如下几个方面：

一是物件摆设的奇异奢华。

小说第四回对此作了第一次正面的描写，让不谙世事的孙悟空如同刘姥姥进大观园一般的狠狠“开了眼”：

初登上界，乍入天堂。金光万道滚红霓，瑞气千条喷紫雾。只见那南天门，碧沉沉琉璃造就，明幌幌宝玉妆成。两边摆数十员镇天元帅，一员员顶梁靠柱，持铣拥旄；四下列十数个金甲神人，一个个执戟悬鞭，持刀仗剑。外厢犹可，入内惊人：里壁厢有几根大柱，柱上缠绕着金鳞耀日赤须龙；又有几座长桥，桥上盘旋着彩羽凌空丹顶凤。明霞幌幌映天光，碧雾蒙蒙遮斗口。……寿星台上，有千千年不卸的名花；炼药炉边，有万万载常青的瑞草。又至那朝圣楼前，绛纱衣星辰灿烂，芙蓉冠金碧辉煌。玉簪珠履，紫绶金章。金钟撞动，三曹神表进丹墀；天鼓鸣时，万圣朝王参玉帝。又至那凌霄宝殿，金钉攒玉户，彩凤舞朱门。复道回廊，处处玲珑剔透；三檐四簇，层层龙凤翱翔。上面有个紫巍巍，明幌幌，圆丢丢，亮灼灼，大金葫芦顶；下面有天妃悬掌扇，玉女捧仙巾。恶狠狠掌朝的天将，气昂昂护驾的仙卿。正中间，琉璃盘内，放许多重重迭迭太乙丹；玛瑙瓶中，插几枝弯弯曲曲珊瑚树。正是天宫异物般般有，世上如他件件无。金阙银銮并紫府，琪花瑶草暨琼葩。朝王玉兔坛边过，参圣金乌着底飞。猴王有分来天境，不堕人间点污泥。

作者极力赞赏天庭中异物样样都有，且均是世上件件无的珍稀之宝，其目的无非在于通过渲染天堂的神奇美丽，引发人类对另外一个可能存在的未知世界的向往和探索，并且与现实生活中的平庸形成鲜明的对比，以此表现出人类对美好生活的热爱与期盼。但是，如果我们对于这一段描写进行仔细阅读，不难发现作家在不遗余力地进行夸张和渲染天界神奇的时候，残留着非常浓厚的庸俗气息，在繁琐累赘的文字背后是过于熟悉的历代封建王宫物件摆设的翻版。天宫里厅堂楼阁无数，不过是封建社会侯门深似海的真实写照；类似仓库储存室一般的天宫物件摆设完全是历代皇家生活穷奢极欲的再现；至于森严的守卫、庄重的气氛、雕梁画栋的装饰等等，更让人觉得不是天界，倒是回到了人间的京城。从艺术创作的角度上说，一切艺术虚构和想象都来源于现实生活，既然所谓的天庭不存在，那么，人类也只能按照现实中的天庭（皇宫）来进行模仿了，这很有点儿西方古希腊学者们所说的艺术对真理的模仿只能是一种“影子的影子”的味道了，与西方作为真理本相的是抽象玄妙的“理式”不同的是，中华民族在文学和神话中始终再现和模拟的不仅仅是现实生活中皇家生活的深宅豪院，而更是一种对深宅豪院生活环境的内心意识的凝结。在生活落魄不堪的下层士人看来，积聚于内心的对皇室奢华生活的认识往往被厚厚的围墙遮住，无法满足内心窥视的欲望，在无数道听途说以及一知半解之后，在他们的心目中，就表现为笔下金碧辉煌、亮晃晃之类的黄金白银等金属发出的耀眼光彩。于是，中国神话中对于天宫一类仙境妙地的描写，大都和上述一个模式：房子多、宫殿大、装饰美、守备严……这究竟是作家对如此奢华生活的愤懑不满，还是艳羡企慕呢?

二是声色犬马的生活享受。

“仙乐玄歌音韵美，凤箫玉管响声高。琼香缭绕群仙集，宇宙清平贺圣朝。”这是在孙猴子被如来佛祖彻底镇压之后众神欢庆的盛大场面。这里需要注意的是小说对于以玉帝为首的众神仙对音乐歌舞的尽情享受的强调。与今天音乐歌舞以一种更为纯粹的艺术形式出现在人们生活中不同，在中国古代社会，音乐歌舞本来与日常生活密不可分。换言之，人们日常生活中最平凡琐碎的饮食起居都与音乐歌舞相关，从这个意义上说，古人对于音乐的喜爱和偏好并不一定指的是今天意义上的高贵的艺术享受，而更多的是生活自身，只是后来随着生产力水平的提高以及艺术门类的发展飞跃，歌舞音乐这类艺术已经逐渐地与人的生活关系之间发生了变异。但是，由于音乐歌舞对于人的欲望膨胀往往产生巨大的刺激诱导作用，因此，当一个人沉迷于此无法自拔时，则意味着音乐歌舞负面影响的可怕。所谓“凡音者，生人心者也。情动于中，故形于声；声成文谓之音。是故治世之音安以乐，其政和；乱世之音怨以怒，其政乖；亡国之音哀以思，其民困。声音之道，与政通矣”（《乐记·乐本篇》）。那么，如何做到既可以享受音乐歌舞，同时又不导致人性欲望膨胀呢，从人们欣赏对象的角度上说，对音乐歌舞进行选择，这就是去除情感过分激烈、节奏过于明快、内容过于粗俗暧昧的音乐，而追求所谓的“中和”之美的雅乐。墨家则干脆主张铲除这些过于奢华浪费的东西，即“非乐”，要求人们像苦行僧一样拼命干活儿，说到底是害怕这些音乐歌舞对于人感官刺激引发的恶性膨胀。从欣赏者自身的角度上说，就是儒家普遍采用的“以道制欲”，适当地控制个人的欲望，不能放纵自己的感官享受，这并不是说音乐歌舞不好，而是沉迷于酒色音乐歌舞必然导致荒废国事，这是历代明君所不齿的事。

然而，非常有意思的是，小说对于天界众神生活方式的描绘充斥的歌舞丝竹之魅影，尤其是对于玉帝的描写，总是或多或少地伴随着这种声色犬马的感官享受。最典型的一处是小说第五回王母娘娘准备蟠桃盛会的场景，以及第七回降服孙悟空之后开始宴会庆贺的描写，完全彰显了天界声色犬马生活的场面。“琼香缭绕，瑞霭缤纷。瑶台铺彩结，宝阁散氤氲。凤翥鸾翔形缥缈，金花玉萼影浮沉。上排着九凤丹霞扆，八宝紫霓墩。五彩描金桌，千花碧玉盆。桌上有龙肝和凤髓，熊掌与猩唇。珍馐百味般般美，异果嘉肴色色新。”“王母又着仙姬、仙子唱的唱，舞的舞，满会群仙，又皆赏赞。”

虽然我们没有必要去考证伴随着玉皇大帝出场的音乐歌舞是否符合儒家的雅乐标准，但是，如此渲染音乐歌舞的感官享受则必然意味着上界已经是太平盛世了，这一点也在孙猴子被捉之后被正面强调出来。但是，事实上是否如此呢？姑且不说孙悟空作乱反叛闹得天庭鸡犬不宁，就是孙悟空被镇压之后，尤其是被招安随唐僧西行之后，不仅未见所谓的太平，反而更乱了。不仅唐僧师徒遇难中的许多主角都是从上天偷偷逃往下界作乱的，而且，孙悟空不厌其烦地飞到天上搬救兵，如此混乱几乎就没有真正停歇过。但是，作者却在书中极力称颂天庭的美好太平以及玉帝的贤明仁德，似乎这样就可以顺理成章地为众神感官享受提供充足的理由。这真是莫大的讽刺。在我看来，这并非是作者的刻意安排，而是中华民族对于音乐歌舞在日常生活中密切关系的“精神遗传”，尤其对于高高在上的皇权家族来说，如此纵情声色本是其令人艳羡的生活一部分，对于贫寒子弟来说，过上好日子不仅是吃饱穿暖，穿金戴银，还要有奢华的音乐歌舞，在这个意义上，我们再来看看《西游记》中对于音乐歌舞奢华场景的描写的意义，就不难明白小说是为了揭示了古代帝王生活的惊人奢华以及太平盛世下君王的虚伪面纱，我们更应该为人类曾经与音乐如此完美相处的黄金时代的痛苦追忆。

三是红粉佳丽的脂粉香艳气息。

如同人间的皇帝身边总少不了红粉佳丽一样，生活在天庭中的各路神仙也总是伴随着浓厚的脂粉气息。当然，限于天庭完全不同于人间的世俗性以及玉帝形象比普通皇帝更高尚的制约，对于天庭中玉帝身边美女的描写又不能被恶俗化。为此，小说对于玉帝身边“仙子仙娥美姬美女”的叙述，尽可能地避免有损玉帝颜面的庸俗之气，又保留了红粉佳丽的美色香艳，其中一个常见的手法是让众多佳丽在歌舞伴奏庆贺的场景下出场，维护了天庭高贵脱俗的形象。不过，再神圣的地方也都总要有浪漫的情感故事发生，冰清玉洁式的神女形象群体无法遮蔽背后具体可感的香艳故事，月宫嫦娥的故事就是其中之一。

在华夏民族的神话中，嫦娥的故事可以说是家喻户晓的。“嫦娥”亦作“常娥”，据说是神射手后羿的妻子。按照民间的传说，嫦娥偷吃了丈夫从西王母那儿讨来的不死之药后，飞到月宫。但琼楼玉宇，高处不胜寒，所谓“嫦娥应悔偷灵药，碧海青天夜夜心”，正是她倍感孤寂之心情的写照。嫦娥向丈夫倾诉懊悔后，告诉丈夫，平时她没法下来，待月圆之时，用面粉作丸，团团如圆月形状，放在屋子的西北方向，然后再连续呼唤其名字。到三更时分，她就可以回家来了。后羿按照妻子的吩咐去做，届时嫦娥果然从月亮中飞来，夫妻重圆，而华夏民族中秋节做月饼供嫦娥团圆的风俗也是由此形成。对此，历史典籍中也多有记载。例如《淮南子·览冥训》中说：“羿请不死之药于西王母，姮娥窃以奔月，怅然有丧，无以续之。”高诱注：“姮娥，羿妻；羿请不死药于西王母，未及服食之，姮娥盗食之，得仙，奔入月中为月精也。”据有的学者考证，姮娥即《山海经·大荒西经》所记“生月十二”之常羲。古音读羲为娥，逐渐演变为奔月之常娥。汉文帝名恒故讳之，改姮娥作恒娥，而恒亦即常之意。

由此可知，在中华民族早期神话中，嫦娥这一人物形象的情感评价至少可以有两个方面，一是背叛和自私；二是绝色惊艳。但是，民间对于嫦娥意义所指一般不去揪住背叛和自私的辫子，而是把绝色惊艳的意义作为主导。《西游记》中对于嫦娥的叙述并不多，而且也没有对民间传说中的嫦娥惊人美貌做出正面的描写，只是在第十九回《云栈洞悟空收八戒　浮屠山玄奘受心经》中，借猪八戒之口道出自己曾经因为调戏嫦娥而被上界所贬，终于沦落如斯。

对于《西游记》中只露了一次脸，而且充其量不过是一张“侧面照”的嫦娥如此关注，主要在于如下两个方面：一是在民间神话传说中，嫦娥一直是以她惊人的美丽而著名的，那么，在小说中如何表现这种美丽，或者说在民间神话中渲染的嫦娥之美毕竟是一种抽象的美呢，并不具有实体性的意义，到了文人自觉创作的层面，如何用感性形象的文学艺术之笔来还原神话中的抽象的美？小说借猪八戒调戏嫦娥触犯天条事件，通过贪婪好色的猪八戒之口，寥寥几笔鲜活地勾画出一副“美女与野兽”生动图画：“逞雄撞入广寒宫，风流仙子来相接。见他容貌挟人魂，旧日凡心难得灭。全无上下失尊卑，扯住嫦娥要陪歇。再三再四不依从，东躲西藏心不悦。色胆如天叫似雷，险些震倒天关阙。纠察灵官奏玉皇，那日吾当命运拙。广寒围困不通风，进退无门难得脱。”小说以侧面的手法道出嫦娥惊人的美丽，而猪八戒对自己调戏嫦娥的事实倒没有太多的深刻反省，反抱怨自己运气不济，言下之意，对为了如此美貌的嫦娥触犯天条并没有什么值得责怪的，要怪就怪自己运气不好。

这很有点儿西方古希腊神话中流传的绝色佳人海伦的故事，作为对神话故事的继承和改编，文学典籍《荷马史诗》中写海伦的美丽也用了这种侧面烘托的方法。在《荷马史诗》中，写到海伦如何如何之美，最精彩的描写当属当特洛亚长老们正在议论为一个女人是否值得发动一场关系整个国家安危的战争时，海伦走了进来，长老们顿时惊叹于海伦的美貌，不仅不需要再去讨论为了一个女人是否值得发动全国战争的问题，而且还大言不惭地说："看见她才知道打十年仗是值得的。"于是，对于西方文学中描写的引发十年战争灾难的美女，究竟美到如何地步的问题，就成为文学史上的一桩公案。如此侧面烘托的方法对于中华民族来说应该是最擅长的本领了。所谓"书不尽言，言不尽意"，既然正面实写存在如此缺陷，则不如虚晃一枪，以虚写实，以侧写正。

不论正面实写还是侧面虚写，仅仅是一种叙述的策略和方式，并不是渲染美的最终目的。由此引出第二个问题，从远古神话传说到封建社会繁盛时期的文学艺术创作，月中嫦娥的神话被一再肯定，这其中又包含着中华民族怎样的文化心理？

每一个民族往往根据自身的情感经验以及审美标准塑造美人形象，这本来属于极为平常的文化现象，从这个意义上说，拥有惊人美貌的嫦娥可谓中华民族对于女性审美的典范。但是问题在于，如嫦娥一样美丽的女性在中国传统文化中并不鲜见，但大多数没有获得嫦娥这般的好运气，在民间神话中，嫦娥背叛丈夫的极端自私自利行为，不仅没有受到指责，反而被美丽的外表形象彻底掩盖和遮蔽，历史上以绝色容貌著称的女性，不仅其不端行为倍受批判，即使没有做出任何违背社会道德行为之事，也大多因过于漂亮沦为红颜祸水的悲剧主角。这正是我们对于《西游记》中并不起眼的嫦娥加以深究的理由所在。

"三代亡国，夏桀以妺喜，商纣以妲己，周幽以褒姒。"中国传统文化对于绝色佳人似乎怀着一种莫名其妙的矛盾心理。一方面，倾国倾城令人艳羡，但是另一方面，又往往不让这些美女清静，多多少少给她们惹点儿风流债或者政治亡国之罪。因此，在中国文化中"红颜"二字可谓辛酸复杂至极，通常被凝结为一句话：红颜祸水。以妺喜为例，西汉刘向《列女传》说："末喜者，夏桀之妃也。美于色，薄于德，乱孽无道，女子行丈夫心，佩剑带冠。桀既弃礼义，淫于妇人。置末喜于膝上，听用其言，昏乱失道，骄奢自恣……颂曰：末喜配桀，维乱骄扬。"晋皇甫谧《帝王世纪》说，"日夜与妹喜及宫女饮酒，常置妹喜于膝上。妹喜好闻裂缯之声而笑，桀为发缯裂之，以顺适其意。"从这些文字记述中，似乎可以谴责这些人真的不守妇道或者说没规矩，但是，如果把这些不守妇道的个体行为和亡国的重大政治责任构成因果关联，却太过勉强了。不仅如此，细细分析，我们还会发现所谓亡国的祸水并不是由这些弱女子引起来的，想找她的罪状非常困难。在《尚书》和《史记·夏本纪》中都无相关记载，而在《国语·晋语一》中却道出了被后来人隐藏的天大秘密："昔夏桀伐有施，有施人以妹喜女焉；妹喜有宠，于是乎与伊尹比而亡夏。"这就是说，不仅这个女人没有罪，真正犯罪的是怕死自私的同族人，把她和历史上的王昭君一样送给他人，以此换取和平。这是中国封建历史上由野心勃勃的男人们导演的悲剧，明明是作为皇帝的男人们打不过对手，便把美女送出去"和亲"，为自己获得暂时苟延残喘的机会，如此懦弱的行为竟然比不过被他们一直瞧不起的妇女的决绝而行，但是，此种行为却屡屡被冠之以计谋深远、"卧薪尝胆"、"大丈夫能屈能伸"等等美名，这些被送出去的女人们，却往往需要承担妖艳惑主的骂名。而且，在危急时刻还要丢卒保车，用女人的生命换取江山的稳固，例如唐帝国的那位贵妃之死成为平息兵变的最好办法，这似乎从一开始就把美丽女人的命运逼到了两难境地：和皇帝们感情太近则有妖媚惑主之嫌，这样的女人总是给人以诱惑君王、荒淫纵欲的不守妇道形象。和皇帝们关系不亲密，则又显得不守妇道、未尽母仪之职，这样的女人当然也不会列入好女人行列。她们的命运遭际如此不幸的过错并不在于她们真的做错了什么，而仅仅是因为长得太漂亮了。

至此，我们可以对小说《西游记》中的嫦娥形象加以这样的阐释：嫦娥作为传说中的美女形象，她蕴含着先民最初的美好理想，在人类探索身外世界神秘图式的背景下，嫦娥的美丽已经远远超脱了人类对于女性身体审美的感官期待和憧憬，在这种情况下，与其说嫦娥是一个美女，不若说她就是一个抽象的符号，而且，越是在这个神话的初创期，她的符号性功能就越强，越与人的感官欲望的张扬无关，所以，在早期神话中的嫦娥，最突出的并不是她惊人的美貌，也不是如何背叛自己丈夫逃往月宫的自私行为，而是从感官享受的人间进入超凡脱俗的天庭。因此，数千年来，脱离人间的“奔月”的意义要远远大于美丽动人的“嫦娥”形象内涵。而随着社会的发展，神话的“历史化”最终越来越多地消磨了神话的原始质朴野性，代之以忠君背叛等沉重的伦理教条以及见色起意等世俗生活背景，尤其是中国都市生活第一次大繁荣的宋明时代，欲望感官享受成为生活中无法排遣的情结，在这种状况下，文人对于类似神话的改编和创造往往是两个结果：一是感官化、世俗性，这正是嫦娥神话中高不可攀的羿被遮蔽，而世俗的猪八戒粉墨登场的重要原因。二是清高化、反差化。即把嫦娥故事构筑成与人间世俗气息更为遥远、更有差异性的模式，造成和现实生活极端对立的状态，以此作为批判和谴责当下社会的重要方式。小说《西游记》对于嫦娥故事的简略交待，除了衬托猪八戒这个人物庸俗猥琐形象，以及贪恋女色的性格特征之外，很可能就是这种特殊的社会背景矛盾造成的，一方面需要把嫦娥形象世俗化，例如她对天蓬元帅充满了巨大诱惑力；另一方面则保持着最初神话中的清高状态，以此反衬人间污浊浓烈的情感欲望。

海市蜃楼般的高贵的景观、人间无法想象的奢华生活、香艳诱惑的红粉形象，如此构成了《西游记》中天庭这座空中楼阁的三个元素。

三、冥河摆渡

在小说虚构的神仙生活的世界中，除了以玉皇大帝为首的最高统治者居住在天庭，还有在海洋深处的龙宫与地下的冥界。关于海洋龙宫以及地下冥界的神话，如果从科学理性的角度上说，完全是人类在生产力水平低下时代对于神秘未知领域的一种精神征服和探索。即使到了科学技术水平已经相当发达的今天，人类已经可以证明不存在水下龙宫和地下冥界，但是，人们仍然没有斩断对这两个神秘世界的精神探索，继续以各种艺术形式表达、描述、咏叹这两个世界的具体模样。《西游记》对于这两个世界的描绘是十分出色的，尤其是海底世界的叙述，虽然在全书中文字不多，但是单就审美效果而言，甚至比天宫的叙事都更有趣味和想象力。其中，在对海洋龙宫世界的阐释中，中华民族最深厚的文化符号——龙，成为叙事的重点和最精彩的部分。

龙在中国文化中有着极其重要的地位，这里需要关注的有几个问题：一是小说中塑造的龙王形象与原始神话中龙的形象大相径庭。这个问题实际上可以转换为如下两个方面的问题，一是中华民族早期神话中的龙是怎样的一种形象；二是《西游记》中的龙形象与之相比又发生了怎样的变异，其中的原因何在？

首先是早期神话中龙的形象问题。自闻一多先生在著名的《伏羲考》一文中提出龙图腾说之后，在学界一度成为权威。按照闻一多先生的说法，大概图腾未合并之前，所谓龙者只是一种大蛇。这种蛇的名字便叫作“龙”。后来有一个以这种大蛇为图腾的团族兼并了、吸收了别的形形色色的图腾团族。大蛇这才接受了兽类的四脚，马的头，鬣的尾，鹿的角，狗的爪，鱼的鳞和须，于是便成为我们现在所知道的龙了。这里需要注意的是，闻一多先生对于龙图腾说只是一种推测，并没有作出定论，事实上，不仅图腾问题探讨很难找到所谓的准确无误的定论，而且在当时的考古学条件下，也无法作出一个所谓的标准答案。后人指出，所谓的图腾最初只是美洲印第安人的一种方言词汇，意思大致是“亲族”或者“他的亲族”，就是原始先民认为自然界的某种动植物与自己和自己的部落氏族存在着一种必然性的血缘关系，换言之，这些非人本质的东西是本部落或氏族的祖先和亲人，从而成为本部落和氏族尊奉崇拜的对象，并由此导致了这些物体最终成为本部落或氏族的标志和象征。按照方克强先生的观点，原始人深信各氏族部落都来源于各种特定的物类（绝大多数为动物），两者之间存在着神秘的血缘或亲族联系，灌注着人与动物的交感意识。例如古埃及的太阳神取自鹰形，古代克里特人奉蛇为地母，中国的原始自然神大多是人兽或几种动物的异类合体，如雷神是人首龙身，它们怪异的动物形貌象征着自然的神秘莫测和超人的威力①。

据考古学界比较普遍的观点，世界上各个民族在早期阶段都有过图腾崇拜这一文化现象，而不同的民族和氏族以及同一民族内部的氏族之间因为地域环境、历史生成、文化积淀等等因素的作用，在图腾对象的选取和认定上当然很难相同，图腾之间的差异也恰恰体现了各个民族的文化特性，早在距今数千年以前，先民们就已经十分崇拜原始龙的图腾，《说文》释“龙”：“龙，鳞虫之长，能幽能明，能细能巨，能短能长，春分而登天，秋分而入渊。”“最早的龙就是有角的蛇，以角表示其神异性，甲骨文、金文中所见的龙字都是如此。”②《山海经》里记载有“烛龙”“烛阴”的形象：“西北海之外，赤水之北，有章尾山，有神，人面蛇身而赤，……是谓烛龙。”（《山海经·大荒北经》）“钟山之神，名曰烛阴，视为昼，瞑为夜，吹为冬，呼为夏，不饮不食，息为风，身长千里。……其为物，人面蛇身赤色。”（《山海经·海外北经》）

中华民族以龙为象征，显然已经超出了现实动物的层面，凝结为对于自然界充满神奇的幻想，并且从想象中生发出某种更加抽象的精神元素，例如勇猛灵动等等，将其作为本民族整体精神特性的代表，一直到现在仍然以龙的传人自称。至此可以这样说，假如我们按照闻一多先生的观点，把龙看作以蛇为最早原型的扩编创造的话，那么，早期与蛇或龙相关的神大都具有神秘怪异的色彩以及威严令人敬畏的本质属性，对于完全以龙的形象出现的所谓龙王，当然也不可能失去这种光环和能力，虽然人面蛇身和龙的完整形象之间存在着巨大的差异。李泽厚曾对此的考证是，“《竹书纪年》也说，属于伏羲氏系统的有所谓长龙氏、

① 方克强：《文学人类学批评》，上海社会科学院出版社，第192—193页。
② 刘敦愿：《马王堆西汉帛画中的若干神话问题》，《文史哲》1978年第4期。

潜龙氏、居龙氏、降龙氏、上龙氏、水龙氏、青龙氏、赤龙氏、白龙氏等等。总之，与上述《山海经》相当符合，都是一大群龙蛇”①。

至此，可以这样说，在早期神话中，龙的形象基本代表着怪异和神奇，如果从善恶二元对立的道德标准去评判的话，很难把它归入到其中的任何一类。这大约和它来自现实中大蛇的形象相关，对于人类来说，蛇本是一种令人讨厌的动物，属于更多带有恶的性质，最典型的是后人创造的警告老实人的农夫与蛇的寓言故事，还有骂女人心狠如同蛇蝎、美女蛇等等，所以，即使发生了许仙和白蛇娘娘的爱情故事，也无法避免人类对于蛇的本能恐惧和逃避，这就使得人类对于从大蛇转变而成的龙的形象持有一种敬畏膜拜，甚至恐惧远远多于喜爱的复杂心理，正如同成语叶公好龙的故事一样，人们渴望它能够在现实中存在，但是，如果真的来到了现实中，又往往为此恐惧不安。这种矛盾情结在中华民族早期关于龙的神话中占据着相当浓重的色彩。单从中国远古传说中的神、神人或者英雄之类的形象上看，他们大多与蛇或龙直接相关。最著名的就是女娲和伏羲。“女娲，古神女而帝者，人面蛇身，一日中七十变。”（《山海经·大荒西经·郭璞注》）而伏羲也是“人首蛇身”，还有开天地的盘古也是“人首蛇身”。闻一多先生在《伏羲考》中把《山海经》里的人面蛇身或人面龙身的神逐一列表，发现包括轩辕、雷神等等对于后来的中华民族文化影响较深的神的形象都是人面蛇身或者龙身而人头。

但是，无论轩辕还是女娲在正面和向善的因素上都具有主导性因素，而在小说艺术表现中，龙身上具有的这种向善主导性因素被大大削弱了。这正是需要我们对于海洋龙宫世界加以关注的第二个问题。简单地说，《西游记》中的龙的形象体现出一种“去权威化”的趋势，多了世俗化的特征，明显淡化了人类对于它们的敬畏恐怖情感。

在小说第三回中，孙悟空听说龙宫里有无数宝藏，立刻前往索要，东海龙王立刻以高规格礼遇接待孙悟空，“东海龙王敖广即忙起身，与

① 李泽厚：《美学三书》安徽文艺出版社 1999 年，第 13—14 页。

龙子龙孙、虾兵蟹将出宫迎道：‘上仙请进请进。’直至宫里相见，上坐献茶毕，问道：‘上仙几时得道，授何仙术？’”这种热情并不是发自龙王的内心，而是一种被迫和勉强。因为待孙悟空毫不客气地说出索要兵器之后，“龙王见说，不好推辞”，只好由着孙猴子的意愿挑三拣四，一直到如愿以偿地获得了如意金箍棒为止。其间，不仅失去早先环绕的神秘怪异的色彩，而且表现得惟命是从，唯唯诺诺，胆小怕事，当孙悟空得到金箍棒卖弄神通的时候，“打转水晶宫里，唬得老龙王胆战心惊，小龙子魂飞魄散”，而在孙悟空得寸进尺撒泼索要披挂的时候，虽然明明没有也不敢违抗，二者的对话完全是强者对于弱者的肆意剥夺：

悟空道：“真个没有，就和你试试此铁！”龙王慌了道：“上仙，切莫动手！切莫动手！待我看舍弟处可有，当送一副。”悟空道：“令弟何在？”龙王道：“舍弟乃南海龙王敖钦、北海龙王敖顺、西海龙王敖闰是也。”悟空道：“我老孙不去！不去！俗语谓赊三不敌见二，只望你随高就低的送一副便了。”龙王道：“不须上仙去。”

把龙王描绘得如此可怜兮兮，固然是为了更好地突出孙悟空的本领高强以及他的无知撒泼，但是，这种衬托并不是导致龙王形象降低的唯一原因，因为如果把龙王形象塑造得高大威严，然后再通过孙悟空战胜之，同样可以更好地表现孙悟空的本领高强。所以，作品中的龙王威严恐怖形象的弱化，除了文学创造中人物刻画的因素外，还应该包括早期神话被逐渐历史化、世俗化，从而导致最初形象被严重异化扭曲的原因。如果把《西游记》中的龙被异化现象与著名的唐传奇《柳毅传书》作一比较，这种异化现象越发明晰。

《柳毅传书》中的龙的叙述是中国古典文学历史中龙文化的重要部分，由于其产生于中国封建社会经济极为繁荣的唐帝国，对于该部作品中龙的研究不仅可以丰富不同时期龙文化的表现特征，而且可以为此后明清时期文学作品中龙的形象设立一个比较的尺度和标准，而从原始神话到唐朝再到明清时期，这三个不同的历史区间也可以更清晰地廓清龙在文人手中变异的轨迹和规律。

与《西游记》中的老龙王很相似，该故事叙述了龙作为家长时候所具有的温和特性。落魄书生柳毅途经泾河，遇见洞庭龙王之女牧羊荒郊。龙女自述在泾河夫君家里备受虐待，但出嫁之地与娘家相距太远无法求助，遂请柳毅帮忙传书至洞庭龙王府内。这里需要注意的是，在得知出嫁的女儿遭遇如此不幸之后，龙王的表现完全是一位可亲可近的慈父形象：

洞庭君览毕，以袖掩面而泣曰："老父之罪，不能鉴听，坐贻聋瞽，使闺窗孺弱，远罹构害。公乃陌上人也，而能急之。幸被齿发，何敢负德?"词毕，又哀咤良久。左右皆流涕。时有宦人密视君者，君以书授之，令达宫中。须臾，宫中皆恸哭。

如此悲切温馨的场面，与《西游记》中龙王看见孙猴子闯进宫内便率领龙子龙孙出门迎接的一幕具有家族的遗传性。从作家创造的角度上说，是把老年人宽厚仁慈的特征赋予神的身上，使其大大掩盖了神在人类心目中的最初形象，同时也是脆弱的人类在极度的恐怖和惧怕之下，企图建立和神之间一种和谐关系的美好愿望，很有一点儿弱者讨好强者的一厢情愿的理想色彩。《西游记》中的这种弱者形象不仅十分明显，而且是始终占据着主导位置的，这通过和《柳毅传书》中的脾气暴躁的钱塘君的形象比较可以很好地得到反映。

洞庭龙王的弟弟钱塘君，身上保留了龙最初的凶猛可怖的内涵。其描写堪称中国古代文学龙文化中的绝妙一笔：

"以其勇过人耳。昔尧遭洪水九年者，乃此子一怒也。近与天将失意，塞其五山。上帝以寡人有薄德于古今，遂宽其同气之罪。然犹縻系于此。故钱塘之人，日日候焉。"语未毕，而大声忽发，天坼地裂，宫殿摆簸，云烟沸涌。俄有赤龙长千余尺，电目血舌，朱鳞火鬣，项掣金锁，锁牵玉柱，千雷万霆，激绕其身，霰雪雨雹，一时皆下。乃擘青天而飞去。毅恐蹶仆地。

但是，这种外在形象的可怕并不代表内心品行的恶劣，正如同中国古典文学对于龙的形象刻画，往往通过塑造一位宽厚仁慈，具有人间父爱意味的家父形象，来表达人类对于建立人与龙之间友好关系的善良愿望一样，这在中国神话中的人蛇互渗，以及能够救助困厄等故事模式中，早已得到证明。既然好人的形象一般都是温顺的，那么符合中古道德伦理中的人或神，也应该遵循这样的规律，所以在《柳毅传书》以及《西游记》中，都把曾经狂暴不羁的龙的形象进行了改造，让其具有美好的形象。例如白龙女，这在《柳毅传书》中得到很好的展示。通过洞庭龙王之口说出了龙的无害品行，让柳毅“无惧”。柳毅这才“良久稍安，乃获自定”。即使如此，对于胆小的书生柳毅而言，仍然充满了恐惧，他迫不及待地提出告辞，恳请“愿得生归，以避复来”。但是，善良的龙王并没有应允，他再三强调龙的温和善良一面：

君曰：“必不如此。其去则然，其来则不然。幸为少尽缱绻。”因命酌互举，以欸人事。俄而祥风庆云，融融怡怡，幢节玲珑，箫韶以随。红妆千万，笑语熙熙。后有一人，自然蛾眉，明珰满身，绡縠参差。迫而视之，乃前寄辞者。然若喜若悲，零泪如系。须臾红烟蔽其左，紫气舒其右，香气环旋，入于宫中。君笑谓毅曰：“泾水之囚人至矣。”君乃辞归宫中。须臾，又闻怒苦，久而不已。有顷，君复出，与毅饮食。又有一人披紫裳，执青玉，貌耸神溢，立于君左右。谓毅曰：“此钱塘也。”

这里不仅指出了龙是一种变幻莫测的神灵，这和龙最初在人类心理中的形象是完全一致的，同时，还道出了龙“固无害”的品性，这也完全符合早期龙图腾中不同于邪恶的怪兽的证明，但是，与《西游记》中龙的形象不害人却并不是完全正面一样，在骨子里是让人类无法亲近的兽性。“所杀几何?”曰：“六十万。”“伤稼乎?”曰：“八百里。”“无情郎安在?”曰：“食之矣。”君抚然曰：“顽童之为是心也，诚不可忍。然汝亦太草草。赖上帝显圣，谅其至冤。不然者，吾何辞焉?从此已去，勿复如是。”钱塘复再拜。

这个故事发生在比《西游记》更早的唐帝国，其历史化、世俗化的结果是必然的，但是，相对来说，这一阶段中的龙的形象被异化的程度要弱得多，这当然不是说，只要时代靠前的文学作品，其历史化就一定较轻，毕竟文学作品创作中作家主体因素起着重要的作用，这是我们在考察《西游记》中龙王形象异化因素需要特别注意的地方。在我看来，除了作家个人的情感好恶等个体性因素之外，客观存在的一个重要因素是社会现实状况，相比较唐朝，明清时期社会生产力水平获得更高的发展，人类对自然界神秘性的探索也越来越深入，神的神秘色彩越来越淡薄，神的形象包括龙王的形象被逐渐地走下神坛也就顺理成章了。另外，无论是《柳毅传书》作品出现的唐朝，还是《西游记》文学创作出现的明代，在中国社会历史上都是一个非常特殊的年代，就社会经济发展引发的城市生活乃至都市生活的生活百态来说，这两个时代以及宋朝都是最有代表性的，这也就引发了虚幻的神圣膜拜从圣坛摔下来，跌落到历史的尘埃中的必然性。如果说在热情开放的唐朝，文学作家终究需要背负太多的崇高理想，那么，在强调都市社会生活欲望满足的宋明时代，就完全去除了这种精神上的包袱，从而演绎了彻底的放纵和享受，这也正是明代人的欲望情色总是成为文学艺术创作中挥之不去的阴影的重要原因。在这种去神化的历史进程中，神话也成为世俗化、去魅化的重要目标，在神话中的一切神仙佛怪都要或多或少接受这种更有人情味儿和人性化的洗刷，乃至到了清朝的《聊斋志异》中，本来可怕的鬼怪不仅不再令人恐怖，恰恰相反，通过与人的联姻更加切近了与人的血肉之躯的血缘联系性，成为人类世俗生活中的完全人情化的对象，这正是上述龙文化逐渐去权威化而多世俗化的鲜活背景。

龙的形象变异除了去权威化和多世俗化，还表现在品性的政治化、低俗化。与早期龙的外在神秘威武形象相一致，龙的品性虽然并没有明确主导性的善或者恶，但是，从崇拜者对于其敬奉的角度上说，龙至少不太多地沾染恶劣的习性。但是到了《西游记》中，龙的品性变得更为复杂，它们被描写成为利用政治权力处处为难，甚至与人为敌的邪恶角色。小说对于掌握着布云施雨权力的龙并没有表现出尽职尽责的肯定，相反，当一个地方发生旱灾的时候，倒是龙王爷不肯下雨惹的祸，而且在小说第三十七回中，含冤而死的乌鸡国国君的灵魂向唐僧诉苦告状无门时候就说迫害他的妖魔“海龙王尽与他有亲”。

这必然导致如此的悖论：生活于斯的精灵属于神的金字塔世界中的最底层，无法享受上界才有的特权，算得上神话王国中“沉默的大多数”，但是，相对于“被侮辱与被损害者”毕竟具有了超自然的神力，也构成了神的王国中不可缺少的要素，这正如神的价值需要在人类的比较对照之下，才具有实体性的意义一样，作为最高等级的神的尊严和权威，也需要在地位卑微的神面前才能更好地抖出威风。何况他们手中还掌握着神的最基本的权力，这就决定了他们在小说中的两张面孔：在人类面前摆出的高傲不可一世的姿态，而到了天上则完全一副可怜兮兮的样子。但是，这和中华民族作为图腾的龙的形象是不同的，作为象征奋进神奇灵敏睿智等等内涵的中国龙，从一开始就伴随着这些品质积淀在中华民族集体心里，换句话说，没有经过历史化之前的最初的龙的形象，才是真正意义上的中国龙图腾的内涵，虽然后来的龙文化都是诞生于最初的龙图腾的母体之中，多多少少要折射龙图腾的本质精神，但是就威严形象的可怖与变幻莫测的神奇力量来说，在文学作品中明显弱化甚至颠覆了。

需要特别指出的是，从心理学、人类学等意义上的龙图腾，到后来文艺学意义上的龙文化转换和变异是一个非常复杂的过程，而对于其价值判断的困难不仅仅因为这种复杂性，还在于不同艺术门类之间、审美价值判断标准之间的差异和错位问题。从一定意义上说，这种转变本身并无价值优劣可言，然而，以现代的某一种艺术门类的价值取向作为标准，对此前进行价值判断则往往导致“指鹿为马”的低级错误。例如，近些年来，很多学者对于龙图腾的质疑，认为中华民族对于龙的图腾在历史资料中并无客观的材料依据，而根据现有的历史资料记载，中华民族的图腾并不是龙蛇，诸如根据《史记》的记载，传说中的黄帝战胜炎帝的氏族兼并战争并不是闻一多先生所言的以蛇图腾为主的远古华夏氏族、部落不断战胜融合其他氏族和部落的过程，因为黄帝氏族的图腾不是蛇而是熊，《史记》中记载黄帝又叫作有熊氏，《大戴礼·五帝德》中也说黄帝为有熊氏。而炎帝始祖的龙图腾却根据祖先的传说并无历史依据，退一步说，即使炎帝氏族图腾真的是龙蛇，但是，战争胜利的一方是黄帝而不是炎帝，作为战败一方的氏族图腾怎么可能成为统一后联盟的图腾标志呢？这种解释当然也有一定的道理，但是，在我看来：

其一，对于图腾龙的考察，人们目前主要依据考古学和历史学资料，这也是我们避免纯粹主观臆断的学理基础，但是，正如西方康德所说的，在理论上行得通的，在实践中未必行得通。且不说考古资料和历史文献的残缺不足问题，单就历史文献记载的真实性而言，总是要受到时代社会、民族习惯、个体喜好等等复杂因素的影响，这也是中国神话在历史发展中不断世俗化和封建化的重要原因。

其二，考古学的事实性资料性论证固然可靠，但是其最大的缺陷恰恰在于过分依赖资料，从而导致对于内在精神分析方面的严重忽视，尤其是对于图腾问题涉及到深厚的人类心理学范畴的学科考察，仅仅依靠所谓的挖掘出来的资料或图片，就断定中华民族图腾问题显然不全面。

其三，图腾属于神话学意义上的最初建立起来的一种精神信仰，对于这种精神信仰的最本质意义的考察换一种思路也许更好，这就是“礼失求之野”，这里的“野”可以被理解为民间的口头的传承，相对于由帝王将相组织人编写的历史文献来说，民间的口头的流传更切近民族的情感与经验，属于一种比较地道的经验和话语，这对于保留中华民族的早期经验来说似乎更为有利，因此，对于所谓的炎帝的龙图腾仅仅来自传说而没有历史文献可靠等观点并不科学。当然，这并不是说可以随意地怀疑历史，而是以一种更为多元的综合的视角来审视中国的龙图腾和龙文化，这样对于包括《西游记》在内的龙的形象以及相关文化阐释才能够更为客观。

四、红尘倒影

在中国古代文学作品中，有许多关于冥世的描写，从神话小说到浪漫主义戏曲，可谓诡异阴森、形形色色。在这一点上，中西民族的文学叙事是完全相通的，例如西方著名的但丁的《神曲》就有“地狱篇”，它们通常是对人的生前不良行为，尤其是作恶品行进行报应清算的场所。在这些作品中构造的幽冥世界阴森诡异，不过，总是充满着正义和公平，在人世间受到巨大委屈的善良的人，在这里可以获得好的结果，而在现实世界中作恶多端却逍遥法外的恶徒，往往遭到严厉残酷的刑罚。这样一来，地狱在文学作品种倒并不仅仅意味着恐惧，对于善良的人而言，这里恰恰成为善良之人生前无法获得的完美归宿，甚至有的成为一种理想的王国，例如中国的《聊斋志异》中的地狱，往往是穷人唯一可以扬眉吐气，恶人唯一遭到报应的地方。所谓“泉路茫茫，去来由尔，造成了幽冥的人世色彩。人死可以复生，生可以复死，既然如此，冥世有甚可怕”①。由此形成了中国古典文学艺术世界中关于幽冥叙事的所谓“尘世的倒影”以及“尘世的升华”。

从社会伦理道德价值观念的角度上说，冥界在文学艺术中的展示，可谓是社会道德体系价值判断的终极，只要人的因果报应信仰在现实中存在着，这一终极价值就具有实体性的意义。这正如宗教的生死信仰对于人类精神麻醉的镇定剂作用，无论如何苦难的现实人生，因为有了这种对于人生彼岸的善恶终有报应的期盼，不仅大大缓解了现实此岸中的苦痛，而且刺激了人类在苦难中继续生活的热情和信心。冥界中善恶终归有报的宿命论思想，以及每个人都必然死亡的悲剧性命运，也在时时刻刻地麻醉着苦难的中华民族，给大厦已倾的社会道德体系一个自圆其说的答案：即使恶人在现实中没有受到道德伦理的惩罚，也必将在阴间受到审判。从表面上看，小说第三回《四海千山皆拱伏　九幽十类尽

① 马瑞芳：《幽冥人生：蒲松龄和<聊斋志异>》，三联书店 1995 年，第 51 页。

除名》中对于冥界的叙述，属于孙悟空横空出世之后显示本领的陪衬和铺垫，作者似乎无意于具体展示阴曹地府是一个怎样的世界以及善恶有报的因果宿命观念，但是，如果把这个故事的结果和传统文化中冥界的价值观念进行一个比较的话，在客观上却具有了对道德伦理终极判断彻底颠覆的后现代意义，抑或说是一种理性的怀疑主义者的观念。

作为终极判断的一个重要标志是自然界必须遵守的客观规律，它属于天地人神鬼都无法超越的一个“种的尺度”，其具体内容通过冥司秦广王上奏给玉皇大帝的奏折一一道出：“幽冥境界，乃地之阴司。天有神而地有鬼，阴阳轮转；禽有生而兽有死，反复雌雄。生生化化，孕女成男，此自然之数，不能易也。”按理说，对于这一规律性的顺从，本身就是一种善的标志。这意味着对于规律的态度必然来自两种完全不同乃至对立的方面：一方面在反复地宣扬、维护、建立这样的制度，另一方面也在不断地打乱、破坏、颠覆这一终极价值。从理论上说，这两者之间的关系是水火不相容的，但是，在小说《西游记》中，对立的二者却完全来自同一个主体。就前者来说，以玉皇大帝为首的天庭对于叛逆者的镇压就是对于这种道德价值体系的维护。就后者来说，以孙悟空、妖魔为代表的叛逆者不断地破坏这个价值理念和体系。然而，如果我们做进一步的分析，就不难发现建立秩序和破坏秩序的人物往往不是这样经得分明，甚至出现这样一种悖论：维护建立终极价值的人，往往同时也是破坏者；破坏消解价值的人，往往同时又是建立和维护者。具体而言，玉皇大帝等天庭世界的统治阶级高高居于政权金字塔的顶端，绝不希望有人破坏这种秩序，对于人间和天上的一切秩序和规律都要求全体成员自觉遵守，从这个意义上讲，他们属于制度的建立者和维系者，但是，他们在建立这一秩序的时候也正在破坏着这个体系，他们自己可以不必遵守这种秩序，尤其是在生死寿命上，完全是没有任何限制的。他们奉劝、告诫大众规规矩矩，自己却往往疏于管理，导致身边恶奴或孽畜私自逃往人间作恶。如果说对于这些手中掌握权力的神仙，在建立的秩序和规律的同时，也因为特权阶层的骄傲不自觉地破坏秩序，尚可以理解的话，那么，一直致力于摧毁这一终极价值规律的反抗者，最终又自觉地站到了维护特权阶层建立秩序的队伍中去，这样的行为颇让人费解。例如，孙悟空在花果山时代就属于破坏者的身份，而到了后来被收服之后，完完全全按照这一“尺度”展开个人的主体活动，因为他也上升到了金子塔的顶端，可以享受到这一生生死死规律超越之后的快活与逍遥。如此巨大的悖谬让《西游记》中很少的一段冥界叙述变得不再单调乏味，尤其是作为打破旧世界姿态出现的孙悟空的行为十分耐人寻味。

孙悟空似乎从来没有想过自己有朝一日会死去，明明是“死到临头”了，却还没有明白怎么回事：“猴王渐觉酒醒，忽抬头观看，那城上有一铁牌，牌上有三个大字，乃‘幽冥界’。美猴王顿然醒悟道：‘幽冥界乃阎王所居，何为到此？’”一直到阎王爷的人告诉他“你今日寿该终”的时候，他还以为自己“超出三界外，不在五行中，已不伏他管辖，怎么朦胧又敢来勾我”。这正如同一个幼稚的孩子无法像成人那样具有清醒的死亡意识一样，对于他来说，生活就意味着自由和快乐，虽然从出生那一天开始，死亡阴影就伴随着幸福的人生一起增长，所谓“少年不知愁滋味”，在快乐和逍遥中已经度过了“三百四十二岁”，这对于一般的人来说，显然是一个令人满意的数字，但他不会像古罗马的皇帝奥勒留那样认为“人应当满意地离开”，而是采取了完全拒绝的态度。“悟空道：‘我也记不清寿数几何，且只消了名字便罢！取笔过来！’那判官慌忙捧笔，饱掭浓墨。悟空拿过簿子，把猴属之类，但有名者一概勾之。摔下簿子道：‘了账！了账！今番不伏你管了！’”

这里需要注意的是，孙悟空一厢情愿地认为所谓的“超出三界外，不在五行中，已不伏他管辖”的问题，意味着人人都必须遵守的所谓自然秩序并不是对于每个人都适用的，这好似上界对天下所有人公布的一道法令，要求所有的臣民去遵守，而自己却可以不受此约束，这属于制定规则和秩序的人的特权，上界中所谓的神、仙、道等都具有这种特权，而对于芸芸众生来说，他们自然成为这一制度和规则的牺牲品。因此，从制度规则制定的开始就已经孕育了这种内在的矛盾。而除了享受特权的阶级之外，即使是那些可怜的牺牲品虽然从根本上说都无法摆脱这种桎梏，但是具有讽刺意味的是，天庭和人间构成了三六九完全不同等级的差距，人间内部也有这样的规则歧视，孙悟空本属于猴类，但是猴似人相，所以，他的名字就不在人名之内，同时，似赢虫不居国界，似走兽不伏麒麟管，似飞禽不受凤凰辖。因此，不仅“另有个簿子”，而且源于“天产石猴，该寿三百四十二岁，善终”。这就是说所谓的阴间终极审判，对于规则的制定者们并不适用，而且对于被审判者也无法做到所谓的公平，由此导致的一个必然结果是，阴间的终极审判本来是对于现实人间无法伸张正义和清白的一种补偿，然而，这用来麻木生活的镇静剂不仅没有发挥作用，反而被揭示出原本就是一剂坑害人的“假药”，让“尘世的倒影”暴露出真实可憎的面目。

即使如此，以孙悟空为代表的现实既得利益者也并不愿意罢休，从人性本能欲望的角度上说，求生的本能和怕死的焦虑都催生了被压迫者试图打破这个终极审判的念头，因为制定和实施的过程充满了暴力和强制，“只见那美猴王睡里见两人拿一张批文，上有‘孙悟空’三字，走进身不容分说，套上绳就把美猴王的魂灵儿索了去”，“那两个勾死人只管扯扯拉拉，定要拖他进去”。从表面上看，终极审判是严肃而公正的，没有任何私人感情可言，因此执行的过程就是一种残酷的强横暴力行为的展示。但是，这只能对于弱者起作用，而到了更强者面前，不仅这种执行和施行完全破产，“那猴王恼起性来，耳朵中掣出宝贝，幌一幌碗来粗细，略举手，把两个勾死人打为肉酱，自解其索，丢开手，轮着棒，打入城中。唬得那牛头鬼东躲西藏，马面鬼南奔北跑，众鬼卒上森罗殿”。这些小人物的慌张恐惧，源自他们掌握控制人间生死的特权地位，被严重破坏之后就暴露出脆弱和苍白。仅仅一个“猫脸雷公打将来”的事件，就“慌得那十代冥王急整衣来看，见他相貌凶恶，即排下班次，应声高叫道：‘上仙留名！上仙留名！’”：极为神圣威严的审判竟然藏匿着如此见不得人的勾当，孙悟空的回答让这件虚伪的圣衣变得如此不堪“你既认不得我，怎么差人来勾我”，其质问一针见血地指出“普天下同名同吏者多，敢是那勾死人错走了也”这种托辞的虚伪，“胡说！胡说！常言道，官差吏差，来人不差。你快取生死簿子来我看！”决定着人生死大权的审判居然可以犯下如此低级错误，而错误的暴露又完全是出于惧怕孙悟空的强横，如此一来，对于所谓的“尘世倒影”的叙述就具有了颠覆传统文化中宣言公正的批判意义，尤其是把它和后来的《聊斋志异》比较起来，《西游记》中的颠覆意义则更加突出。

第五部　与物为春：复归哲学的诗性书写

一、永生信仰

中国传统文化是由儒家、道家和佛学三家互补合流共同构建的产物，从美学的角度上说，学界习惯于把儒学看作一种生成美学，道学看作复归美学，佛学则是一种解脱美学，由此决定了中国传统文化在本质精神的构建以及外在特征上，虽然与西方文化之间存在着相当明显的异质性，但是就其内在存在出现的差异和断裂来说，似乎并不比中西之间的差异性少，所谓的儒道互补恰恰是在缝合弥补中国文化内在差异的同时，也验证着二者之间的巨大断裂性。那么，对于笼统地谈论中国传统文化精神或者特征的时候，必然要设置一个客观而科学的具体参照系或标尺，例如悲剧意识、审美价值取向等等，这些用来作为不同事物之间比较衡量的标尺或者参照系，当然越尽可能地切近三家哲学的本体就越具有客观全面的意义。从这个角度上说，生死智慧问题对于三家哲学似乎都是直接而具有根本性的，它不仅导致了中国传统文化中生死观念本质形成的独特性，而且直接显示了面对人类终极问题，不同哲学采取的不同态度。正如有的学者所指出的，中国古文化可被视为一种图生存（“常”的本义）的文化，或对于生存问题有特殊敏感的文化。不过，儒者们却往往陷于礼制和伦常化了的仁义之中，变得越来越迂腐，失去了原本的生存视野。老子思想的特点在于直接关注生存本身的问题，不管它指社稷的存亡，还是指个人的生存。而且，更关键的，他不再将人与国的生存视为一种现成目的，可以通过某种外在的手段（富足、节信、尚同、礼仪、伦常、法术等等）维持住。但是，强调以生为本，并非在强调以保存现成的生命为目的。在这一点上，老子不同于杨朱的贵生和后世道教中求长生的倾向。在老子和后来的庄子看来，生存和生命是面对终极形势的终极问题，生存之道乃终极之道。①

从这个角度出发，我们对于《西游记》中的生死智慧问题的探讨，也应该从两个层面上展开，一个是生理意义上的生命肉体存在问题，二是哲学意义上的生存反思问题。对于前者而言，从古到今，宗教、神话、形而上学、方术等等都力图超越死亡，渴求长生不老，例如《西游记》中对于传统神话中流传已久的能够让人起死回生的神奇药物，例如仙丹、灵芝草，以及尝上一口就可以长生不老的唐僧肉、人参果的描写。这是小说对于人的生死智慧的两个代表性叙事，这正如同一枚硬币的正反两面，如果说长生不老代表着对生死智慧的正面肯定的话，那么，起死回生则是通过对于反面的死亡焦虑的叙述，它们共同铸就这一完整的硬币。这样，由生命的最理想状态——长生不老，以及现实中残缺但可以通过某种方式弥补——起死回生，两个主题共同构成了小说中生命思考、死亡追问的完整系统。对于后者而言，充溢着道家哲学式的反思，体现在小说《西游记》中，则是如何让生命回归自然本色才能获得真正意义上永恒的诗性叙述。从美学的角度上说，也可以将之概括为一种纯粹意义上的道家复归美学精神，诸如对于成人之道的痛苦叙述以及回归母体状态的强烈愿望。这两种生死智慧如同现象学意义上的多层次的立体构成一样，前者以一种感性的材料方式出现，表现为作家塑造一个艺术直观的长生不老或者死亡焦虑的艺术形象世界，后者则是“现象背后的现象”，是生死现象背后的哲学内蕴和深层结构。

---

① 张祥龙：《海德格尔思想与中国天道——终极视域的开启于交融》，三联书店 1996 年，第294—295 页。

首先是生理意义上的生死智慧问题。这要从两个层面来说，一是如何超越死亡获得永生，二是起死回生。这二者从生命存在的正反两个方面来构建了生死智慧。

长生不老则是《西游记》中生死智慧的核心内容。小说对于这一内容的叙事主要围绕着天庭存在可以超越生死的药物，它们具有超越生死的神奇功能，获得这些仙药的艰险困难等方面展开。如果从叙事学的角度上说，就是盗取仙药与守护不被盗取双线平行结构进行叙事。药物神奇功效的描述反映着中华民族独特的生死观念，盗取仙药和保卫反盗取的斗争过程张扬着中华民族对于长生不老的追求行为的道德伦理审判的标准，最终谁获得了长生不老的特权表现了民众对于理想世界虚幻追求的理性思考。从这个意义上说，纯粹虚构和幻想的长生不老的生命永恒乌托邦，并不是彻底反理性的，而是一个民族理性精神发展到某个程度和层次之后进行测试的文学样式。

然而，《西游记》对于长生不老的叙述，并不仅仅表现为一个虚构的生命乌托邦或者对历史上流传的神话内容的延续，而是在一个展示中华民族生存智慧的广阔平台上完成的，它既属于中华民族自身经验和情感的淋漓尽致的宣泄，同时，也因为中西民族文化之间的某种相通性，而在许多方面显示出世界化的图景。斯宾格勒认为，在每个民族的源头都有一种觉醒意识存在，它决定了该民族的精神结构。根据当代众多学者的考察，这种觉醒意识在本质上就是死亡意识。死亡意识是同人的个体化齐头并进的。在这个意义上，《西游记》中长生不老这一故事的叙述，就具有了特别的意义。

不死之乡是生命个体追求永生的诗意栖居地。在小说《西游记》中，天庭是作家构建的规模最大的不死之乡，这也是民间流传最为广泛久远的长生不老之地，生活在这个特殊时空中的生命个体，即使不能个个永生，至少也可以实现凡人无法实现的长寿之梦。天庭是一个过于笼统的概念，在不死之乡的具体表述上，人类往往幻想出许多具体的地方，体现在文学作品中，这些地方与人间存在的某些神秘之地都成为不死之乡的典型代表。纵然这些不死之乡形态各异，但是，它们往往地处偏僻荒远之所，远离人间喧闹，都拥有超凡脱俗的生活环境和奇珍异宝的物产。例如，位于天庭上的王母娘娘蟠桃园中的仙桃，居于荒漠穷绝之处的雪山绝岭上的灵芝仙草，以及世外仙人居住地区培育出来的长生果等等，这些都因为人们对于永生的渴望而成为文学中不死之乡的重要元素。这也是小说《西游记》中表现较为突出的内容。

就小说中记叙的长生不老的神奇物品而言，有学者按照植物、丹药、人体等标准进行划分，把蟠桃、灵芝、香茶火枣等植物作为一类，而把唐僧肉、小儿心肝等物作为另外一类长生不老的代表，丹药则属于偏重起死回生的一类。本文把仙丹作为生死智慧中起死回生的命题来叙述，而把植物类和动物类的自然生成之药，作为纯粹意义上的长生不老之药来叙述。小说在第五回中写到了王母娘娘和她的蟠桃，第七回写灵芝仙草，第二十四回写了人参果。

关于王母娘娘和她的蟠桃故事在民间流传已久，对于王母娘娘其本人，早有关于其拥有不死之药的相关传说，而且还主宰人间的赐福、赐子、化险消灾。如汉焦延寿的《易林》卷一就曾记载有“稷为尧使，西见王母。拜请百福，赐我善子。引船牵头，虽物无忧。王母善祷，祸不成灾”。早期神话对于王母娘娘和长生不死主题的附会主要有两个层面，其一是王母娘娘本人掌握着使人长生不死的权力，它更多地表现在抽象的非具体事物的层面上。例如据《穆天子传》记载，西王母曾为周天子谣曰“将子无死”；其二是与她本人有关的长生不死之药。这又主要表现在两个方面，一个是类似于起死回生叙事模式中提到的仙丹之类的药物，《淮南子》讲：“羿请不死之药于西王母。”另一个则是仙桃（蟠桃），例如汉晋时期成书的《汉武帝故事》和《汉武帝内传》中，明确这个不死之药为“仙桃”（蟠桃），并且言说该桃“大如鸭卵，形圆色青”，“桃味甘美，口有盈味”，“三千年一生实，中夏地薄，种之不生”，甚至因为这种桃子与王母娘娘有关而称之为“王母桃”者。另据《洛阳伽蓝记》卷一载：“（华林园中）有仙人桃，其色赤，表里照彻，得霜即熟。亦出昆仑山。一曰王母桃。”民众对于食用仙桃可以长生不死的膜拜并不差于仙丹，有的学者考证甚至连北魏贾思勰这样著名的科学家也对此深信不疑，例如《齐民要术》卷十称：“仙玉桃，服之长生不死。”其实，作为早期的科学家有所谓的食用鲜桃让人长生不死的说法并不奇怪，这不仅仅反映了当时人类认识自然能力上的某种局限性，而且也是王母娘娘仙桃之说对于民众也影响深远的一种真实的反映，同时，也是科学家对于食用鲜桃有益于人类身体健康这一科学道理的无限夸大罢了。在民间，王母娘娘不死之药和仙桃几乎完全被混淆起来，导致这个问题出现的主要原因在于，早期神话中很少精确地介绍王母娘娘的仙药究竟为何物，以及这些仙药是如何让人长生不老的，往往都是一种抽象而笼统的叙述，久而久之，后来的神话和文学作品干脆笼统含糊地就此表述为仙桃。小说《西游记》对于这个流传已久的故事也进行了详尽的叙述：

但见那：夭夭灼灼，颗颗株株。夭夭灼灼花盈树，颗颗株株果压枝。果压枝头垂锦弹，花盈树上簇胭脂。时开时结千年熟，无夏无冬万载迟。先熟的，酡颜醉脸；还生的，带蒂青皮。凝烟肌带绿，映日显丹姿。树下奇葩并异卉，四时不谢色齐齐。左右楼台并馆舍，盈空常见罩云霓。不是玄都凡俗种，瑶池王母自栽培。

仅仅从这些桃树的茂盛长势和模样来看，与世俗中普通桃树林并没有任何区别，但是，由于“不是玄都凡俗种，瑶池王母自栽培”，就决定了普通的外形之下的桃树终究具备了长生不老的特征：

前面一千二百株，花微果小，三千年一熟，人吃了成仙了道，体健身轻。中间一千二百株，层花甘实，六千年一熟，人吃了霞举飞升，长生不老。后面一千二百株，紫纹湘核，九千年一熟，人吃了与天地齐寿，日月同庚。

在中国传统文化中，数字三、六、九通常蕴含着时间久远的文化内涵，因此，把王母娘娘的仙桃成熟周期虚构为三千年、六千年和九千年，都不应该理解为具体的时间，而是泛指能够无限延长人类生命时间的长度，作为其中最高的一个阶段则是与“天地齐寿，日月同庚”。在作者看来，如此长生不老境界的，并不等同于一般意义上的“霞举飞升，长生不老”，所以此处用了九千年这一被中华民族奉为最久远的数字而非六千年普通意义上的长久，这就是说，同为长生不老，但是其本质内涵是不同的，对于一般意义上的长生不老而言，仅仅意味着生命时间的无限延长，这种长生获得的是一种生物学意义上的生命永恒，这是仙或道与普通世俗之人的重要区别之一，所谓“天上一日，地上一年”，对于生活在现实世俗世界中一直为生命的短暂而焦虑的人类而言，生命智慧的首要问题无疑是如何延续有限的生命，即实现生物学意义上的长生不老。与此相同，小说对于生物学意义上的生命永恒存在最经典的叙事则是人参果的描写。如果说王母娘娘和仙桃可以让人长寿的内容，多少受到远古神话中广为流传的相关故事的影响，那么，人参果的神话则属于纯粹意义上的作家个体独立虚构和创造，这更能够体现中华民族对于生命存在永恒理念的一种主动的迎合。

在小说第二十四回，作家虚构了一座现实人间的万寿山，这里的主人拥有长生不老的神奇本领，是小说中对于生死智慧叙事的最完美一个篇章。

首先，天庭中的许多关于生死智慧的叙事，往往以笼统模糊的方式展开，而在这里则把长生不老作为中心题旨进行详细的叙事，刻意凸显鲜果具有长生不老神奇功效的主题。在小说中，主要表现为两个方面：

一方面，对享受长生的对象群体进一步大众化、普及化，从极少数高高在上的贵族大仙泛化到普通的奴仆家人。小说从第二十四回至二十六回用了三章的篇幅来叙述长生果的故事，“长生不老神仙府，与天同寿道人家”。张贴于门外的生命永恒的对联，正是对主人握有永生鲜果的一种炫耀。正如孙悟空看了这副对联之后的嘲笑：“这道士说大话唬人。我老孙五百年前大闹天宫时，在那太上老君门前，也不曾见有此话说。”不仅如此，这里对于人生寿命的长短进行了精致入微的正面叙述："人若有缘，得那果子闻了一闻，就活三百六十岁；吃一个，就活四万七千年。"这就把所谓长生不老的抽象概念转化为具体可感的形象。此处为了凸现鲜果具有的长生不老功能，作者把享受永生的群体扩大化、精细化。在天庭上，以玉皇大帝为首的众多神仙都具有长生不老的功能，但是，这些人毕竟属于天庭众多神仙谱系中的主人，至于在天庭中生活的普通人，以及为神仙们效忠服务的奴仆，都没有涉及到永生问题，只能依靠读者去想象。在这个意义上，天庭中的永生者只能是金字塔顶端的少数人。而在这里，具有长生不老功能的人物群体，已经从地位显赫的"王侯贵族"扩大到了"弱势群体"身上。例如，小说极力描写镇元大仙手下的门徒年龄，他带领四十六个上界去听讲，只留下"两个绝小的看家"，而这两个"绝小的"的小人物也拥有让人震惊的年龄，一个"只有一千三百二十岁"，而另一个"才交一千二百岁"，如此详尽描写神仙家里奴仆长寿的文字，不仅可以有效地凸显主人的永生，而且强化了这里是不死之乡的永生主题。

另一方面，小说以具体可感的形态描写了人生果树的奇特。小说对长生果的外形酷似人的突出特征进行了叙事，这大约受到民间所谓的人参能够使人长寿，而且人参与人形酷似的影响，把人参果构造为与刚出生的婴儿相似，这一方面是为了可以强化其神奇功能的合理性，另一方面也和原始思维中的新生命与旧生命的神秘互渗，才能获得具体作用，有某种内在联系。更为出色的是，小说对于人参果的食用方法以及采摘途径进行了神奇浪漫的叙述。"那果子却也蹊跷，久放不得，若放多时即僵了，不中吃。"这和天上的王母娘娘亲手种植的蟠桃比较起来，更具有神奇浪漫的色彩。对于采摘方式的描写可谓别出心裁，需一人使金击子敲果，另一人在树下以丹盘等接。书中借土地之口道出其中原委：

> 这果子遇金而落，遇木而枯，遇水而化，遇火而焦，遇土而入。敲时必用金器，方得下来。打下来，却将盘儿用丝帕衬垫方可；若受些木器，就枯了，就吃也不得延寿。吃他须用磁器，清水化开食用，遇火即焦而无用。遇土而入者，大圣方才打落地上，他即钻下土去了，这个土

有四万七千年，就是钢钻钻他也钻不动些须，比生铁也还硬三四分，人若吃了，所以长生。

小说关于人参果的叙事并不仅仅围绕仙果能够如何使人长生这一单调的主题，还围绕仙树被毁之后的挽救进行复杂曲折的叙事。例如小说第二十六回《孙悟空三岛求方　观世音甘泉活树》整回故事都围绕孙悟空寻找高人救治人参果树展开，他先后造访了蓬莱仙境的三仙、方丈仙山的帝君、瀛洲海岛的九老，这些在民间传说中作为世外桃源仙境的主人，面对“天开地辟的灵根”人参果树，都束手无策。最后一直求助到洛迦山的观音，用净瓶里的甘露水救活了人参果树。这样叙事的意义从小说西行遭受磨难的重要题旨上说，固然是为了突出唐僧师徒必然遭受到磨难，或者为了增加小说情节的吸引力，但是，孙悟空所求助的对象并不是一般意义上的天庭里的神仙，而是和中国民间流传久远的关于长生不老的主题紧密关联的对象，因此，在客观上，人参果的神奇故事虽然属于比较孤立性的艺术创作主体的虚构，但是，救树的过程却把中华民族最具有标志性的长生不老叙事串联起来，如此曲折复杂的叙事在《西游记》过于笼统模糊的长生主题中，必然发出如同金属般的耀眼光泽，由此成为这个系统中最耀眼的一颗明星，也使得《西游记》对于中华民族古老的长生不老的民间神话主题，获得了文学艺术上的深层叙述。

其次，在生命个体长寿时间的表达方式上更加确切详尽。有学者认为，《西游记》对生死智慧的叙事，往往停留在单一雷同的模式上，诸如谈到某个神仙的长寿，总是罗列一些“与天地齐寿，日月同庚”等等千篇一律的字词，至多不过是“三千年、六千年”等等夸张数字而已。作家如此笼统模糊地叙述生死智慧，的确是《西游记》在这个叙事上的一个较大欠缺，尤其是对于天界中涉及的生死问题往往显得苍白无力，然而，小说里的神话叙事本身作为一个完整的神话系统，不仅仅包括了天庭这个早为人间幻想的神话，而且还包括唐僧师徒四人在人间经历的神话叙事，所以对于生死智慧问题的展示，一方面，表现为天庭中以王母娘娘蟠桃、太上老君的仙丹以及众多神、佛生命永恒等构建起来的长生不老命题，这也是《西游记》中对于长生不老问题叙述最为弱化的部分；另一方面，对于人间平面意义上的长生不老的故事则具体形象得多，此处对于具有永生功能的人参果的叙事就属于后者。这也是《西游记》中对于生死智慧唯一不笼统、不空疏的地方。因此，从这个意义上说，《西游记》对生死智慧的笼统叙事固然是一个缺憾，但是并不代表着小说对此的任何叙事都是空泛的。对此，我们可以看到人参果的相关叙事非常精细具体：

那观里出一般异宝，乃是混沌初分，鸿蒙始判，天地未开之际，产成这颗灵根。盖天下四大部洲，唯西牛贺洲五庄观出此，唤名草还丹，又名人参果。三千年一开花，三千年一结果，再三千年才得熟，短头一万年方得吃。似这万年，只结得三十个果子。果子的模样，就如三朝未满的小孩儿相似，四肢俱全，五官咸备。人若有缘，得那果子闻了一闻，就活三百六十岁；吃一个，就活四万七千年。

从表面上看，这段对于长生果神奇形状和功效的描写，与天庭中王母娘娘的蟠桃园的叙事，似乎没有太大的区别，其实不然。不仅在果子的生长周期上大大超过天庭的仙桃，而且，鲜果对于生命长久的功能也大大增强，吃一个固然可以让人长寿，而且，即使闻一闻也能让寿命大大延长，更特别的是它的珍贵程度，并不像西王母的蟠桃园里到处都是桃树，世上只有这一株，且只结得三十个。所谓物以稀为贵，如此稀世珍宝对于一向吹嘘在天上开过眼界的孙悟空来说，也吃惊不小。所以，在猪八戒偷听了童子对话并将此事告诉孙悟空之时，孙悟空不禁大惊："这个真不曾见。但只常闻得人说，人参果乃是草还丹，人吃了极能延寿。如今那里有得?"这就把永生这一虚幻的问题具体感性化和形象化，从而更好地突出了人类对生死问题的深层思考。

与蟠桃、灵芝草、人参果以及香茶异食、交梨火枣等能够使人长寿的神奇物品相比，《西游记》中还有另外一个极其重要的长寿之物则要俗劣血腥得多，这就是围绕吃唐僧肉可以长生不老的叙事。有学者把唐僧西天路上所遇到的妖魔作恶的目的进行归纳比较，发现这些妖魔捉拿唐僧的目的主要表现在如下几个方面：一是贪财，主要是为唐僧师徒身上的财物而偷盗或抢劫；二是劫色，主要是部分妖魔淫心驱动，或劫持地方公主或抢掠该国皇后；三是吃唐僧肉；四是向唐僧逼婚，这一部分与其说是受难，不若说是艳遇。五是其他。而在上述五个主要目的中，以吃唐僧肉为最终目的的妖魔居然占了绝对的优势。详细见下表①：

回数	妖魔	目的
16、17	黑熊怪	偷袈裟
20、21	黄毛貂鼠	吃唐僧肉
27	白骨精	吃唐僧肉
28、29、30、31	奎木狼	吃唐僧肉和劫持公主
32、33、34、35	金角、银角大王	吃唐僧肉
37、38、39	狮子精	篡夺乌鸡国王位
40、41、42	红孩儿	吃唐僧肉
43	黑水河鼍怪	吃唐僧肉
44、45、46	虎、鹿、羊三精	作恶地方
47、48、49	金鱼精	吃童男童女
50、51、52	青牛精	吃唐僧肉
55	蝎子精	向唐僧逼婚
57、58	六耳猕猴	取代唐僧西天取经
59、60、61	牛魔王、玉面狐狸	为孩子报私仇、逼婚牛魔王
62、63	万圣龙王、九头虫	偷圣物
64	杏仙	向唐僧逼婚
65、66	黄眉童儿	吃唐僧肉
69、70、71	金毛犼	劫掠朱紫国皇后

① 魏崇新：《西游记的性别意识与性别母题》，2006 年西游记文化国际研讨会议论文集，第 59 页。

续表

回数	妖魔	目的
72、73	蜘蛛精	吃唐僧肉
74、75、76、77	狮子、大象、大鹏	吃唐僧肉
78、79	白鹿、狐狸	吃唐僧肉、惑乱比丘国王
80、81、82、83	老鼠精	向唐僧逼婚
85、86	豹子精	吃唐僧肉
89、90	九头狮子	偷孙悟空等人兵器
91、92	犀牛精	吃唐僧肉
93、94、95	玉兔精	向唐僧逼婚

从叙事学的角度上说，《西游记》的故事内容通常可以被简化为“唐僧师徒战胜妖魔上西天取经”，如果排除唐僧师徒因为“多管闲事”而惹出的不必要麻烦这一因素，仅仅从妖魔吃唐僧肉这个叙事层面上研究，即使略去其他故事，《西游记》的叙事结构同样完整流畅，而小说的故事内容也可以被进一步简缩为“吃人和逃避被吃”。对于吃人的妖魔鬼怪来说，就是如何战胜唐僧的徒弟从而抓住唐僧，实现吃唐僧肉的目的；对于被吃的唐僧而言，就是如何依靠徒弟的帮助逃脱一次次厄运。可见，吃唐僧肉在小说整个故事叙述中不仅占据着中心的位置，而且是阐释《西游记》题旨的不可回避的命题。放在诗性文化生死智慧的角度上，吃唐僧肉可以长生不老是解读这个命题的关键。

对于妖魔而言，吃唐僧肉并不仅仅意味着它们只是一群嗜血成性的凶残恶魔，唐僧和其他被妖魔吃掉的人或动物相比，既是一种可以满足妖魔果腹之需的食物或美味，更是实现人类或妖魔进入生命永恒境界的灵丹妙药。在封建文明高度发达的时代，文学作品对吃人这一主题的叙事，具有特殊的意义。正如马克思在《巴黎手稿》中的经典论述，他说，爱尔兰人只知道一种需要，就是吃的需要，而且只知道吃马铃薯，而且只是破烂马铃薯。在这种只知道吃破烂马铃薯的生活中，人不仅失去了人的需要，甚至失去了动物的需要。相比之下，妖魔吃人的行为属于动物性的“失去了人的需要”，但是并不等于人类又重新退回到动物性的低级阶段，作为万物之灵长的人类，并不可能彻底摆脱动物性的纠缠，即使经过漫长的人类进化历史，已经实现了人兽之别，但是，兽性还会不同程度地存在于人的身上，并且常常以“吃破烂马铃薯”的形式出现。人类的自然性和受动性正是从这里获得了依据。

对于妖魔渴望吃唐僧肉获得长生不老的叙事，可以从巫术中的神秘互渗律加以具体说明。所谓的神秘互渗律，在西方人类学家列维—布留尔看来，就是原始思维中不同事物交互渗透、混为一体的关联方式。也就是说，“在原始思维中，主观与客观是互相混淆的，幻想与现实同样具有实体意义，世界万物之间存在神秘的互相渗透、互相转化的联系，一切是不可分析和不合逻辑的”①。这里的“不可分析和不合逻辑的”与人类后来文明，尤其是工业文明之后的清晰理性的逻辑特征相比，体现了原始逻辑的神秘性特征。按照这样的“逻辑”，一个物体具有了某种特征，只要二者之间以一种类似或模拟的方式进行关联，就可以实现二者的相互渗透。它所奉行的原则是凡接触过的东西在脱离之后仍然可以继续发生作用，如果能够和自己的身体融为一个整体，则当然可以转化为自己所需要的东西，例如勇气、技艺和智慧等等，这也是中国漫长的封建历史中“吃人”原型长久不衰的一个重要心理依据。显然，这是原始先民集体表象在形态结构方面混沌不分的综合性，历经无数代的文明积淀最终形成群体性的集体表象系统而不是个体表象系统的结果。以神秘互渗为思维基础的原始巫术仪式，在不同国家、民族乃至不同时代的长期存在，就是对于这种原始思维的重要证明。例如新时期的寻根文学，著名作家韩少功的《爸爸爸》就有相似的“吃人”原型叙事：“大人们都知道那里煮了一头猪，还有冤家的一具尸体，都切成了一块块，混成一锅。由一个汉子走上粗重的梯架，抄起长过扁担的大竹钎，往看不见的锅口里去戳，戳到什么就是什么，再分发给男女老幼。人人都无须知道吃的是什么，都得吃。”为了让自己的氏族在战场上获得更

① 方克强：《文学人类学批评》，上海社会科学院出版社1992年，第77页。

大的勇气和本领，一个比较简捷可行的方法就是吃掉对方英勇战死者的身体，这样就可以把对手的勇气和本领渗透到自己的身上，这即为打冤的仪式，这和妖魔希望通过吃掉唐僧肉以获得其身上的宝贵东西是完全一致的。

小说在叙述这个原始仪式的时候，不仅煞有介事地介绍了唐僧肉缘何如此珍贵，因为唐僧本是如来的二弟子金蝉，因为不听说法，轻慢大教，被贬真灵，经过千辛万苦，不吃荤腥，又不近女色，是十世修行的原体，一点儿元阳未泄。如果有人能够吃他一块肉，就可以长生不老。因为这个原因，小说对于唐僧肉长生不老的叙事，明显基于封建社会中根深蒂固的“童子之身”的痕迹。而且，小说在描写如何分享唐僧肉的内容上，绘声绘色地为读者讲述了如何洗刷干净后再蒸着受用味道更为鲜美之类的故事，还构建出妖怪们颇有孝心地请出自己的长辈一起受用的内容，例如金角、银角大王，红孩儿等等，这和上文所说的人参果如何吃才能更好地享受到长生不老的叙事，可谓是如出一辙。

在《西游记》中妖魔想吃的唐僧意味着人类实现生命永恒这一崇高理想的现实载体，对于唐僧的猎杀，也就不再是简单意义上的物质诱惑，而是寄托着人类追求永生的崇高的精神理想。如何实现生命自身更好地延续和生存，本来就是人类思维发展中必须面对的最沉重问题之一。在所有争着要吃唐僧肉的妖魔中，从天上偷偷下凡来到人间作恶的占据了绝大多数。非常耐人寻味的是，从人间到天上本来是人类文明进步的一种象征，但是，现实的情况是，经历过上天神圣洗礼的妖魔们，自愿放弃被人间羡慕的生活回到阴暗龌龊的深山黑洞，小说的这种深层结构叙事，是对人类理想的天庭生活的巨大讽刺。从这个意义上看，《西游记》的吃人题旨，仅仅从原始文化遗留的层面上说还是不够的，还需要从社会发展本身导致的异化来分析。私有制的产生标志着人类文明进程中对于原始文明的一次重大进步，它导致的生产力发展水平较之此前文明的超越，是不可替代的，但是对于人性的发展来说，私有制引发的人性中恶性的增长，也是有目共睹的。对此，马克思认为，私有制使我们变得如此愚蠢而片面，以致一个对象，只有当它为我们拥有的时候，也就是说，当它对我们说来作为资本而存在，或者它被我们直接占有，被我们吃、喝、穿、住等等的时候，总之，在它被我们使用的时候，才是我们的①。由此导致的直接后果是，“动物的东西成为人的东西，而人的东西成为动物的东西”②。恩格斯的阐释更为直接和犀利：“以这些制度为基础的文明时代，完成了古代氏族社会完全做不到的事情。但是，它是用激起人们的最卑劣的动机和情欲，并且以损害人们的其他一切禀赋为代价而使之变本加厉的办法来完成这些事情的。卑劣的贪欲是文明时代从它存在的第一日起直至今日的动力；财富，财富，第三还是财富——不是社会的财富，而是这个微不足道的单个人的财富，这就是文明时代唯一的、具有决定意义的目的。”③

吃了唐僧就可以获得生命个体的永生，对于从天上偷偷下凡的妖魔来说，具有不可阻挡的诱惑力。即使它们非常清楚地知道这样做的后果极其严重，而且，对于保护唐僧的孙悟空的本领心存忌惮。为了获得长生不老，这些妖魔总是不惜铤而走险。

李泽厚在论述人类早期野蛮时代青铜艺术中的“吃人”的美学意义时候说，“吃人”这一基本含义，却是完全符合凶怪恐怖的饕餮形象的。它一方面是恐怖的化身，另一方面又是保护的神祇，它对异氏族、部落是威惧恐吓的符号；对本氏族、部落则又具有保护的神力。这种双重性的宗教观念、情感和想象便凝聚在此怪异狞厉的形象之中。在今天看来是如此之野蛮，在当时则有其历史的合理性。也正因为如此，古代诸氏族的野蛮的神话传说，残暴的战争故事和艺术作品，尽管非常粗野，甚至狞厉可怖，却仍然保持着巨大的美学魅力。在那看来狞厉可畏的威吓神秘中，积淀着一股深沉的历史力量。它的神秘恐怖正是与这种无可阻挡的巨大历史力量相结合，才成为美——崇高的。人在这里确乎

① 马克思：《1844 年经济学哲学手稿》人民出版社，1985 年，第 81 页。
② 马克思：《1844 年经济学哲学手稿》人民出版社，1985 年，第 51 页。
③ 《马克思恩格斯选集》第 4 卷，人民出版社 1972 年，第 173 页。

毫无地位和力量，有地位的是这种神秘化的动物变形，它威吓、吞食、压制、践踏着人的身心。但当时社会必须通过这种种血与火的凶残、野蛮、恐怖、威力来开辟自己的道路而向前跨进①。但是，这并不等于说任何残留着“吃人”原始艺术特征的艺术，都具有这样的审美意义，尤其是后来破解原始野蛮时代人和动物神秘互渗的文学艺术作品，由于缺少了原始艺术中“历史必然的命运力量和人类早期的童年气质”，不仅无法产生出上述的审美价值，而且“徒然只显其空虚可笑而已”。但是，《西游记》自身为神话小说，其艺术思维必然延续着原始神话思维的某种痕迹，对于此前民间长期流传的相关神话故事无意识的叙事，就是保留历史的必然命运和人类早期的童年气质的证明。也正因为如此，关于吃人的叙事，不仅在早期神话故事中具有极其重要的地位，而且也成为包括《西游记》在内的文人创作的文学作品中富有审美艺术价值的重要内容。

二、“不成人之道”

前文已述，《西游记》对生死智慧的叙事，并非都是生物学意义上的肉体死亡问题，还有一个更为深层的叙事存在，这就是以道家复归美学思想为主体的人的存在问题的思考。这是躲在上文中感性的、具体的、形象的生死叙事之后的内蕴。在小说中主要表现为老庄哲学中所谓的“不成人之道”，其表现为两个方面：一个是对于儿童为中心的生命伦理学的反复、普遍叙事；二是对于回归母体的母性崇拜情结。由于第二个方面又涉及到女性崇拜等生殖智慧，本书把该部分单独列出，本节只对以儿童为中心的生命伦理学进行分析。

所谓“不成人之道”，是相对于儒家哲学的“成人之道”而言的，因为个体的生成是一种人自身异化的结果，在人类对象化的过程中，人本身也成为对象化的目标，正如马克思所说的，人的第一个对象就是人

① 李泽厚：《美学三书》，安徽文艺出版社 1999 年，第 45 页。

本身。虽然生命的自然结构和社会整个文明结构之间产生的巨大断裂和错位是必然的，但是，生命个体既然已经生成了，当然不可能再退回去，与其在痛苦中被迫接受这样的社会历史发展对生命个体造成的异化，不如在接受个体化的同时，把文明结构对生命自然结构的异化降低到最小的限度，所谓“天命之为性”，以“不偏不倚”的“中庸”姿态尽可能地化解生命个体化过程中产生的矛盾和分裂。对此，刘士林先生如此阐释，他说，“我在”不需要任何其他理由，“我在世界中”也不需要任何根据，这就是把全部原因归结于人的在世结构中，从而彻底拒绝了任何超验力量的产生，并由此避免了人与世界的二元对立。当然，尽力回避矛盾并不等于人与世界、人与自身之间没有矛盾，只有中华文明把解决矛盾的钥匙置于人自身之中。它通过为人生设定一生命价值观，来减缓人自身的分裂即生命本身与理性本体的冲突，通过人性本身的修养与培育，从而达到在个体化的进程中又扬弃它的异己性，以实现生命内在的自由本质。这与西方文明以彻底消解个体化的方式达到人生的超越是大异其趣的。[1] 这个观点可以很好地为我们解释为什么儒家哲学中总是表现出来积极的“入世”精神，以及勇于承担起沉重的社会道义和责任。面对死亡引发的恐惧，儒家往往通过强烈的社会责任和道义感，来压抑个体对象化过程中产生的异化危机，其有效地弥合了生命的自然结构和社会整个文明结构之间必然产生的巨大断裂和错位，由此造就了儒家的成人之道。

《西游记》中的孙悟空的西行之旅，就是从最初自由自在、无拘无束的自在状态，逐渐成长为肩负保护师父西行取经这一沉重使命的成人的过程，其遵守的正是儒家“成人之道”，所谓的“斗战胜佛”的无限光荣，完全是用生命自然结构的严重损耗为代价所换取的。对于孙悟空来说，最可怕的并不是西行道路上的苦难与辛劳，在他戴上紧箍咒之前已经成就了所谓的金刚不坏之身，生命之虞固然谈不上，最痛苦的是失去了孩童时代无拘无束的自由和快活，而代之以儒家“成人之道”的

---

① 刘士林：《中国诗性文化》，江苏人民出版社 1999 年，第 104 页。

沉重使命和历史责任。这在小说第三十三回中孙悟空被妖魔设计压于山下的哭诉中可以获得证明：

师父啊！想当时你到两界山，揭了压帖，老孙脱了大难，秉教沙门，感菩萨赐与法旨，我和你同住同修，同缘同相，同见同知，乍想到了此处，遭逢魔障，又被他遣山压了。可怜！可怜！你死该当，只难为沙僧八戒与那小龙化马一场！这正是树大招风风撼树，人为名高名丧人！

"树大招风风撼树，人为名高名丧人！"保护主人西行取经的忠心耿耿的面纱被毫不留情地撕扯下来，露出的"成人之道"对于生命个体异化之后残酷血腥的真实面孔。在这个意义上，如果把中国传统文化看作一种务实的人本文化，或者说对于生存问题有特殊敏感的文化，那么，儒家的"成人之道"在克服生命异化的生死智慧问题上，必然陷入礼制和伦常化了的仁义之中，变得越来越迂腐，失去了原本的生存视野，这最终导致了把人的生存视为一种现成目的，通过外在的手段，其中最典型的当然是伦理教条来维持。而能够以彻底的终极意义上揭示生死智慧的就只有留给道家哲学了，这也成就了道家"不成人之道"的儿童中心说。

相对于儒家的"成人之道"在《西游记》中对生命个体自身异化的苦痛来说，道家的"不成人之道"不仅成就了中国传统文化中如何应对生命自然结构和文明社会结构之间的分裂和异化，而且，以儿童中心理念影响和渗透了中国文化叙事模式。关于道家的"不成人之道"的儿童中心理念，虽然在思想理论渊源上可以追溯到老子，在《老子》一书中，婴儿是老子人生哲学中一个不可或缺的概念，例如"专气致柔，能婴儿乎"（十章）；"我独泊兮，其未兆，如婴儿之未孩"（二十章）；"复归于婴儿"（二十八章）；"圣人皆孩之"（四十九章）；"含德之厚，比于赤子"（五十五章）。对于老子人生哲学中的婴儿中心理念，有的学者认为，"它是一种人的生机、力量、圆满的象征，老子正是从此中提炼出一套人生哲学来，即把人的这一初始形态，看作是人全面发展的象征。在老子看来，婴儿是人生最完美的境界，是一百分，人生最重要的问题就是如何维持好这一尺度，不管什么理由，只要偏离了这一形态，也就是生命的夭折，不仅达不到是一种悲剧，过犹不及也是一样。"① 在老子如此生存哲学观念的影响下，也就有了庄子对于"不成人之道"中的生死智慧的著名论述："天下莫大于秋毫之末，而泰山为小；莫寿于殇子，而彭祖为夭。"意即天下没有比秋毫的末端更大的东西，而泰山则为最小；没有比夭折的婴儿更为长寿的，而彭祖的寿命却是短的。长期以来，学界对于庄子这种儿童中心的"不成人之道"持消极批判态度的为多，在以儒家"成人之道"占据了中国思想主导意识形态的传统文化中，这种看法显然已经先验地为道家哲学价值判断设立了儒家中心的参照系或标尺。

《西游记》中反复地对婴儿中心生命伦理学进行叙事，小说前半部分对于孙悟空孩童本性的重点渲染，以及在成人道路上的未泯之童心的叙事，都是这个哲学理念的必然反映。顽劣撒泼、放诞无礼、喜好恶作剧是儿童个性的典型体现。正如上文所述，从出生到取经完成的漫长过程就是从一个无知的儿童走向成人的完整经历。一方面，他的儿童特征在逐渐地弱化，作为完全进入成人社会的标志，就是象征着家长对孩子或者社会对生命个体严密控制的紧箍咒的自动消失，所以，孙悟空取经的过程也是儿童天性特征反复再现的过程；另一方面，即使生命个体发展成熟到了成人阶段，也并不意味着儿童天性特征的彻底消退，生命个体的成长过程和社会发展的进程具有惊人的家族遗传类似性，正如人类社会无论发展到如何高级阶段，都不可能彻底斩断与最初文明时代精神基因之间的血缘纽带关系一样，生命个体生成的最初阶段本质特性也往往对成人具有无法抹去的影响。正如苔丝蒙德·莫里斯在著名的《裸猿》里的经典论述："人尽管学识广博，但仍旧保留了裸猿的本色；人在不断获得高级行为动机的同时，并没有离开那些不登大雅之堂的旧动机。这一点往往使他感到难堪。可是旧习惯和他做伴已历数百万年，而

① 刘士林：《中国诗性文化》，江苏人民出版社 1999 年，第 106 页。

新的习性至多才不过数千年，想一蹴而就地甩掉在进化论过程中长年累月积累起来的遗传遗产，实在是希望渺茫。”① 虽然我们不能把孙悟空身上暴露的儿童的本性看作莫里斯说的裸猿的本色，但是二者之间具有家族遗传类似性或相通性，则是无需质疑的事实。

生命个体对象化过程中的不断裂变性和断裂性，也许是后来文明不断超越此前文明的一个重要标志，但所谓“江山易改，本性难移”，童年时代的特殊经历不仅属于个体的创伤性经验，而且还属于一个民族种族的记忆，在后来相似或相反的环境下被激活，从而反复地再现于普遍的社会生活事件中。因此，孙悟空的脑袋上虽然一直戴着可怕的紧箍咒，并且多次因为自己放诞无礼闯下祸患而遭到成人世界的惩罚，但是，童年创伤性的经验不仅具有先天的本性难移的特征，而且，作为成人社会秩序规范象征的紧箍咒本身的强制严酷性，并不是万能的真理，在顽固的保守的人性面前，只能是一种循序渐进的改造而不是彻底的轰毁，唯其如此，孙悟空不断地成长，身上的顽劣放诞本性依然顽固地残留着并发挥着作用。龙宫寻宝事件中撒泼耍赖，和如来斗法中的狂妄无知，对任何尊神说话的放诞无礼，喜好偷盗、恶作剧等等，在小说第三十二回中，他看见猪八戒偷懒睡觉，于是变成一只啄木鸟啄他的鼻子。更为体现儿童顽劣本性的叙事，还体现在小说第四十五回中，他和猪八戒、沙僧把严肃的捉拿妖怪的事件演绎为一场无知孩子们的闹剧，不仅享用了桌上的供品，而且，三个人一起撒了三泡尿作为“圣水”，其儿童的顽劣行径暴露无遗。

取经队伍里的另一主角唐僧，虽然身上披着厚厚的袈裟，似乎是一个深谙世事的高僧，但是，其幼稚单纯的心理、胆小懦弱的性格都流露出孩童的本质特征。吃唐僧肉可以长生不老的故事，恰恰与唐僧表现出来的儿童秉性密切相关，唐僧肉之所以能够具备长生不老的特殊效用，一个重要原因在于他的生活行为始终保持着儿童一样的纯洁和清新，无论比起凶残的妖魔，还是在成人化进程中被越来越多的世故心计严重污

① 转引自程金城《原型批判与重释》，东方出版社1998年，第93页。

染的普通人，唐僧始终像一个长不大的纯洁如同白痴一样的婴儿，由此形成了小说中以唐僧的婴儿生命伦理学为中心的相关叙事内容。他一看见妖魔就往往吓得从马上滚落下来，两眼垂泪，佛家那种看破生死的崇高境界消失得无影无踪。当然，他的取经之路的目标正是修炼成佛，尚没有达到佛家高僧看穿生死的境界，不可能不表现出胆小懦弱的一面。但是，这种叙事至少在客观上造成了唐僧从形象到心理都与儿童本性相吻合的结果。另外，在众人和众神的眼中，他一直被尊奉为东土大唐来的高僧，实际上，从心理成熟的角度上说，这个称呼并不符合实际，面对任何困难，他丝毫没有表现出高僧们的成熟思考和个人主见，对于蠢笨的徒弟猪八戒，唐僧始终赋予了极大的信任，孙悟空几次打斗妖魔失手，猪八戒不过几句挑拨的话，就立刻激起这位高僧的极大愤怒，任凭孙悟空如何辩解都会毫不犹豫地念起他的紧箍咒，狠狠地教训这位出力不讨好的大徒弟。其言行举止不仅凸现出儿童是非不分的本性，而且成为对于这位貌似家长权威象征的巨大讽刺，如同身上披着的袈裟一样，在看似威风的家长面目下，其实掩藏着极其苍白可怜的孩子稚气。

在众多徒弟中，除了顽劣不堪、童心未泯的孙悟空之外，猪八戒也算得上一个重要的角色，他身上体现了孩童特有的“前知识化”时期的呆笨可笑，正如儿童的幼稚单纯通常可以表现为通灵可爱的聪颖一面。在成人的视角下，这种单纯和幼稚也会表现出完全相反的一面，这就是猪八戒身上的呆笨可笑，他的每一次出场几乎都是伴随着这个征性，小说中对于他的儿童中心的叙事最为明显。例如，他在生活中一直表现为贪吃贪睡，缺少社会道德责任约束力，对于他来说，丝毫感受不到西天取经的所谓神谕安排好的历史重任，与其说这是成人举行的严肃的礼仪和考验，不若说是一群孩子之间玩的一次过家家游戏，动不动就嚷着“散伙”！就是这个儿童行为的证明。

以西行取经者的反对者姿态形象出现的众多妖魔，也不乏这样的叙事。以小说对红孩儿这一重要的西行取经阻碍者进行的详细叙事为例，在小说第四十回至第四十二回中，红孩儿本“是牛魔王的儿子，罗刹女养的。他曾在火焰山修行了三百年，炼成三昧真火，却也神通广大。牛魔王使他来镇守号山，乳名叫作红孩儿，号叫作圣婴大王”。也就是说，虽然红孩儿年龄并不小，但是，其始终保持着对于儿童的特质，尤其是“圣婴大王”的称号更是直接显示了儿童中心的叙事模式。“面如傅粉三分白，唇若涂朱一表才。鬓挽青云欺靛染，眉分新月似刀裁。战裙巧绣盘龙凤，形比哪吒更富胎。双手绰枪威凛冽，祥光护体出门来。哏声响若春雷吼，暴眼明如掣电乖。要识此魔真姓氏，名扬千古唤红孩。”小说在对红孩儿外貌形象如此叙事的过程中，融入了作家对儿童喜好的情感倾向性，这种叙事严重颠覆了红孩儿作为阻碍唐僧取经事业的妖魔形象，我们看不到妖魔的凶残和面目可憎，甚至一度超越了作为正面人物形象出现的哪吒。小说对红孩儿妖魔形象叙事的颠覆，在人物形象自身显示出来的讨人喜好的相貌和令人敬佩的本领的背后，渗透着作家强烈的儿童喜好情结，放在荣格的集体无意识的心理层面上，这种儿童喜好情结既来自每一个生命个体自身成长的经历，也来自人类种族的记忆，正是因为作家心中埋藏着这种普遍的意识，我们才会在不同时代和不同地域的文学作品中，看到类似红孩儿的形象反复再现。从这个意义上说，小说《西游记》中红孩儿作为儿童形象的出现，具有黑格尔说的“这一个”的美学意义。

有人把以儿童为中心的生命伦理学对于中国文化文学艺术审美观念的影响，看作是使童子成为一种特别有意味的人格形式。的确，从魏晋风流的“大人者，不失其赤子之心”到明朝李贽的“童心说”，我们都可以发现儿童被中华民族赋予了极为特殊的意义。即使是一向主张“成人之道”的儒家孟子，也积极地宣扬他的赤子之心，“作为一种生命伦理学，从学理上讲，它表达了这样一种生命观，即生命在于静止。[1]”相对于“成人之道”来说，道家的这种儿童中心生命伦理学可谓是一种生命在于静止的生命智慧，但是，这里的静止并不是消极的逃避的静止，而是复归自然本体意义上的静止，正如冯友兰先生说的，道

---

① 刘士林：《中国诗性文化》，江苏人民出版社 1999 年，第 112 页。

家哲学并不主张真正的清静无为，使人如老僧之入定。大鹏之飞，婴儿之号，实皆有为，其所以可取，只在其是本能的，自然的，非有意的，做作的。所以道家之主张，只是除去人为，返于天然。这种哲学，实际上也代表了人的一种欲望，表明了人的一种幸福①。由此看出，道家的儿童中心生命伦理学并非一般意义上的消极或者逃避，而是一种对待死亡问题的积极方式，它企图用消解儒家不愿意直接面对的死亡恐惧的方式，保持生命个体自身的完整和自然状态，虽然最终的结局往往陷入无法实现的虚幻状态，所谓的庄周梦蝶或者蝶梦庄周。

面对死亡，无论是道家还是儒家，既无法逃避，也找不到从根本上克服的方法。体现在文学创造上，就有了许多作家借助文学审美形式对生命智慧进行思考的普遍存在。在这个意义上，我们完全可以把小说《西游记》中的长生不老的叙事，看作中华民族心理深处最普遍的梦想的原型再现。

对儿童中心生命伦理学的膜拜必然导致的后果是对成人世界的排斥，这正如一枚硬币的正反两面，一旦肯定了正面，那么反面往往以否定的方式出现。在小说《西游记》中，孙悟空在红孩儿面前表现得极其狼狈就是一个证明。按理说，孙悟空即使斗不过红孩儿也不应该影响到他的英雄形象，因为这些打败他的妖魔，大都采取了并不光彩的手段，总是依靠从天上偷下来的一两件宝贝险胜孙悟空，因此，这样的胜利在成人世界中往往并不光彩，失败者也并不代表不是英雄。在西行取经的路上，孙悟空一路上吃了无数的败仗，也不时表现出一副英雄不再的落魄甚至狼狈形象，但是，在他和红孩儿对阵中，失败实在过于尴尬，以往的兵器被妖魔宝贝收走之后，他总是通过最擅长的逃跑本领得到喘息机会，然后再向上天寻找救兵帮助，而面对这样一个乳臭未干的小妖怪，他“一身烟火，炮燥难禁，径投于涧水内救火。怎知被冷水一逼，弄得火气攻心，三魂出舍，可怜气塞胸堂喉舌冷，魂飞魄散丧残生！”“四肢伸不得，浑身上下冷如冰。”如此张妖魔锐气，灭自家人之

① 冯友兰：《三松堂全集》第一卷，河南人民出版社1985年，第374页。

威风，固然为了渲染邪恶势力的强大以及取经道路的艰难，同时，还有更深层的心理原因，面对迟暮的人生，人们对于美丽的儿童时代总是充满了美好的回忆和留念，儿童的可贵正在于海德格尔所言的生命不可重复地“向死而先”，虽然它终有一日步入快速冲向死亡的成人时期，但是，正是因为有了“成人之道”的威逼和恐惧，儿童中心生命伦理学才会获得越来越高的价值。

正如学界所言，生当末世的少年，本来就已经有过多的哀乐了，这是在文化遗传机制的作用下的必然结果，而同时又必须在社会中卷起尾巴，装疯卖傻，只能到梦中去寻找真实的自我。这不正说明了真正的生命正在于儿童身上吗？而在度过了那个时代之后，已经没有什么生命的精神意义可言，只是一些没有冲动、没有梦想、没有热情、没有心灵的行尸走肉①。红孩儿即使作恶多端，也会让人产生怜爱之心，说到底还是因为其身上体现的成人对儿童时代的冲动、梦想、热情，而作为度过这个时代“没有什么生命的精神意义”的标志，就是他和孙悟空一样被强行套上成人的秩序和规范，《西游记》中总共出现了三个这样的符咒，一个是紧箍咒，给顽劣不堪的孙悟空套在了头上；二是禁箍咒，给了不知好歹的守山大神；第三个是金箍咒，“未曾舍得与人，今观此怪无礼，与他罢”，“一个套在他头顶上，两个套在他左右手上，两个套在他左右脚上”。一向好动活泼的天真孩童的可爱的生命从此失去了鲜活的意义，成为所谓的“没有心灵的行尸走肉”。

三、起死回生

“未知生焉知死”。

对于务实本分的中华民族而言，似乎没有什么比“好死不如赖活着”更切合大众的心理，通过自给自足的生产方式，实现娶妻生子，享受天伦之乐的人生理想，这些都是满足人生理想追求的现实内容。渴

① 刘士林：《中国诗性文化》，江苏人民出版社 1999 年，第 116 页。

望活在当下，避免谈论死亡，成为早期中华民族大众的梦。但是，在孝道大义、人伦义务之风盛行的封建社会，个体的生命已经不再是属于自己的绝对私有产品。对上，生命诞生于母体，现实中的肉身不过是父母生命的延续；对下，生命步入成年阶段之后，就要勇敢地承担起抚育幼子的责任，对国家和民族要肩负起安邦定国的使命，生命个体已经成为沉重的伦理义务的载体，活着只不过是为了完成某些义务。凡此种种，都要求生命个体的健康存在为第一要务，活着就成为大众的梦中最重要的一个。谈论死亡问题对于中华民族而言，多少有点儿像瘟疫有可能染到自己身上那样可怕，而且，生命的早逝本身也有违封建社会倡导的赡养父母的社会伦理义务之责。即使在“舍生取义”的时代背景下，也并不代表死亡不可怕，恰恰相反，正是因为生命太宝贵，才值得用它的付出来换取伟大的伦理义务。

但是，生命的鲜活存在与否往往不是由生命个体来选择的，无法抗拒的生老病死的铁律终究对人类构成强大的压抑，对于时时刻刻生活在死亡阴影下的人类来说，嘴上固然可以不谈死亡，以此减轻心理对死亡恐惧的焦虑，然而，这并不能彻底消除内心的重负，在悠然恬淡的生活表象背后，总有无法排遣的死亡必然来临的恐惧和焦虑。既然死亡的来到只是迟早要发生的事情，那么，寻找一种可以让已经死去的人迅速复活的灵丹妙药，自然成为大众抗拒或躲避死亡的最好办法。如果说长生不老之梦属于大众对生命存在的正面肯定和理想构建的状态，那么，起死回生的梦则属于对生命存在否定（死亡）的否定（再生），它的产生源自人类面对衰老和死亡这种无法抗拒的现实，有了比较清醒的认识之后，采取的一种应对措施，是对现实中生命严重残缺的一种浪漫的补偿或挽救。二者强调的层面不同，但是本质都缘于对生命存在形式、意义和价值的充分认同。

《西游记》对这一系统的神话叙事中，主要围绕丹药展开。小说第五回、第七回、第三十九回都写到丹药，尤其是第三十九回渲染了丹药可以让人起死回生的特殊功效。炼丹求取长生不老之效，本来属于中国道教最具有象征意义的事件。炼丹和追求长寿在传统道教信仰中占有极其重要的位置，对于民众的影响力相当深刻，古代封建帝王多有迷信此道而大量吞食所谓的仙丹而毙命早逝者，乃至在中国历史上的魏晋时期，炼丹服药成为广大士人的一种风尚，是所谓的飘逸风流、潇洒自然的魏晋风骨中的重要因素。服药追求长生成为高贵身份的标志和象征，当时的文化名人多有此嗜好。

小说第五回通过孙悟空酒后误入兜率宫食用太上老君所炼的金丹事件，真实地反映了封建社会根深蒂固的这种习俗。小说没有太多地正面渲染炼丹的过程，但是，在叙述孙悟空偷食丹药的行为心理过程中，交待了人类对于仙丹奇特功效的无限期盼和执着。

这大圣直至丹房里面，寻访不遇，但见丹灶之旁，炉中有火。炉左右安放着五个葫芦，葫芦里都是炼就的金丹。大圣喜道："此物乃仙家之至宝。老孙自了道以来，识破了内外相同之理，也要炼些金丹济人，不期到家无暇；今日有缘，却又撞着此物，趁老子不在，等我吃他几丸尝新。"他就把那葫芦都倾出来，就都吃了，如吃炒豆相似。

小说此处对孙悟空偷吃仙丹的叙述，从主观上说，完全是为了突出孙悟空的人物性格和形象，为后面他的本领增长提供必要的张本，不过，在客观上，也道出了大众心目中的仙丹就是"仙家之至宝"，这意味着此物自身的宝贵和稀罕，属于常人不可多见之物，同时也暗示了服用此物必将具有的神奇疗效，正因为如此，在中国民间传说乃至文学艺术作品中，对于仙丹持有一种膜拜尊崇的心理，常常制造出仅仅服用其中一粒或几粒就可以永生不死的神奇故事，用孙悟空的话说就是"吃他几丸尝鲜"。事实上，他不仅把葫芦"都倾出来"，"都吃了"，而且，作者刻意用了日常生活中的一个世俗性的比喻"如吃炒豆相似"，从人物性格的角度上说，这是一种贪婪无赖的形象刻画，但是把仙物当作俗物一样吃掉也正是缘于它强大的吸引力和诱惑力，因为这种世俗性的服用丹药，已经不具有任何世俗食物所起的最基本功能——填饱肚皮，而是对超越世俗价值的完全认同。服用者崇拜的最终所指并不是丹药自身，而是丹药达到的长生不老的效果，因此，丹药仅仅是从世俗通往超越世俗的桥梁和工具，这就决定了丹药所具有的世俗和超凡的两张面孔，这也是中国魏晋时代那批服用丹药的文人，在世俗的政治高压以及现实苦难面前，往往通过服食所谓的仙丹，达到纯粹的理性思辨和精神崇高的一个理由。这个意义在小说第三十九回更加明显，孙悟空到太上老君处讨要仙丹救治死去的乌鸡国国君，开口说“把九转还魂丹借得一千丸儿”，立刻遭到老君怒斥：“这猴子胡说！甚么一千丸，二千丸！当饭吃哩！是那里土块垵的，这等容易？咄！快去！没有！”仙丹神奇功能也在第七回通过炼丹者自白道出：“我那五壶丹，有生有熟，被他都吃在肚里，运用三昧火，锻成一块，所以浑做金刚之躯，急不能伤，不若与老道领去，放在八卦炉中，以文武火煅炼，炼出我的丹来，他身自为灰烬矣。”这段描写夸耀了仙丹的神奇，它反映了人类对于自身肉体脆弱无力的深刻反省。

在日常生活中，通过锻炼矿石铸造出坚硬无比的利器和工具，人们也期望通过这种方式把脆弱的肉体像锻炼矿石一样进行打造，让血肉之躯成为“急不能伤”的“金刚之躯”，它和肉体的本质区别在于可以避免死亡的发生，至少可以像永恒的自然形态一样更具有抗拒死亡的本性。因此，许多学者常常把《西游记》中的仙丹划分为和唐僧肉一样可以长生不老的东西，这种说法如果从上述两个部分的描写来看，当然具有学理性的依据，但是在我看来，这需要从两个方面加以论述：

一是《西游记》中描写仙丹的重点并不是上述两个部分，而是第三十九回孙悟空借仙丹救活了已经死去三年的乌鸡国国王的性命，其表达的起死回生的意义要远比模糊性的“仙物”“金刚之躯”更加明确和有针对性。退一步说，单就小说文字表述来看，孙悟空的“金刚之躯”的得来并不完全是仙丹的功劳。正如炼丹者太上老君所说的“那猴吃了蟠桃，饮了御酒，又盗了仙丹”。言下之意，仙丹对于他的金刚之躯固然起到了不可替代的作用，但没有御酒和蟠桃也不可能有这样的效果。

二是所谓的仙丹本来属于药类，药者的主要价值在于治疗疾病。就治疗的最基本目的在于让人生存下来的角度说，没有哪一种药能够比做到起死回生更具有魅力，所以，民间传说的服食仙丹可以长寿乃至长生不老的思想，在小说《西游记》中发生了侧重起死回生的转换，这也是就小说叙事来说，把仙丹划归为起死回生的一个重要原因。小说在第三十九回《一粒金丹天上得　三年故主世间生》对于这种效果做了精彩的叙述。孙悟空受师父所托，要把遭受冤屈而死已经三年之久的乌鸡国国王救活过来，这种反常规的做法正如孙悟空在接受任务时候所言，“人若死了，或三七五七，尽七七日，受满了阳间罪过，就转生去了，如今已死三年，如何救得?”这是民间神话中的另一种起死回生的交待，即生命的个体在现实中死亡了，但灵魂已经转移或移植到另外一个新的生命之上，这就是刚刚出生的婴儿，这种想象或解释非常类似于现代社会的人体心脏的捐献移植，已经随着肉体消失的生命并没有彻底从这个世界上消失，而是以他人康复的躯体形式再次回到人间，或者说新的生命诞生也在延续着过去的生命个体的成长。

但是，这种起死回生之术对于现实中的人类来说并不具有太多的诱惑力，因为面对着一个完全陌生的生命个体，一切都和那个已经消失的熟悉的面孔之间的距离实在过于遥远，所谓二者之间的关联性职能凭借一种精神上的想象活动来维持，而不是可以用感官知觉获得的答案，这对于习惯了生命鲜活形式存在的人类来说，与其说是一种通过幻想达到精神的寄托或安慰，不若说是一种对于已经失去生命的过度留恋和依依不舍，在本质上属于那种睹物思人而转移到相似性的对象身上的思维。因此，中华民族又开创了另外一种起死回生之术，就是直接把已经死去的人重新医治好，让他可以继续在人间生存，这与第一种精神寄托性的起死回生比较起来，完全是真实感性的，或者说更现实可信一些，虽然这种起死回生之术是在已经走过人生路程中的某一个点上断裂之后再次延续，比起第一种从出生崭新开始的生命过程来说，在具体的生存时间长度上要少许多时日，因为生还者不能重新退回到生命诞生的时刻，必须继续接着已经走过的时间岁月继续走下去，但是，对于一向务实的中国人来说，这种现实中可以让人随时生还的法术当然比遥远的转生要实际得多，由此造就了中国人对于能够让人起死回生的炼丹术的极度崇拜。对于这种仙丹还加以专门的命名，即所谓的“还魂丹”。“把他九转还魂丹求得一粒来，管取救活他也。”

对于这种丹药让人起死回生的神奇作用，小说还通过具体的服药过程来直接叙述：“行者接了水，口中吐出丹来，安在那皇帝唇里，两手扳开牙齿，用一口清水，把金丹冲灌下肚。有半个时辰，只听他肚里呼呼的乱响，只是身体不能转移。”行者道：“师父，弄我金丹也不能救活，可是掯杀老孙么！”三藏道：“岂有不活之理。似这般久死之尸，如何吞得水下？此乃金丹仙力也。自金丹入腹，却就肠鸣了，肠鸣乃血脉和动，但气绝不能回伸。莫说人在井里浸了三年，就是生铁也上锈了，只是元气尽绝，得个人度他一口气便好。”小说借唐僧之口做了一番颇通医术的评论。为了让人相信仙丹的妙处的真实性，故意道出所谓的仙丹并不能轻易地直接让人起死回生，而是还要借助其他的外力作用，如果没有这外在的条件，即使有了仙丹也无济于事。这对于中国封建时期炼丹成风的现实状况来说，服药的有条件化以及复杂化，在大大增加丹药神奇功效的神秘性的同时，也减少了通过现实操作演练被揭出欺骗本质的威严，为炼丹者和服药者心理上的坦然找到一个漂亮的借口。“原来猪八戒自幼儿伤生作孽吃人，是一口浊气；惟行者从小修持，咬松嚼柏，吃桃果为生，是一口清气。这大圣上前，把个雷公嘴噙着那皇帝口唇，呼的一口气吹入咽喉，度下重楼，转明堂，径至丹田，从涌泉倒返泥垣宫。呼的一声响喨，那君王气聚神归，便翻身，轮拳曲足，叫了一声‘师父’！”

起死回生之梦在现实中普遍流行的现实依据是人的灵魂不朽观念。灵魂不朽的前提是灵魂在人类死后的依然存在。朱狄先生对此有过一段详细的论述，他说：“原始人最早的祭礼是死亡的祭礼，它总是这样两种对立心理的产物：一方面原始人意识到人必死；另一方面他不知道死后人的灵魂到哪里去了，因此，人的灵魂可能不死。死亡感和不死感始终交织在一起，前者告诉人必定要毁灭，后者却给人以更大的震撼。最早的死亡就极力反映人的这种极端矛盾的心理：一方面希望死者复活，另一方面又怕死者复活。不死的观念甚至比必死的观念更可怕，它凝缩成一个疑团：死后的灵魂究竟到哪里去了？”① 就第一个方面说，人类面对死亡的恐惧和压抑寻求的一种解脱之道或者情感慰藉，往往导致人为地制造了所谓的灵魂，这是灵魂得以产生的重要内驱力；就第二个方面来说，对于人为制造出来的灵魂观念，并不能在现实社会生活的实践中得到证明，由此必然引发人类对于创造物神秘变幻本质的恐惧，这就导致了人类以某种合理的形式解释灵魂存在的具体形态问题，换句话说，给灵魂的真实存在寻找一个可以自圆其说的、符合逻辑的理论支点。这个支点就是梦。

梦本来是普遍存在于人们生活中的一种生理现象，它总是与人的意识、观念以及特定的心态相联系。不同的时代、民族都以不同的文学形式表现这个各种各样的梦，从这个意义上说，梦本是无国界的。它也从一个侧面证明了通过梦中和灵魂相遇的主题并非来源于单纯的作家个体的独创，而是具有荣格所说的集体无意识的味道。单就中国传统文化来说，梦对于本土文化渊源十分深刻，甚至有的学者称之为中国文化的范畴。据《周礼·春官宗伯》所载，当时已经设置有“占梦”的专职官员，并规定了其职能，而且自先秦开始，各家学派都以其各自的哲学观念阐释梦，或者以梦来阐扬其固有学说，从而使梦无可争议地进入了中国传统文化的范畴②。其中，以梦形式反映现实人生的小说、戏曲创作特别明显，例如《牡丹亭》《水浒传》《红楼梦》《西游记》等等在中国古典文学史上具有极其重要影响的作品，不仅都有精彩的关于梦的叙事，而且对于《红楼梦》这样优秀的作品来说，梦的叙述直接与主题

---

① 朱狄：《原始文化研究》，三联书店 1988 年，第 427 页。

② 陶剑平：《传统文化的承传与突破》，参看冯其庸主编：《92 中国国际红楼梦研讨会论文集》，文化艺术出版社 1995 年，第 358 页。

相关。当然，这里所说的上述作品中的梦并不是一般意义上的梦，而是与灵魂相关的梦境描写。例如《红楼梦》第十三回中秦可卿托梦王熙凤，凤姐与秦可卿灵魂相会的场面，《牡丹亭》更直接地表现为梦中生生死死。

在诗性智慧下，人们不可能破解梦中的秘密，万物有灵论与神秘互渗律让先民无法分清梦与现实的关系，梦作为原型意象，是以形象的方式灌注着原始的集体梦意识。不可捉摸的梦境内容使得先民坚信神灵的存在和灵魂的游荡，对他们而言，梦境与生活中的真实是一体不可分的，都具有实体的意义。灵魂不可见，神灵也无法触摸，二者都只有在想象和梦境中才会被赋予具体实在的形式，“梦与想象相比又具有更大的非自觉性、偶然性和神秘性，因此，梦就成为人借助于灵魂形式与神灵对话的极好途径。梦有如此重要的神秘作用，它才会被崇拜，而其逻辑前提则是灵魂信仰”①。西方人类学家列维—布留尔在解释梦的时候，认为原始人把梦看成一个实在的知觉，这知觉如确实可靠竟与清醒时的知觉一样。但是，除此之外，在他们看来，梦又主要是未来的预见，是与精灵、灵魂、神的交往，是确定个人与其守护神的联系，甚至是发现它的手段。他们完全相信他们在梦里见到的那一切的实在性。梦中出现的形象就是暂时离开了肉体的人的灵魂，梦的实质就是灵魂的活动。先民相信人的肉体躯壳之外有灵魂的存在，甚至灵魂是人类生命存在更为本质的形式。

但是，它们以什么样的方式存在呢？在他们看来，“一个动物活着并且行动，只是因为它身体里面有一个小动物在使他行动；如果人活着并且行动，也是因为人体里面有一个小人使得他行动。这个动物体内的小动物，人体内的小人，就是灵魂。正如动物或人的活动被解释为灵魂存在于体内一样，睡眠和死亡则被解释为灵魂离开了身体。睡眠或睡眠状态是灵魂暂时的离体，死亡则是永恒的离体”②。列维·布留尔也指

① 方克强：《文学人类学批评》，上海社会科学院出版社 1992 年版，第 185 页。
② ［英］弗雷泽：《金枝》，中国民间文艺出版社 1987 年，第 269 页。

出："对原始人来说，没有不可逾越的深渊把死人与活人隔开。相反地，活人经常与死人接触。"①

弗雷泽所说的死亡是永恒的离体并不准确。因为一旦承认身体内部存在着灵魂，或者灵魂是生命更本质的东西，灵魂可以和肉体实现分离并且可以独立存活，那么，生命中就不可能存在着真正意义上的死亡问题，只存在着灵魂从脱离身体到再次进入身体时间间隔长短的睡眠长短问题，除非能够采取一种可以毁灭灵魂的方法才能够从根本意义上让人死亡。从这个意义上说，所谓的死亡就是类似人的睡眠状态而已，一旦人的灵魂再次回归身体，人就可以恢复最初的生命鲜活状态，因此，对于人的生死掌握，关键在于人的灵魂保护问题，只要控制了人的灵魂不让其与身体合二为一，人就必然进入死亡状态。而作为人生命存在最核心的灵魂是藏在人的身体之内的，它虽然和人的外在形体相似，但是并不是以物质状态存在，而是一种无法触摸却真实存在的虚无状态。《西游记》中乌鸡国王被妖魔陷害而死，但是因为他是被奸人陷害而死，蒙受巨大冤屈，于是从现实人间离开之后进入鬼魅世界，这就是之前所述的冥界。阳间是人的肉体和灵魂合二为一的地方，而冥界则是灵魂生活的栖息地。这些所谓的灵魂摆脱了阳间尘世依附于人的躯体的不独立状态，以彻底的个体方式出现在这个空间。所谓的还阳或者再生就是从阳间转入冥界的灵魂再一次回到原来的肉体中去，例如孙悟空在醉酒后的休息中，灵魂从肉体中脱离进入冥界，对于这个时候的孙悟空来说，就是一种死亡。但是，经过在阎王殿里的一顿暴打，又从控制他灵魂的统治者手中掌握了个体灵魂的自由，从而回到熟睡中的肉体，也就成功复活。这和乌鸡国的国王之死在本质上是完全一样的，只不过乌鸡国国王的灵魂离开肉体已经三年，而孙悟空只是打盹儿的时间。

《西游记》传承了中国民间神话中灵魂不朽的观念，这样，现实中的人就有机会与灵魂相见了，从一定意义上说，人类拜祭已经死去的人实际上已经有了这样一个先验事实，就是他们的灵魂都还存在着，而且

---

① ［法］列维·布留尔著，丁由译：《原始思维》，商务印书馆 1985 年，第 294 页。

可以听到拜祭者对于灵魂所说的话。但是，这种相见并不适用于所有的人，也无法随时随地发生。一方面，人鬼殊途，正如同人类在现实生活需要遵守现行的秩序规定一样，脱离了肉体的灵魂一旦进入冥界就不能随便再次回到尘世，否则，这个社会的正常秩序就无法得到正常的保障。另一方面，灵魂既然存在着，就阻止不了二者的相遇，作为一种调和，人们往往设想在梦中相见，这既是对于梦中发生的一切无法解释的解释，又是对于睡眠本身就是灵魂到处游荡的一种合理解释，更是灵魂不朽之说得以存在以及起死回生之术合理性的情感纽带，凡此都和人的灵魂不休直接关联。《西游记》中有一段故事生动地讲述了人与灵魂的会见。小说先是极力渲染灵魂来临之前的恐怖阴森的气氛，继而写道，在昏昏沉沉中"抬头梦中观看，门外站着一条汉子，浑身上下，水淋淋的，眼中垂泪，口里不住叫'师父！师父！'"，待受冤的灵魂介绍完身份之后，唐僧"用手忙搀，扑了个空虚，回身坐定。再看处，还是那个人"。

由于梦中事件本身具有强烈的虚幻性，为了证明梦中发生的确实与灵魂相关，在诸多关于起死回生的文学叙事中，往往还要加上一个"实证主义"色彩的内容，即在梦醒以后总会有梦中遗留下来的具体物件为证。小说《西游记》对于唐僧梦中的乌鸡国国王，也采用了这种留下物件证明其真实的叙事。乌鸡国国王拜托唐僧师徒为其洗刷三年前的冤屈，让他们来日联系太子为其父报仇，但是空口无凭，必须留下信物，于是"把手中执的金厢白玉圭放下"，当唐僧从梦中醒来时候唤醒徒弟诉说梦中之事，众人皆不相信，为了验证梦中之说是否属实，"行者果然开门，一齐看处，只见星月光中，阶檐上真个放着一柄金厢白玉圭"。这种叙事并不是吴承恩个人的独创，而是在类似神话叙事中具有相当的普遍性。例如《水浒传》中宋江梦中受天书，醒来后果然发现手中有一部梦中所见之书，即使在现实主义杰作的《红楼梦》中，秦可卿托梦王熙凤，秦可卿说自己今日将离开人世，因为心愿未了，故来告诉。当王熙凤从梦中惊醒，"人回：'东府蓉大奶奶没了。'凤姐闻听，吓了一身冷汗，出了一回神”。

既然灵魂在本质上是生命的内核，对于鲜活生命的存在与否起着关键性的作用，那么，对于灵魂的支配和占有，当然成为企图掌握起死回生之术的人梦寐以求的。在中国民间神话和后世文学作品中，都有企图通过控制灵魂而掌握人的生死的叙述。作为其中一个非常典型的叙事模式，则是所谓的照妖镜可以让妖魔显现灵魂的内容。照妖镜所照出的不仅仅是妖魔究竟由何种动物变幻而成，更是这种生命个体表象背后的本质和内核，从这个意义上说，在照妖镜下显现出的原形就是灵魂本真，只不过类似的叙事强调的重点在于如何让外表令人眼花缭乱的生命现象在一瞬间露出最本质的结构，并不像梦中灵魂出窍那样是一种暂时的死亡状态，而是灵魂被对方控制之后对于自己的生命无法实现自保的无力。在我看来，更愿意把这种叙事当作对于灵魂有无的一种逻辑证明，或者说，这是在镜中发生的灵魂决定着生死的叙事。这个故事原型在中华民族文化结构中意义巨大，体现在文学创作中，从《封神演义》到《西游记》，再到《红楼梦》都鲜明地勾画出了这个轨迹。例如《西游记》中李天王的制胜法宝就是照妖镜，拥有七十二般变化本领的孙悟空，每一次变化的物象都可以作为遮蔽人本质的一种具体形态，对于一般人来说，无法识破孙悟空的变化就是无法看穿其灵魂本真，而且，作为人本质的灵魂并不是仅仅表现为空间维度上的物体移位变形，还表现在时间维度上的瞬间即逝和来无踪去无影，这与孙悟空在轻易之间就消失于众人视野之外相对应，即使对于二郎真君而言，也很无奈地说“他变庙宇，正打处，就走了。”而对于拥有照妖镜的李天王来说，则“把照妖镜四方一照，呵呵的笑道：‘真君，快去！快去！那猴使了个隐身法，走去营围，往你那灌江口去也’”。

对于镜子摄人灵魂的叙事，需要把它作为一种遗存远古精神现象的原型意象的角度来阐释。镜的象征性内涵可以从最初的社会生活功用价值上寻找根源。根据许多学者的观点，镜与变形后的“鉴”都从“金”字，人类早期的镜子恰恰是用青铜磨制而成的，其基本的功用价值主要在于装饰、梳妆、辟邪。学界通过对出土的人类早期铜镜的考察，提出了这样的看法：像北方诸民族巫师——萨满衣服上的饰件，既是跳舞时伴奏的响器，又是照妖镜，起一种辟邪作用。按照方克强先生的说法，所谓的镜作为一种神物，是巫术观念和神性崇拜的载体①。

在诗性智慧下，人们不具有理性的分析能力区别实体与幻想、客体与自我，而是凭借神秘直观的本能感知方式，把特征相似或相同的事物等同起来，这就是主客不分的“神秘互渗律”和生命一体化的“万物有灵”观念。以非主体化与非对象化为根本特征的中国诗性智慧，必然引发的是“自我”意识的缺失。面对铜镜，人们区分不清何为自我实体，何为影像虚幻，而是把二者等同起来，或者认定二者具有不可分割的血缘纽带关系，于是，“自我”实体映射的影子，延伸到类似的图像、模型，乃至更为抽象的名字、属相、生辰等等，它们都在神秘互渗律的交感作用下融为一体而具有了实体的意义。正如格罗特所言，“在中国人那里，像与存在物的联系不论在物质上或精神上都真正变成了同一……这个如此生动的联想实际上就是中国的偶像崇拜和灵物崇拜的基础”②。这就是说，在神话思维的视野中，镜子具有了先民无法解释的某种神秘力量，用来破译这种神秘现象的当然不可能是今天人人皆知的光学原理，而是投射到超自然力量驾驭人类的神灵。因此，镜子就逐渐具有了人类梦寐以求的降龙伏虎的神奇力量，当遇到邪恶力量阻挡正义的事业或者陷入生活困境之时，人类就越发渴望借助镜子的神奇力量，希望通过镜子的轻轻一照，任何神通广大的妖魔鬼怪都瘫软在地，接受人类的惩罚，并且，由镜子能够折射人现实中相同面貌的功能延伸开去，人类在潜意识中又把折射人生未来的心理功能赋予镜子。例如，在许多神话故事中，镜子可以用来占卜未来，《古镜记》、《聊斋志异》中的以镜显灵治病、占卜等等，皆出于此。

镜子中的像既然代表了人的灵魂，那么，对于现实中渴望获得成功

① 方克强：《文学人类学批评》，上海社会科学院出版社 1992 年，第 186 页。
② ［法］列维—布留尔：《原始思维》，商务印书馆 1981 年，第 37 页。

的人来说，没有什么比获得一面所谓的照妖镜更具有诱惑力的了。但是，正如上文所述，人类从一开始就对于灵魂问题持有双重疑惑的态度，一方面希望它存在，另一方面。又害怕它真的存在。前者的结果是渴望获得镜子，而后者的结果则是惧怕镜子真的能够具有如此神奇的魔力，由此形成了现代生活中因为惧怕灵魂被摄而避免照镜子的禁忌。西方著名的人类学家弗雷泽通过考察发现，相当多的民族至今还保留着这种禁忌，例如，古印度与古希腊人都告诫人们不要看水中自己的倒影。这里的水面就是一面可以照见自己灵魂的镜子，如果自己看到了灵魂，那当然意味着生命的本质已经失去，换句话说，此时的人已经成为没有灵魂的纯粹肉体的躯壳，这对于相信灵魂游离身体就意味着死亡的古人来说，当然是与死亡无异的可怕事情。同样，根据弗雷泽的考察发现，在世界上有些民族和地区，凡家中死了人的人家，全家所有的镜子都要蒙盖起来，或者把镜面转向墙面，这就是因为害怕死者家属或亲人的灵魂“被照出躯壳映在镜子中”，而被死者的灵魂带走。新几内亚群岛上的土著人至今流传病人不允许照镜子的风俗，归根结底，人的生命是否鲜活存在，完全取决于灵魂在身体内部还是游离出来，死亡属于灵魂出窍，生病则属于灵魂已经开始向外游离的不稳定状态，此时照镜子当然更容易导致病情的加重。

小说《西游记》明显地延续了上述灵魂不死的观念，对于灵魂出窍的叙事则只叙写了其中之一，而另外一部经典《红楼梦》则在这方面比《西游记》表现得要具体得多，例如小说又名《风月宝鉴》，就与镜子对于人的灵魂映射功能直接相关，而且还在第五十六回中写出贾宝玉梦中见到另外一个宝玉出走，以及麝月和袭人的对话，“怪道老太太常嘱咐说小人屋里不可多有镜子。小人魂不全，有镜子照多了，睡觉惊恐做胡梦。如今倒在大镜子那里安了一张床。有时放下镜套还好；往前去，天热困倦不定，那里想的到放他，比如方才就忘了。自然是先躺下照着影儿顽的，一时合不上眼，自然是胡梦颠倒；不然如何得看着自己叫着自己的名字？不如明儿挪进床来是正经。”人类学家认为：许多原始民族根本就没有死亡必然性的概念，而对死亡现象的发生，他们或是归结于巫师的邪术，或是认为它出于敌手有意的加害。他们还都一致地相信死后生命仍然存在①。这也许正是死亡可以再生的心理基础。

四、母神崇拜

珍妮特·海登指出：在最古老的神话里，女性是本，男性则是衍生物。……在母权制社会中，女性具有规范性②。在人类社会从最初的原始公有制的母系时代进入到私有制建立起来的父系时代，并且自此之后再也没有对妇女中心主义成为社会历史发展的主导意识形态，女性为本的神话就已经具有西方荣格所说的积淀在人类种族记忆中的集体无意识的意义，当外界的环境再次“激活”这一原型再现之时，文学创造上就会显现出母神崇拜的题旨。《西游记》也延续了古老神话中的母神崇拜的原型题旨。

从人类自身精神生产的层面上说，人类早期社会形态发展历程中的母系社会，对于后来一切文化艺术生产的深层精神结构都有着直接的影响，在历时性的维度上，母性崇拜的题旨往往反复性再现，在共时性的维度上，这种题旨又普遍性地发生，属于人类某种同类经验的“心理凝结物”。在荣格看来，这就“是一种形象，或为妖魔，或为人，或为某种活动，它们在历史过程中不断重现，凡是创造性幻想得以自由表现的地方，就有它们的踪影，因而它们基本上是一种神话的形象。更为深入的考察可以看出，这些原始意象给我们的祖先的无数典型经验赋予形式。可以说，它们是无数同类经验的心理凝结物。”③ 在这个层面上，神话形象的创造与人类“心理凝结物”存在着极其重要的血脉纽带关系，甚至可以说神话形象的产生就是人类“种族记忆”的再现。但是，

---

① ［英］弗雷泽著，李新萍等译：《永生的信仰和对死者的崇拜》，中国文联出版公司 1992 年，第 3—5 页。

② 转引自方克强：《文学人类学批评》，上海社会科学院出版社 1992 年，第 146 页。

③ 冯川：《荣格文集》，冯川、苏克译，改革出版社 1997 年，第 226 页。

荣格又说“神话形象本身仍是创造性的幻想的产物”，这一观点中的“创造性”常常被人为地误解为脱离此前经验，尤其是历史上先民种族记忆的凭空想象。其实不然，从文学艺术产生于作家主观世界的角度上说，任何神话形象的产生都不可能脱离作家的主观世界，但是，这并不等于说神话形象的创造可以脱离现实生活中的经验和历史上延续的情感，既然神话本来就是由人创造的，因此其最终只不过是人类精神活动的结果。但是，由于人在与宇宙自然的相互关系中产生的原型心理在前而神话在后①，所以，这种精神活动就与历史上的原型心理紧密相关。作为人类精神活动的特殊产物出现的神话形象，在一定意义上就属于先民集体心理经验的一种再现，而且是由原始先民的集体经验的必然再现。

西方人类学家泰勒也认为，神话的虚构，也像人类思想的一切其他表现一样，是以经验作基础的。“日常经验的事实变为神话的最初和主要的原因，是对万物有灵信仰，而这种信仰达到了把自然拟人化的最高点。”② 没有原始意象或者原型心理的积淀，也就不可能出现人类集体经验的神话形象。换句话说，我们可以通过作家的幻想发现先民心理的影子。正如泰勒说的“原始人的幻想可能是幼稚的、狭隘的、令人厌恶的，然而诗人的较为自觉的虚构，可能是被赋予了惊人的巧妙的美的形式，但是，它们两者在思想之现实性的感觉中确是相同的，而这种感觉，可庆幸或不幸，现代教育试图如此有力地毁灭它。仅在一个词的意义的变化就能作为例证，向我们说明这种从原始思维向现代思维过渡的历史：幻想自始至终都在对人起着作用，但是蒙昧人在幻想中看到了幻想物，文明人则以梦想为享乐”③。遗憾的是，泰勒在两种文明思维的比较中，仍然疏忽了文明人的梦想对于先民梦想的延续性的问题。而这个问题恰恰是我们解释众多充满神奇幻想的文学作品中原型反复再现的

---

① 程金城：《原型的批判与重释》，东方出版社 1998 年，第 147 页。

② ［英］泰勒：《原始文化》，连树声译，上海文艺出版社 1992 年，第 298 页。

③ ［英］泰勒：《原始文化》，连树声译，上海文艺出版社 1992 年，第 310 页。

关键。

当然，这并不是说，所有的神话形象都是原始先民心理经验的再现，尤其是后来文学作品中的神话形象的创造，在很大程度上都是作家个体独立艺术虚构的产物，否则，人类创造的主体性功能也就消失了，所谓的文学创造也就只能变成对古代民族精神遗留物的重复再现，在这个意义上，无论是荣格还是弗莱的神话原型理论，都存在着过分夸大先民集体经验而忽视个体独立创造性的致命缺陷。但是，从延续着先民神话思维基质的后来文学作品中，追溯原型意象的心理内涵，却是具有充足的理论依据的。

母神崇拜就是上述所说的一种原型模式。它诞生于人类最初社会形态的特定时空下，在精神生产方式上必然体现出那个时代的本质特征。相对于后来的父系社会，从表面上看，母系时代的显著特征在于女性对于社会权力的控制，以及由这种控制活动本身衍生出来的极度宽厚与平和，这是一种完全不同于专制的、暴力的男权制度，而在深层结构上则表现为生殖崇拜。两种崇拜都来源于女性生理结构上与男性本质的区别，但是，相对于女性的温顺宽和运用于社会政治管理上的意义来说，纯粹的人类自身生产活动更切近生理学的意义。而人类最初的思维产生与生理活动具有更为切近的联系，也正是在这个意义上，我们可以把生殖崇拜作为母神崇拜的深层结构。

小说对于观音的叙事体现出了母神崇拜中的宽厚温和特性，把她塑造为救苦救难的好心菩萨。当然，在民间神话中，观音的性别问题一直颇受争议，在中国民众心目中，一般都将其视为女性形象。就《西游记》中的观音形象来说，总体上还是保持着民间更为认可的女性形象。在西行途中，唐僧师徒遇到诸多困难，孙悟空在无法通过自己的力量解决之时，往往向天上的诸位神仙佛圣求救，从地位卑微的龙王到法力通天的如来佛祖，如果对孙悟空求助的对象作进一步分析，我们就会发现观音在孙悟空救助对象中占据着特殊的地位。诸如小说第十六、十七回中的黑熊怪、第四十至四十二回中的红孩儿、第六十九至七十一回中的金毛犼、第四十七至四十九回中的金鱼精，观音都以降妖者的身份直接出面把妖怪收复，为唐僧师徒铲除西行道路上的障碍，保护着这支小小的队伍继续着有惊无险、性命无忧的远行事业。虽然这些艰难险阻都是人为设置的，甚至保护唐僧取经就是观音本人的安排，并且许诺遇到任何困难都会有人保护，所谓叫天天应，叫地地灵。但是，她的多次出现毕竟如同一个落入困境中无助的孩子抓住的最后一根救命稻草，以母亲保护孩子的姿态出现在兴风作浪的妖魔面前。而且，这种对孩子的保护突出了鲜明的母性温和宽容的特征，如果说对于从自己手中叛逃下界的金毛犼和金鱼精的收复，多少还属于自己分内之事的话，甚至有自己管教不严导致奴才下凡作乱的失职之责，那么，小说对于观音降服黑熊怪和红孩儿的叙事，在客观上就具有了母神崇拜的宽厚温和之寓意，因为这两个妖魔并不属于自己手下叛逃的奴仆，自然不存在情感上的依恋，在这场收服妖魔的斗争中，观音被赋予的包容宽厚的母亲形象也就更为明显。孙悟空虽然看见谁都是一副放诞无礼的样子，并且喜欢在妖魔面前炫耀、吹嘘自己当年大闹天宫时的威风，即使到了观音面前也可以放肆，甚至骂观音是个不男不女、一世无夫的命。但是，正如同一个孩子在外面受了委屈就要回家扑向母亲的怀抱哭诉一样，孙悟空在观音面前扮演的角色就是一个无论如何成长，只要站在母亲面前就永远是一个需要安抚的孩子。平日里放诞无礼之举动当然要受到母亲的规范制止，甚至不免遭受皮肉之苦，但是，母亲特有的巨大的包容性，还是最终战胜了规劝惩戒孩子的痛苦。因此，在孙悟空面前，观音的形象总体上更切近一位既严格教育孩子，同时又包容温和的母亲。

当然，宽容包容并不代表放纵，对于有可能滑向恶的深渊的孩子进行必要的规诫，本身就与母性的宽厚包容联系在一起，也因为如此，适当时机的惩罚和严厉构成了母神崇拜文化的重要元素。小说把对于孩子监管的责任放在了观音的身上就属于如此。对于孩童顽劣恶行进行必要约束的象征，体现在小说中就是“金紧禁三个箍儿”。对于这三个箍咒的叙事完全是依托观音展开的，所有箍咒的发放都是由观音来完成的，由此引发的一个问题就是为什么要由观音来管理他们的问题。在我看来，让象征着母神的观音来行使母亲约束无知孩子的责任，是与作为母性社会中女性掌握着社会权力的折射以及精神遗存密切相关的。在人类社会的最初形态中，女性在社会管理事务中起着支配的作用，其对于人类自身精神的结构形成的影响，也往往通过文学艺术等外在形式得到反映。这是我们今天考察《西游记》里的观音形象的重要依据。

生殖崇拜是母神崇拜的核心元素。在小说《西游记》中，主要表现为人石互渗的模式以及观音圣水繁衍的模式，人石互渗的模式在小说中指的是孙悟空由石头孕育而成一事，属于人类早期对于生殖神秘性问题的一种思考和解答。关于观音圣水的生殖崇拜情结，在小说中的叙事显然也充满着上述的神秘性因素，因为人类自身生产的隐秘性永远伴随着神秘的色彩，即使在科学技术发达程度已经实现了对于人自身生产活动非常熟悉的今天，人自身的生产活动已经不再具有以前的神秘色彩，但是相对于机械化的物质生产活动的清晰可感性来说，人类生产活动始终保持着物质生产活动无法具有的神秘性。相对于人类精神生产活动，无论是怀胎十月的漫长等待，还是两性关系的排他性和隐蔽性，以及生产过程的危险性，都给母性的生殖活动蒙上了神秘的色彩。

《西游记》中对于观音的宝瓶意象的叙事，就体现出了生殖崇拜的神秘色彩。宝瓶属于观音的重要法宝，它具有无限的威力和神秘的力量，孙悟空弄坏了人参果树，多方求助无果，最终向观音求救。观音的宝瓶神奇力量在于，只要把宝瓶中的甘露水洒上几滴，就可以让早已枯死的树重新恢复生命，“当年太上老君曾与我赌胜：他把我的杨柳枝拔了去，放在炼丹炉里，炙得焦干，送来还我。是我拿了插在瓶中，一昼夜，复得青枝绿叶，与旧相同”。正如观音所言，“菩萨将杨柳枝，蘸出瓶中甘露，把行者手心里面画了一道起死回生的符字，教他放在树根之下，但看水出为度。那行者捏着拳头，往那树根底下揣着，须臾有清泉一汪”。小说中的宝瓶对于枯死树木再造生命的过程，与人类生殖繁衍过程是完全一致的。人类生命的诞生本来就是在水中，正如胎儿的生命存在于母亲体内一样，鲜活生命的诞生无法离开水，并不仅仅因为人类无法脱离水可以获得生存，而是在生物学意义上的生命诞生都可以被归纳为从水开始。在某种程度上，我们可以把宝瓶看作女性生殖的一种象征，那么，宝瓶中的圣水当然具有了一切生命缘起的意义。宝瓶的神秘而伟大，在小说第四十二回中得到详细的叙述。“常时是个空瓶，如今是净瓶抛下海去，这一时间，转过了三江五湖，八海四渎，溪源潭洞之间，共借了一海水在里面。”

女性的生殖具有的神秘而巨大的能量，就在于和宝瓶一样无限的包容性和再生产性，将其比喻为海洋一样的深不可测与变化无穷，恰恰是对母神崇拜的体现。不仅如此，与观音始终相伴的莲花台，也具有极强的女性的象征意味。在人类学家的视野中，人类对于母性生殖崇拜无处不在，宝瓶、海水、莲花，诸如此类的物体都被赋予了象征意义，也逐渐形成了一种关于女性生殖的哲学思维。生殖崇拜既可以形而下为生活中的器物比拟，也可以形而上为一种道家生命永恒回归的哲学理念，这都是属于母神生殖中的人类自身生产层面上展开的，只是随着人类对于这种生殖崇拜的升级和强调，母神生殖崇拜情结往往被神化，从而由器物比拟模仿的层面升华为哲学的层面，当然，在低级的形象层面升华为哲学层面的时候，并不意味着比拟模仿的消失，相反，许多相关哲学正是借助感性形象这一物质载体才得以实现的。但是，母性生殖崇拜的哲学思维的产生，标志着生殖崇拜已经完全超越了纯粹的生物学意义，而具有了影响人类思维意识的更深刻内涵，并且直接影响了后来的文学艺术创造。

中国传统文化的道家哲学就是其中一个典型的例证。这在道家哲学的创始人老子思想中有明显的表述。“谷神不死，是谓玄牝。玄牝之门，是谓天地根。”（《老子·六章》）有的学者认为，谷即虚空，神即妙用，谷神即虚空的妙用。虚空是道的样态，神即道的妙用，故谷神就是道的样态和妙用，也就同于所谓的“玄牝”。玄牝即元牝，也就是原初的幽秘阴器。它就是说，道具有永恒不灭的生殖力、生命力，它就是创生万物的原初的神圣的元阴。这个神圣的元阴的门户，就是天地万物所由产生的根本之处。它绵绵长在而又隐秘不显，具有永远创生功能。它不呈现为任何具体的母体阴器，而是万物创生的最根本、最幽秘、最神圣的“玄之又玄”的“玄牝”①。

老子把女性生殖器官含蓄地称之为“谷神”，而且，在老子看来，“谷神”可以“不死”，这就是说，母性生殖的伟大并不仅仅在于可以实现人类自身的生产，保证族类的绵延生存，而且，通过无数个生命个体的肉体延续而使得人类获得了抗拒死亡的一种神秘方法。也就是说，某一生命个体的死亡意味着肉体的消失，但是，母性的繁殖能力可以通过孕育下一代的方式，连接起了上一辈人的生命，即上一辈人虽然肉体死亡了，但是从母体内诞生的下一代人鲜活地存在着，这就等于延续了上一代人的生命，而人类“子子孙孙无穷尽矣”的客观情况，就等于无限延长了个体的生命。反之，任何生命个体的生成又都是从虚无中完成的，本来并不存在，却在一个神秘的虚空之处造就了一个又一个伟大的生命。这样，生命在本质上也就实现了永恒，这既是人类生命的奥秘，也是世界发展的永恒规律。作为这一生殖哲学的最高抽象形式，就是道家哲学的最核心范畴——道。“道生一，一生二，二生三，三生万物。万物负阴而抱阳，中气以为和。”（《老子·四十二章》）但是能够孕育天下万物实体的“道”又并非一个实体存在物，“道，可道，非常道。名，可名，非常名。无名，万物之始；有名，万物之母。”（《老子·一章》）这就把人类自身生产的问题提升为人类宇宙运行根本性的规律。后来的庄子也在这个哲学思维基础上，延续着生命与万物相齐的生命永恒思想，这与原始社会中母系社会的生殖崇拜具有很重要的关联。

有的学者把母性生殖崇拜看作是一种母神崇拜，在我看来，这种看法并不准确，因为所谓的母神崇拜是由母性崇拜引发的，母性崇拜中的

① 赵有声等：《生死·享乐·自由——道家和道教的关系及人生理想》，国际文化出版公司1988年，第3页。

生殖意义仅仅是一种生物学意义上的范畴，虽然神秘，但并不具有神圣至高无上的地位，甚至可以说这种神秘性是由母性生产的隐秘性，以及两性关系发生过程的排他性等因素综合作用所致，但是，当人类认识世界到了对于两性关系生产非常了解，能够去除这种神秘面纱的时候，母性生殖崇拜的情结也就大大弱化了。而母神崇拜则是因为人类对于母性主导的生殖活动的伟大意义而引发的生命永恒的苦苦思索，不仅在内涵意蕴上更侧重于哲学思维意识的产生，不流于现象本身，而且更深刻的意义在于由此产生的一种深刻的神的信仰，赋予女性一种不可侵犯的神圣地位，面对女性则无异于面对神灵，从情感的因素上说，不是简单地在人伦义务上采取敬重的态度，而是对于神灵的先天敬畏，这种敬畏并不因为人类科学知识的增长对于两性生殖的彻底了解而消失，相反，这种情愫越来越深。这就是所谓的诗性智慧，而不是无知或愚昧。一直到今天，中华民族更愿意把观音看作神圣纯洁的母神，虽然关于她的性别问题尚存在着争论，但是，在民众内心又有谁敢不把观音当作一个伟大的女性？又有谁在观音像前跪拜之时流露不恭与放诞？其作为神的意义正如有的学者所说，“从原始崇拜角度看，一方面，母神崇拜构成原始公社的主流意识形态，因为几乎所有的原始自然崇拜，如大地崇拜及海洋、山石、火、日、月、植物、动物崇拜，都打上了母神崇拜的印记；另一方面，它也广泛地存在于世界各民族之中，如古中国和古希腊的地母石崇拜，纳西人的千木山女神崇拜，古埃及的女天神、中国的女日神羲和、日本的女日神天照大御神崇拜”①。这与许多人类学家考察腊祭中蕴含的大地母神崇拜情结是完全一致的。因为腊祭的意义就在于给自然生命周期性结束息老送终，而在息老送终的背后则蕴含着辞旧迎新的意义，但是，腊祭强调的重点并不是新生命诞生本身，而是新的生命孕育的前期，这就是回返生命的本源，它不是强调阳刚之动、发生之多、萌发之初，而是特别重视阴柔之静、抱藏之一、孕育之伏。这正是被称为冬季哲学或者玄冥哲学的中国道家哲学的返归自然的精髓之所在。用

① 刘士林：《中国诗性文化》，江苏人民出版社 1999 年，第 86 页。

精神分析学家的话来说，就是重返母体和子宫的象征，没有母体的孕育当然不会有新的生命诞生。而在神话思维中，自然生命的母体常常被认同为大地母亲，或者地下的阴性世界。因而在反和归的背后也含有由阳入阴的意思、由动转静的转化和由清到浊的变易，而大地母亲的根本特征就是“交易变化，含吐应节”①。

无独有偶，黑格尔曾说，东方所强调和崇敬的往往是自然界的普遍的生命力，不是思想意识的精神性和威力，而是生殖方面的创造力。更具体地说，对自然界普遍的生殖力的看法是用雌雄生殖器的形状来表现和崇拜的②。这不仅准确地概括出了东西文化生命的精神内涵及意义上的重要差异，而且为古老的中华民族文化中充满生殖意识的存在提供了理论论据。

① 叶舒宪：《中国神话哲学》，中国社会科学出版社 1992 年，第 102—104 页。
② ［德］黑格尔：《美学》（第三册）上卷，朱光潜译，商务印书馆 1986 年，第 40 页。

结　语

《西游记》文化叙事的图像危机与诗性传承

一、读图时代的叙事危机

作为中国古典文学领域最引人自豪的四大古典小说之一，《西游记》的文化价值和意义在很大程度上被长期遮蔽着，其原因固然与同为四大古典名著的其他作品，尤其是国人最引以为豪的《红楼梦》相比，在文学成就上明显逊色于该书，即使是和另外的历史演化加工著作《水浒传》和《三国演义》比较起来，《西游记》也多少有些冠之以经典之名而无之相应影响力之嫌疑。尤其在成人世界中，《西游记》似乎更是小孩子们关注的对象，诸如学界关注的兴趣、研究积累的成果、热点争议讨论等等，都留有相当的缺憾。

另外，在工业文明迅速崛起，西方科学技术理念已经深入人心的时代背景下，《西游记》不仅通过传统意义上的文学经典名著的生产与消费继续经营着这个崇高的荣誉，而且和其他古典作品一样，也经历了崭新的传媒经营的“复兴”时代。例如影视剧作品、商业广告炒作、文化艺术节活动等等，都借助当代传媒话语对《西游记》进行了新一轮的文化叙事，而且，在西方新的理论话语被大量移植到中国之后，用当代西方文学理论概念和术语阐释原著红极一时。如果第一个方面尚属于文本自身先天不足必然导致这个作品在一定程度上被人遮蔽的话，那么，对于借助西方传媒话语对经典《西游记》进行二次文化叙事的繁荣状况，则是人为地对经典遮蔽和扭曲，造成当下这一遮蔽现象的根本原因并不在于当代传媒自身有什么不妥之处，而是两个民族话语之间在深层语法结构上存在着巨大的断裂性和异质性，在目前尚没有实现这个裂缝弥合之前，以全盘移植或者所谓的借助西方话语来传达中国经典的方式都多多少少留下了相当的缺憾，这可以称之为当代传媒话语在传达中华民族经验时候出现的深层语法结构危机。

小说《西游记》进入当代传媒话语视野之前主要是通过文字符号的生产与消费来实现的，虽然传统说书艺人以及读者之间的交流也是借助了语言来完成的，但是，无论是文字符号还是话语交流相对于当代传媒话语中的图像化、直观化、平面化、娱乐化等功能特性而言，更偏重于无声的世界。但是，当代传媒对于《西游记》的介入，无疑标志着文学经典的传播进入了一个新的重视声音存在本体的时代，而这要从语言本体论开始。

“语言是存在之家”或者“语言决定着世界”，在语言本体论的语境下，一个对象是否有意义并不在于它的客观存在，关键是人们是否可以构建出一种直接再现和描述它的存在的“元叙事”。其哲学基础植根于语言事实，但不是物质存在的语言本体论之中，即有了声音和话语，才有存在；有了什么样的声音和话语表达，就有什么样的存在方式。

《西游记》是中华民族自身经验和情感的一种叙事。尤其是作为一部神话作品，在东西神话差异如此之大的语境下，其神话思维和模式在具有维柯所说的诗性智慧的特征下，还是在轴心时代发生了巨大的分裂，这对于文人创作的影响是深远的。也就是说，同样类似模式的神话故事，出自东西两个不同民族的话语叙述中则具有明显的差异性。这就必须首先对于不同话语以及深层语法结构进行转换或移植的合法性问题进行研究。

由于任何一个民族都有自己独立的声音和话语，当代传媒话语的生产又直接来自西方语法结构，从这个意义上说，当代中国传媒话语在声音上并不属于中华民族的母语谱系，当然代表不了中华民族的经验与情感。这和日本的汽车、美国的电器可以被中国消费得干净彻底而不留下后遗症不同，被话语表述出来的所谓“当代传媒”的根生长在欧美大陆，我们怎会寄望它生产出中国的花朵。正如香蕉，外皮是黄色的，但内瓤却是白色的。当代传媒从西方来到中国，在话语层面上似乎是一种家用电器式的引进，但在话语生产的语法结构上却完全属于不同人体之间的器官移植，具有强烈的排异性。《西游记》属于 民间长期流传的神话故事的基础上，加上特定的明清时代历史背景，通过作家个体主观的审美观念和价值标准而生产出来的文学作品，其话语言说方式无疑是出自中华民族语法结构的最深层。

当《西游记》被不断地改编为影视剧作品，通过西方传媒话语模式进行叙事的时候，又有多少观众真正读懂了这样的叙事？不仅如此，西方传媒话语深层语法结构在当代中国“落户”但不“生根”的特殊际遇，直接导致了中华民族健康肌体上畸形异物的生长繁殖。

一方面，《西游记》中对于政治层面上的民智与理性的启蒙叙事非常明显。孙悟空长期以来被作为反抗权威、不屈不挠的英雄形象就是一个证明，因为他出生于“草根”，其反抗当然具有了开启民智的意义。而对于权威者从如来佛祖的极乐世界中存在的敲诈勒索到玉皇大帝身边发生的政治丑闻等等，都是对于这个深层语法结构的必然叙述。而小说《西游记》中大量的关于男女爱情和欲望的叙事，诸如唐僧每到一处，总要让风流女子为之动情不已，但是，无论是正派女子对于唐僧的爱慕，还是凶恶的女妖对于唐僧占有的欲望，都不是以赤裸裸的方式进行叙事的，追求含蓄之美本来是中国民族文学创作中关于两性关系叙事的一个基本元素，从这个方面说，《西游记》中的两性叙事话语完全遵循着中华民族话语语法结构，而借助传媒话语表达出来的“西游文化”则从根本上背离了这个语法结构，单以影视作品创作为例，在身体叙事上过于关注受众的心理以及商业票房的影响，即使不把身体裸露作为噱头或者作秀，也总逃避不了过于暴露赤裸的叙事，由于当代传媒话语的一个重要表现方式就是图片和声音，在对于《西游记》中的痴情女子或者妖艳魔女叙事的时候，传媒话语必然滑向了借助形象直观的画面来展示女演员的诱人身材以及完美曲线，强调受众感官功能的充分消费，这和小说中对于该内容的叙事通过诗句的方式，仅仅从审美意蕴的角度上说，存在着本质性的差异。无论是艳丽绚烂的色彩，还是欲望横流的身体迷恋，都大大消解了情感的深层内蕴，加速了人性感官欲望的恶性膨胀。

尤其需要指出的是，《西游记》中的性爱叙事发生的具体时代背景是被许多学者称为中国历史上最为黑暗的年代之一的明王朝，这正是中国历史上都市欲望生活最为繁荣的一个时代，生活的世俗性和欲望化已经渗透进了这个封建王朝的每一个角落，包括小说文学作品，只要打开“三言二拍”这样的叙事作品，我们就会发现对于两性关系的叙事占据了此时期叙事文学中不可替代的地位，最为这种叙事的最极端化的结果就是诸如《金瓶梅》《肉蒲团》一类的色情文学的泛滥。这实在具有惊人的讽刺意义：当代传媒话语依据的是典型的西方语法结构，而具有中国历史上唯一的一次西方资本主义萌芽的明朝的文学话语叙事也出现类似的特征。但是，对于世俗性特征叙事的时候又不是完全背离了中华民族语法结构，诸如在身体欲望的叙事上，始终以教化作用占据主导的位置，这在著名的《金瓶梅》等小说中表现得尤其突出。而《西游记》中对好色的猪八戒的嘲讽以及唐僧不近女色的赞颂都属于这个理性启蒙和开启民智的意义，没有人会因为《西游记》中猪八戒的好色以及勾引唐僧的女妖们的色情因素，而指责小说道德缺失以及开启民智这一重大社会历史责任的漠视，最具有说服力的例子是《西游记》长期以来一直被作为儿童文学读物，属于教育孩子们的儿童读本，而作为影视作品的《西游记》中的露骨的“下半身写作”或者“美女写作”而言，家长们也许更担心这样的话语叙事把孩子们“教坏了”。

另一方面，当代传媒话语对于《西游记》的道德意识叙事是一种更强调自律和自觉层面上的教化。孙悟空从一个无赖撒泼的不识人伦的石猴蜕变为一个自觉自律的斗战胜佛，终极的意义并不在于人只要历经困难就可以获得成功，而是获得高度的自由自觉为标志的道德自律，如果无缘，即使吃再多的苦难也无济于事，至少不可能获得在道德上彻底解放的境界。而当代传媒话语对于这个元素的叙事与其说是存在着不足或缺憾，不若说是从根本上就无法具备这样的言说能力，因为西方话语的深层语法结构中对于道德问题的传承强调的是根本性的外在压制和灌输作用，即使贺拉斯说过“寓教于乐”，但是，乐仅仅是一种手段或者工具，它不具有本体意义上作用，典型者如卢梭的《社会契约论》，人的道德意识的生成更强调和依赖强行的约定形式而非儒家那种自觉自律的“道德个人主义”。因此，通过传媒话语传达的《西游记》相关叙事对于道德理念的自觉自律传承只能是镜中花、水中月。

作为文学经典的《西游记》在这种话语形态的叙事下，从一种展示人的主体性创造活动的神话被置换为后现代主义语境下的无限能指的另类神话，而这个另类神话的极端就是通过某些著名的艺术界“大腕儿”的大投资、大制作铸就的大片参加某某奖项的角逐，在无限光环的灿烂星光下，中国民族话语叙事形态被严重篡改，从而形成了以影视图像的影响来扩大文本读物消费的商业活动机制，通过思想方可解读的原始智慧被绚丽华美的声影世界完全遮蔽，《西游记》已经不再是一部流淌着中华民族切身经验和情感的智慧之河，而是用异域情调和现代科技复制出来的纯粹商品。

传统意义上的《西游记》虽然被奉为经典，但是其消费对象并不是真正意义上的曲高和寡的人群，作为中国民间神话的经典范本，《西游记》的言说对象可以普及到儿童。因此，从这个意义上说，通过传统话语形态生产出来的《西游记》其言说对象从一开始就是明确的。而凭借当代传媒生产而获得巨大发展的《西游记》，在本质上已经成为没有对象的大众文化，因为言说的是中华民族无法理解的纯粹“西语”，其言说对象从一开始就是缺席的。这里的缺席并不是指没有观众和消费者，而是缺少以中华民族自身经验和情感去应对作品的消费者。从这个意义上说，通过当代传媒话语复制出来的《西游记》就是一种没有真正对象的自言自语。以《大话西游》为例，后现代主义的思维颠覆了经典，消费大众无处不在，从表象上看，传媒话语生产出了大量的消费对象，但是，这些“娱乐至死”的消费者既不是西方传媒话语生产的具有雄厚的经济实力的言说对象，也因为言语者话语形态不具有中华民族情感体验而无法对中国大众进行有效的言说，从这个意义上说，当代传媒话语生产出来的《西游记》，使文化大众加深了与经典作品之间的隔阂以及误解。

当然，西方传媒话语在《西游记》的叙事过程中出现的深层语法结构上的危机，并不简单地等同于我们不能对《西游记》进行如此叙事，尤其是影视作品、宣传广告等传媒话语本身就与文学话语之间存在着不可混淆的界限。从这个角度上说，传媒话语对于经典文学的叙事有自身独特的审美价值和意义内涵，但是，对于经典作品来说，其深层内蕴是通过中华民族话语形态来传达的，也就是说，只有切身体验过中华民族情感经验的人，才可能读得懂《西游记》，而当代传媒话语由于在深层语法结构上来自西方民族的经验和情感，因此其对于《西游记》的言说虽然可以制造出轰动的效应和广大的消费群体，但是并不代表着是一种成功的移植和解读，往往是更多的扭曲和误解。

二、《西游记》与中国诗性智慧

《西游记》是一部浸淫着浓厚佛学思想的神话小说，这已经是学界不争的事实，然而，由此往往得出一个不伦不类的结论就是，《西游记》的创作完全是佛学东渐的产物，而对于该小说的解读自然而然地在佛学上打主意，从而稀释了中国本土文化对该小说本体意义上的影响作用，导致《西游记》研究长期徘徊在佛学的狭小语境中。

由于小说以佛学为题材来创作的特殊背景因素的存在，在对《西游记》进行研究的时候，我认为有两个方面的问题非常值得关注：

首先，任何文本的创作都离不开特定的社会历史文化背景。对于《西游记》这部小说来讲，明朝社会的整体历史背景是影响小说产生的重要因素，鉴于明朝和南北朝时期是中国历史上政治最为黑暗的时代，同时也是中国文人思想最为自由与活跃的时代，尤其是资本主义萌芽在中国东南沿海地区的萌发，经济的繁荣必然引发上层建筑、意识形态的变革，而文人宣泄情感压抑、排遣政治苦闷的一种重要方式就是通过审美创造，包括影射现实的审美意象的构建、赤裸裸的性描写等等，这也是明朝时期为何色情文学如此泛滥的一种重要原因，显然，吴承恩面对的政治压抑主要来自在思想意识形态的统治上已经达到顶峰的本土政治文化统治，那么，采取的排遣方式是否一定以佛学来解脱呢？退一步说，佛学本身是否造成了这样的压抑趋势使作家反抗或者提供了一种解脱之道让作家礼赞呢？显然，在整个明朝，无论从负价值的压抑迫害还是正价值的解脱之路，佛学都构不成与本土思想文化争锋的局面。尤其值得注意的是，当时的历史背景恰恰不是佛学东渐最盛的时期，佛学已经与中国本土的儒道并为显学，换句话说，此时的佛学思想已经不再像南朝或唐宋时期乍现东土而给此时的作家带来极大的心灵震撼，甚至和中国的庄学走向了融合并产生了禅宗。因此，在明朝这样一个中国叙事文学最为发达的时期，占据作家主导意识形态的并不是佛学，而依然是此时已经根深蒂固的传统儒道之学。虽然，佛学思想也同儒道思想一样深深地渗透在此时代的作品中，但是，至少我们可以断定：以小说取材佛学故事来作为思想主题甚至研究的全部思想文化背景是极其片面的。

其次，从更远的历史背景的角度上说，研究的视野应该更开阔一些，正如吕思勉所说：“天下无无根之物；使诸子之学，前无所承，周、秦之际，时势虽亟，何能发生如此高深之学术。”① 由此看来，明朝当时的政治历史背景只是为分析作品提供一种切实可靠的现实的思想依据，但是，仅仅停留在这方面仍是不够的。因为所有这些都离作品创作距离过于靠近，从历史长时段理论来看，意识形态的变化要远远滞后于政治经济结构的转型，所以，要探究影响《西游记》创作的主导思想，就必须把作者所生活的世界放到一种更大的历史进程中，只有如

① 吕思勉：《经子解题》，华东师范大学出版社 1995 年，第 89 页。

此，才能找到其之所以发生的真正历史根源。而这个更大的历史背景应该包括佛学东渐更早的时期，即真正意义上的中国传统文化精神的生成期，这当然不是一门佛学所能够涵盖的。

中国传统的美学精神无疑是以生命伦理学为逻辑起点的人生美学。但是，把中国传统美学精神概括为一种人生美学，这终究属于一种以西方传统美学精神——死亡伦理学为参照系的“宏大”的叙述方式，其意义仅仅在于确认并建立了中国传统美学精神是一种人本主义的逻辑起点，如果以此对当代某一文化进行本质上的解析，仍然面临着理论先行的嫌疑。换句话说，需要对中国传统美学精神这一宏大的叙述进行稀释和化解，即从中国传统美学的实质上的主导形态——儒家、道家精神上进行人生美学的二次解构，从细微处发掘对中国传统美学精神影响甚为深远的精神基因，这才有可能实现对后来文明精神本体意义上的比较分析。

按照学界比较普遍的看法，儒家的美学精神是一种功利性、社会性、伦理性、道德性的显性人生美学，道家的美学精神是一种超越功利、发展个体、注重自由的自然朴素的潜隐人生美学，虽然两大思想对生命的存在形式、价值内蕴等终极命题的思索解答并不完全一致，但其本质上都是以生命伦理学为逻辑起点。要透视二者为何体现或怎样表现为一种人生美学，就必须从中国这种独特的“诗性文化”内部的主体与客体两个层面上进行分析。

首先从主体生成的视角上说，《西游记》直接继承了传统美学中的个体的主体化历史过程中的生命一体化本质特征。

按照德国著名哲学家雅斯贝斯的观点，每一个民族的文明时代的精神起点都来自一个特殊的“历史区间”，这就是公元前 8 世纪——公元前 2 世纪的“轴心期”，在这个时期内，出现了人的存在意识和个体的自我意识。换句话说，中华民族的精神觉醒和以后形成的完全不同于西方的精神特征正是由该时期的特殊性决定的。这正如斯宾格勒所说，在每一个民族的源头都有一种觉醒意识存在，它决定了该民族的精神结构。而影响中国传统美学精神生成的主流形态——先秦儒家和道家恰恰处于中国的轴心期（东周和秦），问题的关键在于，中华民族在个体的主体化进程中，所遭遇到了怎样的觉醒意识又是如何决定了人生美学的传统美学精神的?

根据学者刘士林在《中国诗性文化》一书的观点，这种觉醒意识在本质上就是死亡意识。在人的存在被死亡意识惊醒后，它也就开始了它作为一个与自然王国相对立的自由生命的历史进程。正是在这一进程中，人类发展成为具有主体性结构的历史存在。对于死亡意识的内化与对接，是轴心时代刚刚摆脱原始混沌的个体完成其主体化过程的决定性因素①。中国传统美学精神独特性的出现就是面对死亡意识挑战的独特回应方式，刘士林认为轴心时期私有制的成熟，加剧了人类内部食物分配的激烈竞争，引发了个体精神生命的觉醒，在对于食物匮乏的积极应战中，中国先民创造性地获得了以生命伦理学为本体内涵的诗性文化。而个体精神的觉醒的第一步恰恰是所有民族文明发展中首先遭遇的死亡意识这一终极命题。这正是我们打开中国传统美学精神与自然客体之间缠绵不断的血脉联系的唯一途径。

今天的许多研究表明，人类死亡意识的产生，发生在原始社会末期，死亡的出现是任何一个民族思维发展进程中第一个也是最为严重的挑战，它的出现几乎震撼了所有的民族，而面对死亡的挑战如何采取应对措施则成为不同的人类文明精神之间存在差异的根本原因。西方哲学在轴心时代对此采取了远比中国更为激烈的对抗方式，从而完全激活了原始文明结构中蒙昧不醒的死亡意识，使西方人踏上文明之路的第一步就清醒地意识到人类从大自然中脱离出来必然造成的可怕的悲剧结局，在回应死亡意识的恐惧和压抑中，采取了“使生命主体化，以日神精神的方式把生命变成个体的私有物”，由此造成西方传统美学中主体性机能的特别发达，从而彻底割断了主体与客体自然之间的血缘联系，自然在西方人的眼中永远是一种需要被不断改造的对象，人的主体作用被发挥到人类是宇宙的中心的角度，这就是西方传统美学中为什么处处可

① 刘士林：《中国诗性文化》，江苏人民出版社 1999 年版，第 84 页。

以见到死亡的阴影和人被自然压抑下成为孤独而悲壮的个体的根本原因。而中华民族对轴心时代死亡意识的回应则是“生命的非主体化，它是以克服主体取消自我的方式，使生命回归其自然存在状态”。换句话说，在中国由于直接继承了诗性智慧中的生命一体化精神，把永生信仰作为生命伦理精神的基因，因此，从一开始就拒绝了私有化所带来的死亡意识，所以，在中国传统美学中，孤独的个体一直是长期缺席的，代之的主体总是与社会群体有着扯不断、理还乱的血肉联系，这是中国传统文化直接继承了维柯所说的“诗性智慧”的结果所致，从而在主体角度上显现非主体化的根本特征，并由此导向了自然的血缘关系的重建，所谓四海之内皆兄弟，民吾胞也。这样的主体在社会化历史进程中不可能采取与自然（包括他人）你死我活的过于激烈的对抗方式，而是把感情内敛为超越阶级的泛爱主义，主张化解人与人之间的敌对仇恨，所谓“相逢一笑泯恩仇”，“化干戈为玉帛”。唯其如此，张光直在阐释连续性文明时指出，“中国的形态很可能是全世界向文明转进的主要形态，而西方的形态实在是个例外。”①

单就儒家来说，处于“轴心期”的孔子积极倡导主体性的后天实践是获得生命自由的重要方式，并建立了“仁”为中心的道德思想体系，由此给后人这样一种误解：儒家是通过建立一整套人为的道德礼仪来约束生命的自由，想获得生命的美满状态就必须实现对自然造化力量的彻底征服。从生命伦理学的立场看，这种思想从根本上颠倒了中国与西方文明精神结构的关系，因为以彻底的主体化机能来战胜自然是西方传统文化的根本特征，在中国，比道家更强调主体化进程的儒家也远远没有达到主体与自然的决裂，这就为尊重自然规律、顺应造化力量找到了现实的依据。虽然儒家一向重视的主体后天实践性，但是这和自然规律之间或者自然造化力量、天然形态之间的和谐关系并不发生根本的矛盾。简单地说，儒家对待自然造化保持着一种真诚，这是儒家美学为生命意识抒写的最辉煌的 笔。所谓的礼法，从

① ［美］张光直：《美术、神话与祭祀》，郭净译，辽宁教育出版社 1988 年，第 118 页。

表现上看是和自然规律完全对立的人为规律，但是，由于这种人造规律的精神内涵是一种不扭曲人性的自然而然的真诚性格彰显，即真性情、真血性，所谓赤子之心。这种未能充分主体化的诗性主体，必然导致的结局就是人对自然的自由态度，不仅是对实体性的自然物体，而且更是一种“真”的自然观念行为实践的生命自由态度。从这个意义上讲，所谓的儒家礼法在孔子那里只是以真实自然为本质特征的客观自然规律的置换变形而已，只不过从自然界的真实性转移到人身上的真性情罢了。“一切的礼法，只是它托寄的外表。舍本执末，丧失了道德和礼法的真精神真意义，甚至于假借名义以便其私，那就是‘乡原’，那就是‘小人之儒’。这是孔子所深恶痛绝的。”① 李泽厚说，孔子不是把人的感情、观念、仪式（宗教的三因素）引向外在的崇拜对象或神秘境界，相反，而是把三者引导和消融在以亲子血缘为基础的世间关系现实生活之中，使情感不导向异化了神学大厦和偶像符号，而将其抒发和满足在日常心理——伦理的社会人生中。换句话说，因为直接继承了中国诗性文化中生命本体的精神，儒家美学采用的是一种“诗性智慧”的直觉方式把主客对立引发的死亡化解为生命的一部分，用“己所不欲，勿施于人”、“恭、宽、信、敏、惠”等清醒的现实主义精神，以人伦义务为人生意义来贬低个体生死的重要性，从而把个体生死消解在族类生生不息的历史绵延之中，个体生命由此进入无焦虑、无恐惧的祥和静谧的自然世界，肉体消亡转换成精神上的不朽与永恒。所谓杀身以成仁、舍生而取义。

体现在小说《西游记》中，最重要的两个人物——孙悟空和唐僧就是中国传统美学精神下没有充分主体化的个体符号。孙悟空在书中一直是以勇敢不怕死的形象出现的。但是，其面对死亡的不畏惧并不是以佛家的非理性的宗教迷狂来超越感性之躯的畏死情结，而是以清醒的现实主义精神，以人伦义务为人生意义来贬低个体生死的重要性。孙悟空一路上出生入死的勇敢表现完全是脑袋上该死的紧箍咒的作用，虽然故

---

① 刘士林：《西洲在何处》，东方出版社 2005 年版，52—53 页。

事的尾声在不同程度上也叙述了孙悟空从被动走向自觉，但是，由于从长征的一开始就已经背上了人伦义务的沉重枷锁，这就注定了孙悟空面对死亡的勇敢是一种直觉的方式，把死亡融为生命的一部分。换句话说，他的勇敢不惧死一方面是在维护徒弟保护师傅的社会道德责任，同是也是在“正”自己“齐天大圣”的“名”，这是最为典型的儒家心态。而最具有讽刺意义的是，身披袈裟的唐僧面对死亡竟然没有一点儿佛家超越畏死的平静表现，不仅一见到妖怪就从马上滚落到地上，吓得面如土色，连声地哭喊如何是好，而且，从一开始的孤身一人逐渐发展到热闹非凡的小组织，这种生命个体深藏社会组织群体的生存方式，恰恰是中国诗性主体逃避死亡意识的独特方式。推而广之，在整个小说中，从神到妖，几乎找不到孤独的个体，因此，其生存是一种群体性的快乐，其死亡也不是西方悲壮中的恐惧，而是在一种没有觉醒的状态下完成生命的进程。

在道家看来，“朴素而天下莫能与之争美”，“淡然无极而众美从之”。一切人为的、刻意的东西都是一种“伪”，只有“疾伪贵真”“法天贵真”“不拘于俗”的自然平常之道才能达到至上的境界，所谓“大巧若拙”“天地有大美而不言”，唯其去除“心智”才能通达“至人无己、神人无功、圣人无名”的崇高状态。在道家美学思想中，人类的悲剧性命运无异在于西方海德格尔所说的“人是时间的存在物”，具体地说，就是只要是人就必然面临着死亡，主体只要生成，就必然异化自身，必然成为对象，成为不属于自身的存在，即走向死亡。那么，如何逃避这种死亡对主体的压迫呢？庄子用不同于儒家现实实践的方式做出了回应，这就是在《庄子·齐物论》中所说的“天下莫大于秋毫之末，而泰山为小；莫寿于殇子，而彭祖为夭”。为什么天下没有比秋毫的末端更大的东西，而泰山却是小的；没有比夭折的婴儿而长寿的，而彭祖却是短命的？问题的关键就在于作为社会主体的人在生命长度和肉体占据的空间上都在大自然比较之下处于极端的弱小的位置，即使彭祖那样的人和大自然的寿命相比也不过是沧海之一粟，真正的长寿就是避免主体化的生成。换句话说，主体生成的历史就是向死亡迈进的历程，因此，只有像婴儿那样和出生前最接近的方式才是最长寿的。在这种思想的影响下，现实世界是人的主体性生成的必需条件，既然人的主体性生成已经不可避免，那么，如何在催生主体不断迈向死亡的现实世界中获得更完美的生命存在呢？这就是一种尽可能地保持自身的原本状态，即出生时的状态。与儒家的天与人相和从而尽可能地消除死亡的焦虑相比，道家的人与天相和在美学思想价值上如胡鹏林先生所言以天为主旨，把超越人伦道德、摆脱世间束缚的绝对的纯粹的逍遥自由状态作为理想的审美境界。

体现在《西游记》中，就是作为社会主体的人如何在必然发生的个体主体化历史进程中逃避死亡的焦虑和压抑，即拥有至上武功的人并不是看起来肌肉如何发达，筋骨如何强壮的后天实践（伪）的产物，而是看起来弱不禁风的老妪、驼背的老翁、稚气未脱的孩童、天生娇美的丽人等等。在道家看来，主体只要生成就必然异化，即走向死亡，所谓“成也毁也”，唯一的解脱之道是尽可能地与出生前在母体中的状态相接近，未成年孩子、没有人为装饰的姑娘都是生命更长久的象征，而已经历尽人生沧桑处于风烛残年的老人近乎死亡的象征，这与主体刚刚生成时候的弱不禁风是完全同构而同质的，因此，他们成为人类主体已经生成之后最佳的选择。因此，小说中对于美貌的妇人、稚嫩的孩童的厉害不惜笔墨地渲染，尤其是看起来弱不禁风的观音菩萨和手无缚鸡之力的红孩儿都是作为重点来反复叙述，而对于功力修炼到了极点的弥勒佛更是以一副纯粹自然的没有任何人为修饰的动作行为展示。这正是道家哲学思想的典型体现。而孙悟空这样经过太上老君炼丹炉中炼出来的功夫，由于沾染了太多的后天人为实践的痕迹，其降服妖魔的功夫必然存在相当大的缺陷，与红孩儿这样的稚童人物作战中已显得相当吃力，因为外在的刚强，例如七十二变换法仅仅是后天实践获得的，一旦其生成就必然意味着一步步走向死亡（被破解）。从佛学上看，这是所谓的佛法无边，但从传统美学上看，则是一种因为现象界的功名存在必然引发的主体内在分裂的危机，而最大的危机恰恰是肉体的死亡与精神存在的严重对立，而最好的求生之道莫过于让作为社会主体的人更靠近母体、自然、本真状态。

学者刘士林的对此的概括极为精辟，“如果说道家从生理学的角度领悟到生命的永恒之道是回归母体，因而在对主体的生命伦理观上宣扬一种‘不成人之道’，那么，儒家则可以说是从新理学的角度领悟到个体生命长存之道是回归群体，所以他宣扬的是一种‘不成人之道’”①。

既然中华民族在轴心时代精神的觉醒（死亡意识）从一开始就指向了与自然的血脉联系，那么，“自然”究竟是怎样具体体现彰显出这种精神的呢？简单地说，就是一种通过自然界客体在空间上的伟岸与开阔，以及时间上的永恒与绵长，引发了人内心对自身生命脆弱渺小与短暂仓促的危机压迫感，正是在这个意义上，帕斯卡有句名言：这永恒的空间使我颤抖。其在本质上当然是由死亡意识引发的，使人类自身在关照大自然的数量、质量、时间等方面的广阔、博大，都对个体生命本身产生了强烈的恐惧感和自卑感，这就是所谓的“广场恐惧”。那么，在西方是通过死亡哲学空间意识与生命本身的分裂与对立来终结的，因而，大自然是毫无生命意义的机械物，人类获得超越生命脆弱和短暂的自由不能寄希望于自然，而只能是在斗天斗地中掌握客观规律，而在中华民族则不同了，天生俱来的主体化技能的缺陷和对象化的苍白，都使中华民族在一种自觉和不自觉中把生命的脆弱危机化解在大自然的血缘关系中。换句话说，既然在现实生活中无法实现个体生命的永恒与伟岸，那么，不如寄予大自然吧，向往自然就是对个体生命获得坚韧与永恒的一种变相的情感表达。

这就是客体维度上说的，《西游记》突出了中国传统美学特有的“万象为宾客”的天人氤氲境界。

中国传统美学语境下的客体——“自然”即相对于主体（人）之外的客体，即山川草木、虎豹虫鸟之类一切纯粹自然界，也就是在实践

① 刘士林：《中国诗性文化》，江苏人民出版社 1999 年，第 110 页。

理性的语境下所说的需要被主体改造的对象，老子说："人法地，地法天，天法道，道法自然。"既然被认为是道家美学本体的"道"因为"自然"而"缘发"，那么，把"自然"看成道家美学、哲学的终极是完全合理的。作为人类生存的共同家园，它对于儒家美学的意义也非同一般："今夫天，斯昭昭之多；及其无穷也，日月星辰系焉，万物覆焉。今夫地，一撮土之多，及其广厚，载华岳而不重，振河海而不泄，万物载焉。今夫山，一卷石之多，及其广大，草木生之，禽兽居之，宝藏兴焉。今夫水，一勺之多，及其不测，鼋蛟龙鱼鳖生焉，货财殖焉。"自然界对人类的破坏与毁灭造成了生存的苦难与艰辛，成为一种令人敬畏的可怕存在，但是，它同样也可以成为一个好客的环境，"天时地利"、"风水"的庇佑，"自然"成为人类富饶与圣洁的家园。

可见，在中国传统美学中，作为客体"自然"的审美价值意义显然是建立在人类生存自身无法脱离大自然的怀抱这一功利性的现实层面，这正如刘士林在《中国诗性文化》一书中所指出的，人类文明起源离不开这样的背景，即食物资源的破坏，由此导致了人类与自然界的分离，食物的获得必需依靠大自然的恩赐，即使是人类的主体能力空前地提高，也不可能让肉欲之身生活在真空中。因此，从这个意义上说，人类时时刻刻都不可能忘记曾经繁育他们的大自然。可是"自然"意象在西方传统美学中一直以人类对立面的身份出现，人和大自然的关系不是东风压倒西风，就是西风压倒东风。

《西游记》传承了中国传统美学对"自然"的叙事模式，在小说中我们可以见到的客体自然通常表现为三个方面：一是蛮荒枯寂的"无人区"，例如火焰山，在作品中被渲染成荒凉冷漠、悲凉空旷的蛮荒之地。二是清幽脱俗的世外桃源，例如神仙们居住的仙岛名山，环境清幽而不失生趣。三是武功招式、门派人名大都源于自然物名，勇猛刚强多取自虎豹豺狼，灵巧迅捷多命名鹤猿鹿猴，清新飘逸多来自云虹星月，还有诸如灵鹫宫、盘龙岛、莲花洞等等。这些自然物象的反复出现固然与叙事中的衬托人物、推进情节、渲染气氛等艺术审美的目的相关，但是，从根本上说，应该源自传统文化思想精神的内在渗透。冰山之颠、大漠一角的蛮荒无人区域是人类主体尚没有征服的对象，对于主体人来说，与其是未知的神秘的自然对象，不如说是吞食人类弱小生命的死亡之海，因此，在第一类自然叙事中的主人公大都表现出人生中罕见的渺小脆肉。这对于已经获得充分主体化历史进程的西方社会个体来说，通过与大自然的对照，直接导致了主体第一次真实地看见了“人的本质力量”，在艰难中能够奇迹般生存下来的伟大和自信，从而激发驾驭自然并彻底征服自然的冒险精神。在人类面前，大自然就是需要不断征服来显示人类力量伟大的异己物，而在大自然面前，人类要么是实现了主宰世界的成功英雄，要么是被自然震慑的悲剧人物，而对于后者则充满了死亡命运无法阻挡却又不得不抗争的悲壮情怀，主客二分的二元论逻辑导致了大自然既被彻底抽空了脉脉温情，增添了无限的敌意，也使人类与自然毁灭性的对立冲撞无法避免，这种不可调和的矛盾在日趋发达的西方工业文明时代达到了顶峰。正是在这个意义上，恩格斯说：“但是我们不要过分陶醉于我们对自然界的胜利。对于每一次这样的胜利，自然界都报复了我们。每一次胜利，在第一步都确实取得了我们预期的结果，但是第二步和第三步却有了完全不同的、出乎意料的影响，常常把第一个结果又取消了。美索不达米亚、希腊、小亚细亚以及其他各地的居民，为了想得到耕地，把森林都砍完了，但是他们做梦也想不到，这些地方今天竟因此而成为荒芜不毛之地，因为他们使这些地方失去了森林，也失去了积聚和贮存水分的中心。……因此，我们必须时时记住：我们统治自然界，决不像征服者征服异民族那样，决不像站在自然界之外的人一样，——相反地，我们连同我们的肉、血和头脑都是属于自然界，存在于自然之中的。”① 然而，这种充斥着人类中心论下的对立仇视矛盾的自然在中国传统文化中是少之又少。

尤其需要值得注意的是，《西游记》中蛮荒枯寂的“无人区”的主角并不是征服者，而是依赖此险峻地理条件快乐生活的人们，所谓的孤

① 《马克思恩格斯选集》第三卷，人民出版社 1972 年，第 517—518 页。

烟大漠、冰山雪峰之中出现的是梦幻一般的人类生存之地，但是，这种梦幻色彩的生存之地并不是通过西方鲁宾逊漂流到孤岛上用火药枪向自然开战的残酷掠夺方式，而是在一种温情脉脉中依赖自然获得一种崭新的生活。由于只要主体生成，人与自然的对立就不可避免，所以在《西游记》中干脆就采取了一种回避的方式来消解人与自然的对立，即有意地淡化如何在荒漠雪山上艰难生存的现状，而是以一种莫名其妙的方式奇迹般地生存下来。例如在荒无人烟的西行路上经常发现神秘的地穴山洞，而其中竟隐藏着天界下凡的妖魔鬼怪，至于这些“人”究竟是如何像鲁宾逊一样依靠满山遍野去捉山羊、野鸡来填饱肚皮之类概不叙述，从这个意义上说，荒凉寂寞的大自然只能让中华民族的生存个体带来一种既非恐惧憎恨，也非热爱狂欢的暧昧情感，这恰恰是中国诗性主体没有获得充分发展从而与自然建立一种血缘纽带联系的最鲜明烙印。而如同火焰山这样完全以压倒人的姿态出现的大自然，在《西游记》中少之又少，即使叙述了与人的主体性完全对立的自然界，也不是以一种悲壮的笔调来叙述人与自然之间的你死我活的战斗，而是在一种诙谐幽默的借芭蕉扇的闹剧中收场。换句话说，在小说中，几乎没有出现过与人彻底对立的大自然。

同时，在小说中出现的每一处自然山水并非以冷漠对立的面孔出现，而是充满了温情，其具体表现为从纯粹地理学意义上的客体向以土地山神来掌管的人性化方式转换，因此，人与自然界的冷冰冰关系随着土地老和山神们的出现开始解冻，并成为可亲可爱的精神家园。即使如水火无情的大海，也因为龙王爷的出现而成为人类生命的一部分。由此，在小说中把人类对自然的血缘关系上升为更高美学精神层面的是一种诗意的自然，于是，第二种桃花源式的自然叙事由此而生。而第三种自然叙事则是作为对于自然永恒力量的一种直接吸收企图，或者进行现实转化的一种实践成果，与其说是人类的主体能力得到增强的一种积极行为，不如说是人类主体能力在自然面前过于渺小的不得已而为之的应对措施。自然界永远不可能和西方人眼中一样的冷酷敌对，而是和人类自身一样具有现实生命意义的感性存在，再加上诗性智慧中的万物有灵论的影响，大自然一直是以一种既神秘又可亲的方式存在的，从这个意义上说，在中国传统美学中的“自然”就必然超越所谓的生命存在自身依靠的功利价值，从而升华为一种母亲一样温柔胸怀和朋友一样的人生伙伴，在人生苦恼时候，就不必如西方人那样采取激烈的与自然对抗共同走向毁灭的悲壮道路，而是归隐山林，吟啸水涧，究其原因，自然是亲人、友人而非敌人、路人。对山水草木的态度就是人类生命自身的态度，珍视自然就是热爱生命的一种委婉表达。这正是未能充分主体化的诗性主体，由于未能与自然彻底割裂开来、矛盾对立起来，而必然产生的审美的超功利价值态度。正如《易经》所云，“乾，天也，故称乎父；坤，地也，故称乎母”。

对于儒家来说，就是“自然的人化”，所谓“智者乐水，仁者乐山；知者动，仁者静；知者乐，仁者寿”。客体自然成为主体人类道德的象征。这并不是说自然界具有了人类道德属性，而是自然的某些特征与人类的道德属性有着相似与契合之处。所以，《西游记》中仙姑神女、雅士侠客所居住的自然环境或与之相伴的自然物象大都是象征圣洁高贵的荷花桃树、绿柳雪莲，魔女邪婆、恶人奸雄的居所却多与象征道德败坏的枯洞地穴、浊水污山相关。“仙女”在自然环境中的出场必须首先能够制造一种强烈的社会性、伦理性、道德性的象征效果，例如观音菩萨的圣洁崇高与住处的垂柳莲花是完全一致的。

而对于道家来说，就是“人的自然化”，庄子说，“堕肢体，黜聪明，离形去知，同于大通，此谓坐忘”。与自然相齐并不是要倒退到蒙昧的自然状态，更不是要退回到动物性，去被动地适应环境，恰恰相反，用李泽厚的话来说，它指的是超出自身生物族类的局限，主动地与整个自然的功能、结构、规律相呼应、相建构。在永恒的大自然面前，无论是多么伟大的武功技艺都是可怜而卑微的，这正是中华民族对个体生命死亡惊惧的一种特殊方式的回应，它一方面通过自然的荒凉与可怕渲染了个体生命的渺小，另一方面通过大自然的美好澄明了肉欲之身的精神世界，在忘我中忘却个体生命的短暂，更获得了一种与自然相齐（无生无死）的快乐。庄子说，“夫明白于天地之德者，此之谓大本大宗，与天和者也；所以均调天下，与人和者也。与人和者，谓之人乐；与天和者，谓之天乐。……言以虚静推于天地，通于万物，此之谓天乐”。人世间的智慧聪明都不过是一种生命机能即将耗尽的“死亡幻象”，作为故事中的终极性高手却往往不出场，只是隐没于山水之间，最多也是在叙事的终结中匆匆地露一下脸。其深层内涵在于回归大自然母体状态，这才是人生的真谛。例如孙悟空师父的出场与退场，都是在这种“只在此山中，云深不知处”的状态下叙述的。这与中国传统美学中的越是自然的越具有伟大力量（包括生命的久远）是完全吻合的。正如叶舒宪评价中国道家思想时说的，这是一套冬季哲学或玄冥哲学，其价值取向主要在于虚、无、静，这同以实、有、动为价值取向的儒家终生哲学或春季哲学形成了鲜明对照，二者互为补充，构成中国思想史的主流。“回返原始生命源头，也就是复归创世之前的恍惚混沌的‘一’的状态。用精神分析学家的说法，这也是重返母体和子宫的象征。没有母体之中的孕育，自然不会有新生命的诞生。”① 然而，作为人类文明发达的一种重要标尺，中国传统美学在诞生的时候不仅必然保留了这份功利主义的基因，而且又在主导精神上远远超能过为人类提供吃穿这一最基本的生命意义。

从中国传统美学精神的立场去研究《西游记》并不意味着完全排斥佛学的思想或者美学精神，而是主张从中华民族文化之根上追溯后来文明产生的条件，一方面为无限意义生成可能性的文本研究提供一种多元解读的方法，虽然这种方法在早期的《西游记》研究中已经被提出，但是，由于佛学已经取得了该研究上的话语霸权，中国本土的美学精神在客观上遭到了遮蔽，同时更为重要的意义是，恢复《西游记》的创作与中国传统美学精神的先天的血脉联系，把《西游记》研究引出过于狭隘的视野范围，在寻找中华民族精神之根中弘扬其艺术魅力。

---

① 叶舒宪：《中国神话哲学》，中国社会科学出版社 1992 年版，第 104 页。

参考文献

1.《马克思恩格斯全集》，人民出版社1979年。

2. [意] 维柯：《新科学》，朱光潜译，商务印书馆1997年。

3. [法] 列维—布留尔：《原始思维》，丁由译，商务印书馆1981年。

4. [俄] 李福清：《古典小说与传说——李福清汉学论集》，中华书局2003年。

5. [德] 黑格尔：《美学》，朱光潜译，商务印书馆1979年。

6. 冯川：《荣格文集》，冯川、苏克译，改革出版社1997年。

7. 方克强：《文学人类学批评》，上海社会科学院出版社1992年。

8. 刘士林：《中国诗性文化》，江苏人民出版社1999年。

9. 程金城：《原型的批判与重释》，东方出版社1998年。

10. 叶舒宪：《中国神话哲学》，中国社会科学出版社1992年。

11. 李泽厚：《美学三书》，安徽文艺出版社1999年。

12. 张祥龙：《海德格尔思想与中国天道——终极视域的开启于交融》，三联书店1996年。

13. 赵有声等：《生死·享乐·自由——道家和道教的关系及人生理想》，国际文化出版公司1988年。

14. 马瑞芳：《幽冥人生：蒲松龄和〈聊斋志异〉》，三联书店1995年。

15. 陈文新：《佛门俗影—西游记与民俗文化》，黑龙江人民出版社2003年。

16. 茅盾：《茅盾全集》，人民文学出版社1991年。

17. 鲁迅：《鲁迅全集》，人民文学出版社1957年。

18. 何新：《诸神的起源——中国远古太阳神崇拜》，光明日报出版社1996年。

19. 曹炳建：《明人的〈西游记〉研究与明代小说审美观念的历史演变——论“虚与实”、“幻与真”、“奇与正”三组重要小说观念》，《南阳师范学院学报》2006年第11期。

20. 崔小敬：《石头的天路历程与尘世历劫》，《浙江师范大学学报》2002年第1期。

21. 蔡慧清，刘再华：《中国神话的存在状态——德克·卜德中国神话研究述评》，《求索》2006年第8期。

22. 王毅：《明代通俗小说中清官故事的兴盛及其文化意义——兼论皇权制度下国民政治心理幼稚化的路径》，《文学遗产》2000年第5期。

23. 徐定远：《试析石棉藏族的原始信仰和崇拜》，《西藏民族学院学报》1990年第6期。

24. 陈连山：《走出西方神话的阴影——论中国神话学界使用西方现代神话概念的成就与局限》，《长江大学学报》2006年第6期。

25. 陈泳超：《关于神话复原的学理分析——以伏羲女娲和洪水兄妹配偶再殖人类神话为例》，《民俗研究》2002年第3期。

李少雍：《近年神话研究述评》，《文史知识》1983年第5期。

26. 王毅：《中西神话土壤与中国神话典型形态——兼论“中国神话贫乏论”的缘由》，《中华文化论坛》2005年第2期。

27. 李炳海：《从神坛灵域走向人间世俗——再论中国古代神话演变的基本趋势》，《社会科学战线》2003年第4期。

修订版后记

从第一次阅读由小说《西游记》改编的连环画，到第一次以专著形式出版对这部小说的相关评论，在时间上至少经历了30年，当初看《西游记》连环画的人，也从童年步入了中年。回首三十年的时光匆匆追尘飞逝，恍如隔世，令人感慨唏嘘。

回首童年时代，或走在放学路上，或蹲在家中的墙角下，无论是冬日里暖暖的阳光，还是夏日里习习的凉风，只要手中有一册这样的连环画，就足以让快乐延续一天。今天，这类连环画依然还能买到，不过，已经成为古董或艺术品一样的稀罕物，对于一个步入不惑之年的人而言，已经无法还原当年手捧小人书畅想孙悟空大闹天空的热情和兴趣。对这部作品的关注，完全变成了一种理性的学术批评，虽然限于个人水平，无法让自己的批评真正做到理性。

至于自己如何在经历了漫长的数十年光阴，突然想起以学术的姿态重新解读这部小说，应该是研究生毕业之后到现在的单位任教，当时单位的学报正好开设一个名为“西游记研究”的特色栏目，在一个非常偶然的机会，学报该栏目的主持人问我是否愿意为这个栏目写一篇《西游记》方面的论文，当时多少还有点儿年轻气盛的原因，也就随口答应下来，由此开始了第一次对小说《西游记》的学术批评。此后的几年里，断断续续地为学报专栏完成了几篇约稿，这些论文几乎都是以研究生时代所学的中国诗性文化和西方原型批评两个知识谱系为理论框架的。这也是本书理论建构的基础。恰逢此时单位提倡研究《西游记》，据说以此打造本校特色学术研究方向，于是，自己也被裹挟进入了这个风潮，经过一段时间的艰苦工作，初稿终于完成，正当准备修改以待出版之时，我匆匆赶往上海攻读博士学位，书稿修改工作由此搁浅。博士毕业之后，我又进入博士后流动站，这时突然想起被搁置许久的《西游记》研究初稿，于是赶紧找出原稿进行修改，终于有了本书的初稿。

此后数年，本书在中国书籍出版社修订再版，惶恐之情更甚于欣喜。一部被尊奉为四大古典名著之一的小说，已经被无数学人深入解读，本人资质平庸，斗胆阐释这部经典的哲学精神，见笑大方之家。

张兴龙

2016年2月7日于连云港